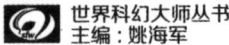

世界科幻大师丛书
主编：姚海军

ARMADA

无敌舰队

［美］恩斯特·克莱恩 著

沈恺宇 译

四川科学技术出版社

ARMADA by Ernest Cline
Copyright © 2015 by Dark All Day, Inc.
This edition arranged with Foundry Literary + Media
through Andrew Nurnberg Associates International Limited
Simplified Chinese edition copyright:2017 SCIENCE FICTION WORLD

图书在版编目(CIP)数据

　　无敌舰队 / [美]恩斯特·克莱恩 著；沈恺宇 译.
-成都:四川科学技术出版社,2017. 3
（世界科幻大师丛书）

　　ISBN 978-7-5364-8566-2

　　Ⅰ.无…　　Ⅱ.①恩…②沈…　　Ⅲ.科学幻想小说–美国–现代
Ⅳ.I712.45

　　中国版本图书馆CIP数据核字(2017)第052972号
　　图进字21-2015-197号

世界科幻大师丛书

无 敌 舰 队

出 品 人	钱丹凝
丛书主编	姚海军
著　　者	[美]恩斯特·克莱恩
译　　者	沈恺宇
责任编辑	宋 齐　姚海军
特邀编辑	钟睿一
封面绘画	赵恩哲
封面设计	姚 佳
版面设计	姚 佳
责任出版	欧晓春
出　　版	四川科学技术出版社
	四川省成都市槐树街2号出版大厦　邮政编码:610031
开　　本	140mm×203mm
印　　张	11.375
字　　数	250千
插　　页	2
印　　刷	成都金龙印务有限责任公司
版　　次	2017年6月成都第一版
印　　次	2017年6月成都第一次印刷
定　　价	34.00元

　　ISBN 978-7-5364-8566-2

目 录

献给美国海军陆战队的埃里克·T.克莱因上尉
你是我认识的最勇敢的人

永远忠诚，你的弟弟

第一关

电脑唯一的合理用途就是玩游戏。

——尤金·贾维斯,《防卫者》游戏制作人

第一章

　　我正望着教室的窗外发呆，满脑子都是关于冒险的黄粱美梦，就在这时，我看见了一架飞碟。

　　我用力眨了眨眼，再定睛望去，它还是在那里——一个泛着金属光泽的闪亮圆盘在天空中曲折回转地飞来飞去。飞碟做了一连串不可思议的加速急转，我的眼睛竭尽全力才能跟上它的速度，如果有人类在那上面的话，身体一定会散架的。飞碟朝着遥远的地平线疾驰而去，却猛然间来了个急刹。它在远处的一排树木上方悬停了几秒钟，仿佛在用一种看不见的波束扫描着下方的区域，随后又毫无征兆地突然向上升起，还做出了一系列在速度和轨迹上都违反物理定律的飞行动作。

　　我努力地保持着镇定，尽力对刚才看到的一切保持怀疑。虽然我的科学课成绩只拿到了"C"，可我还是知道要相信科学。

　　我又向它望去，依然不知道那到底是什么，不过我可以肯定那不是流星，也不是气象气球、沼气①或球状闪电。不是的，我此

　　──────────
　　①1966年密歇根UFO事件中，官方称目击者们看到的是沼气产生的火花。从此以后，"你看到的是沼气"就成了UFO圈的一句玩笑话。

2

刻所见的这个不明飞行物肯定不属于地球。

我脑子里的第一个念头是："真活见鬼了!"

随即我又想道："真不敢相信这事终于发生了!"

自从上幼儿园的第一天起,我就盼望着能发生一些惊天动地的神奇事件,可以彻底粉碎没完没了、千篇一律的学校教育。我经常眺望环绕学校的郊外的静谧景色,心里默默地渴望着僵尸病毒的大爆发,或者来一场能使我拥有超能力的离奇事故,又或者一帮盗窃成瘾的矮人能穿越时空蹦出来。

我细数着这些阴郁的白日梦,大约有三分之一是外星人突然到访的故事。

当然了,我从不相信那些事真的会发生。就算是外星人果真决定要顺道拜访一下这颗不起眼的蓝绿色行星,有点儿自尊心的天外来客也不会选择我的家乡——美国俄勒冈州的比弗顿(这里又被称作"无趣镇")——作为他们与地球人首次接触的地方。除非他们打算在摧毁地球文明之前先铲除所有索然无味的地方。如果宇宙有一个璀璨夺目的中心,那我所处的行星就在最偏远的角落。"请把蓝乳递给我,贝鲁阿姨。[①]"

但是不可思议的事情却真的发生了——就在此时此地! 窗外有一架该死的飞碟,而我正目不转睛地注视着它。

而且我相当肯定,它离我越来越近了。

我悄悄朝身后瞥了一眼,后面坐着的是我最好的两个朋友,克鲁兹和迪尔。不过他俩正在低声地争论着什么,谁也没朝窗外看。我想叫他们看过来,又担心飞碟会随时消失,我可不愿错过这个亲眼见证的机会。

_____

[①]这句话是电影《星球大战》中的一句台词,贝鲁是卢克·天行者的养母,他们就生活在一个偏远的行星上。

　　我回头继续看窗外，只见飞碟化作一道银色的光，疾驰掠过外面的田野，接着它又停了下来，悬在邻近的一片土地上方。它就这样悬停、移动，再悬停、再移动。

　　它离我明显又近了一些。现在，我能看清飞碟外形上的一些细节了。它的身体倾斜了几秒钟，我第一次能由上自下地审视它的轮廓。我发现其实它一点儿也不像一个碟子，从这个角度看上去，它那对称的机身就像是双头战斧的两条锋刃，一根黑色的八边形棱柱从修长的锯齿形双翼之间伸出来，反射着早晨的阳光，看上去就像是某种黑色的宝石。

　　看清了不明飞行物独特的外形之后，我脑子里一阵发懵。在过去几年里，我几乎每天晚上都能从瞄准镜的十字线里见到它。这是一架苏布鲁凯天刃战机，那是我最喜欢的电子游戏《无敌舰队》里反派外星人的一种战斗飞船。

　　这显然是不可能的，就像你不可能看见"钛战机"①或是"克林贡战鸟"②在天空中翱翔一样。苏布鲁凯人和他们的天刃战机是电子游戏里虚构出来的。它们不会也不可能在现实中出现。在真实世界中，游戏不会变成现实，虚构的飞船也不会出现在你家乡的上空。这种难以置信的科幻情节只会出现在20世纪80年代的蹩脚电影里，例如《电子世界争霸战》《战争游戏》和《最后的星空战士》。我那死去的老爸就是这类电影的忠实粉丝。

　　熠熠生辉的飞碟再次倾斜了过来，这次我看得更清楚了——毫无疑问就是它。我看到的就是一架天刃战机，机身上有独一无二的爪状凹槽和尖牙状双管离子炮。

　　对于这东西似乎只有一种合理的解释，那就是我产生了幻

---

①电影《星球大战》系列中帝国军队的战机。
②影视系列《星际迷航》中克林贡人的战机。

觉。没有毒品或酒精的影响，只有一种人会在青天白日里产生幻觉——真正的疯子。

鉴于我从父亲的一本旧日记里读到过的一些东西，长久以来，我一直觉得他就是这么一个疯子。日记里的内容让我觉得他在生命走到尽头时得了妄想症。他可能已经分不清游戏和现实了，就像我现在所经历的一样。也许就如同我心里一直所害怕的——龙生龙，凤生凤，疯子的儿子也会疯。

难道我被下药了？不，这不可能。今天早晨来学校的路上，我只在车里囫囵吃过一块草莓饼。把幻觉怪罪于一块速冻早餐饼恐怕比看见游戏中的宇宙飞船还要疯狂吧？我觉得自己的遗传基因更有嫌疑。

我意识到出现这种情况只能怪我自己，我本应该尽早注意的，然而我总是像老爸一样沉迷于逃避现实，心甘情愿地让幻想侵入我的生活。而如今，我也因为缺乏先见之明，像老爸那样付出了代价。我正在踏上通向疯狂的列车，几乎能听到奥齐①在大喊着"全体上车！"

"别这样，"我在心里恳求着自己，"现在可别发疯，离毕业只有两个月了！这是最后冲刺了，莱特曼！振作起来！"

窗外的天刃战机再一次横向飞掠，在经过几棵参天大树的时候，它猛地向上急升，枝叶随之颤抖。接着它又穿过一道云堤②，它的速度实在是太惊人了，以至于云团的中央出现了一个完美的圆洞。从云团另一边冲出来的时候，它的身后还拖着几条长长的云气。

---

①这里指的是奥齐·奥斯本（Ozzy Osbourne），美国著名摇滚歌手，素以行事疯狂而著称。他有一首歌曲名字就叫《疯狂列车》。

②云堤是一种低密积云沿线性排布的自然现象，通常是远处具有明显界线的云块，覆盖了相当一部分地平线处的天空。

片刻之后，它在半空中停顿了一下，紧接着垂直向上冲入了云霄，就像它突如其来的出现一样不留痕迹地消失了。

我原封不动地坐了一会儿，痴痴地望着空旷的天际——眨眼之前，它还在那里。我瞥了几眼身边的同学，没有任何人在看向窗外。就算是天刃战机真的出现过，也没人注意到。

我再次望向辽阔的天空，祈祷着那架奇异的银色飞船能再度出现。但它确实已经飞远了，而我只得待在这里，面对它给我留下的震撼。

亲眼看见天刃战机或是在臆想中见到了它，这件事在我的脑海中就如同一块小石子所引发的一场巨大雪崩。悲喜交加的情感和支离破碎的回忆都汇聚到了我父亲身上，还有那本在他遗物中找到的旧日记。

事实上，我都不敢确定是否真有那么一本日记。当时我根本就没有读完，它的内容令我十分困惑，似乎说明了老爸的精神状态很不稳定。因此我把那本发黄的笔记本放回了原处，尽力忘掉它的存在，至少在几秒钟之前，我的努力还是成功的。

不过，目前我的脑袋里能想到的就只有它了。

我忽然间有了一股冲动，想要立刻冲出学校，开车回家找到那本日记。这花不了多长时间，我家离学校只有几分钟的车程。

我瞄了一眼教室的门口，有个男人守在那里。那是上了年纪的赛尔斯先生，是我们综合数学二的老师。他把满头银发理成了板寸，鼻子上架着一副厚厚的牛角框眼镜。他总是穿着同一套服装——黑色船鞋、黑色宽松长裤、白色短袖衬衫，还系了个黑色的方便领结。他在这所高中任教已经超过四十五年了，从学校图书馆里旧年鉴上的照片看，他的服装样式未曾有过任何改变。赛尔斯先生今年终于要退休了，这可算得上是件好事，因为他似乎在20世纪就已经耗尽了所有的教学热情。今天上课的时候，他先用五分钟布置了回家作业，其余的时间就让我们自己完成这些作业，而他则关掉了助听器，专心致志地玩起了填字游戏。不过就算这样，要是我想溜出去的话，他还是会有所察觉的。

我看了一眼嵌在黑板上方灰绿色砖墙中的老式挂钟，不过它还是像往常那样冷冷地告诉我离下课还有三十二分钟。

我无法再傻坐下去了。目睹刚才那一幕之后，我能保持三十二分钟不发疯才怪。

在我左边，道格拉斯·诺切正在羞辱坐在他前面的凯西·考克斯，他每天都要欺负这个脸上长满粉刺的腼腆男孩。平日里，诺切对凯西的欺侮还仅限于言语上，可是今天，他决定用纸团来代替脏话。诺切在课桌上弄了一大堆用口水沾湿的纸团，像发射炮弹般一个接一个弹到凯西的后脑勺上。凯西脑后的头发已经被唾沫给弄得黏糊糊的。每当诺切命中目标的时候，他那几个坐在后排的狐朋狗友就会窃窃发笑。

我一看见诺切欺负凯西就会火冒三丈，我想这也是诺切乐此不疲的原因之一：他知道我对此无能为力。

我瞄了一眼赛尔斯先生，他依旧沉迷于填字游戏之中，诺切每天都利用这段时间来干坏事。我每天也只能强忍着把他打得满地找牙的冲动。

自从初中那次"意外"之后，道格拉斯·诺切和我在大部分时间里都尽量躲避着对方。直到今年，残酷的老天又把我们分到了同一堂数学课上，更过分的是，我们俩的座位居然只隔了一条过道。仿佛是命运想要让我高中的最后一个学期过得生不如死。

这也就解释了为什么我的前女友埃伦·亚当斯也在这个班

里。她坐在我向后三排再向右两行的座位上，那正好是我眼睛的余光无法顾及的地方。

埃伦是我的初恋，我们还把自己的第一次都献给了对方。虽然两年前，她为了邻校的一个摔跤手把我给甩了，可每当看见她鼻翼两边的雀斑和鬈曲的红发，我还是会重温那种心碎的感觉。我总是想尽力忘掉她也在这间教室里。

每天下午第七节数学课都和自己的死敌还有前女友共处一室，这让我感觉就像是参加了残酷又无法通过的"小林丸测试"①来检验自己承受压力的底线。

也许是命运为了平衡这段噩梦般的经历，它把我最好的两个朋友也分到了这个班上。假如克鲁兹和迪尔没来的话，我也许在学期的第一周就精神崩溃了。

我又回头看了他俩一眼，瘦削的迪尔和敦实的克鲁兹有着相同的名字——迈克。从小学开始，为了避免混淆，我就直接用姓来称呼他们。这两个迈克还在喋喋不休地争论着"电影史上最酷的冷兵器"，我竖起耳朵听起来。

"'刺叮'②根本不能算是一柄真正的剑，"迪尔说道，"它更像是一把会发光的餐刀，霍比特人用它在烤饼或兰巴斯面包③上涂果酱和黄油。"

克鲁兹翻了个白眼说道："大麻让你的脑子变迟钝了。'刺叮'是一把精灵匕首，是在第一纪元的贡多林④制造的！它几乎

①《星际迷航》中星舰学院里一项著名的测试。该测试是一项不可能完成的任务，用来锻炼学员承受压力的能力。

②《霍比特人》中比尔博所使用的精灵匕首。

③《魔戒》中精灵的干粮。

④奇幻小说《精灵宝钻》描述的精灵都市，后来在《魔戒》和《霍比特人》中也有提及。

能够刺穿任何东西！有兽人或地精接近的时候，它才会发光。雷神之锤能探测到什么？假惺惺的口音还是硬邦邦的发型？[1]"

我想把刚才看到的一切都告诉他们，但就算是好哥们儿，他们也绝不会相信我的。他们会认为那是他们的好朋友扎克又犯病了。

也许我确实是犯病了。

"雷神才不需要事先侦测到敌人，也不会像霍比特人那样抱头鼠窜逃回自己的小洞里！"迪尔低声说道，"雷神之锤的威力足以排山倒海，它能放出能量冲击波和力场，还能召唤闪电。即使要撕裂整个星球，雷神之锤也会自动回到托尔手中。别忘了，只有托尔才能挥舞雷神之锤！"说完，他向后靠在了椅背上。

"老兄，雷神之锤就是一把有魔力的瑞士军刀！"克鲁兹反驳道，"比绿灯侠的戒指还要扯淡！为了让托尔脱离险境，他们隔一阵子就给雷神之锤加一样新属性。"他得意扬扬地继续说道，"还有，其他好多人都曾经使用过雷神之锤，包括《跨界》增刊里的神奇女侠！到网上去查查吧！你说的都是废话，迪尔！"

郑重声明，我个人对于电影中最强冷兵器的选择是亚瑟王的王者之剑。不过，我可没心情参与到这场辩论之中。我的注意力又回到了诺切的身上，他正在把一个巨大的唾沫纸团弹向凯西。纸团准确地命中了凯西的后脑，随后掉在了地板上一大堆湿乎乎的纸团中间。

被打中的凯西愣了一下，不过他并没有转过头来，只是把身体尽量地向下沉，想避开下一发口水炮弹。

诺切的行径与经常酒后虐待他的父亲有直接的联系，不过在我看来，这种联系不能成为欺凌他人的借口。我老爸很早就

---

[1]此处是嘲笑电影《雷神》中演员的口音和发型。

去世了，但我却没有因此而欺负其他人。

话说回来，我在情绪控制方面有一点儿小问题，还有点儿暴力倾向，这些曾被学校记录在案。

噢，对了，外星飞船从我钟爱的电子游戏里飞出来，差点儿忘了这码子事了。

所以说，我大约没有资格对别人的精神状态评头论足。

我环顾四周，发现周围的同学都盯着凯西，大概想看看他会不会站起来面对诺切。然而凯西只是抬眼看了一下赛尔斯先生——他依旧聚精会神地玩着填字游戏，对面前的这一幕毫无察觉。

诺切又发射了一枚口水炮弹，凯西拼命向下缩着身子，仿佛他的下半身正在融化一般。

我尽力控制着自己的情绪，想把注意力转移到其他地方，并告诫自己别管闲事。但是我忍不了了。

诺切在折磨凯西，而其他人都冷眼旁观，这不仅让我讨厌自己，还对人类产生了一种厌恶的情绪。如果宇宙中果真存在其他的文明，为什么他们会想要与人类接触？如果我们是这样对待我们的同类，那还会善待远道而来的外星人吗？

一幅天刃战机的画面清楚地浮现在我的脑海中，使我的神经又紧绷了起来。我默念着德雷克方程①和费米悖论②，想放松下来。我知道宇宙中可能存在其他的生命形式，但鉴于宇宙的广阔，从天文学的角度上来说，我也知道我们几乎不可能接触到任何地外文明，更别说是在窗外看见飞碟了。也许我们只能一

————————
①美国天文学家法兰克·德雷克提出的用来推测"银河系内，可能与我们接触的外星高等智慧文明的数量"的公式。

②物理学家费米提出的阐述对地外文明存在性的过高估计和缺少相关证据之间的矛盾。

直待在太阳的第三行星上直至灭亡。

我感到下巴上一阵刺痛，这才意识到自己正在拼命咬着牙关，后槽牙都快被我咬碎了。我费了一番工夫才让牙关放松。我回头张望着埃伦，想看她有没有注意到发生的一切。她也在盯着凯西，脸上带着无能为力的表情，眼睛里却充满怜悯。

就是这种表情让我终于崩溃了。

"扎克，你在干吗?"我听见迪尔紧张地小声说道，"坐下!"

我向下扫了一眼，才发觉自己已经站了起来。我的视线始终锁定在诺切和凯西的身上。

"是呀，别管闲事!"克鲁兹的声音从另一边传来，"别冲动啊。"

但到了这个时候，我已经是怒不可遏了。

我原本想走到诺切身后，抓住他的头发，把他的脑袋一下又一下砸在课桌上。

可是我没有那么做。我只是弯下腰，从凯西椅子后面的地上拾起了所有纸团。我把这些纸团都用力揉在一起，捏成了一个湿漉漉的大纸球，然后直接朝诺切的头上砸了下去。纸球发出的撞击声让我感到非常满足。

诺切一跃而起，飞快地转过身来。但当看到我在瞪着他的时候，他迟疑了一下，脸色变得有些发白，但依然圆睁着双眼。

教室里爆发出了一阵嘘声。同学们都知道我和诺切在初中时的过节，看到我们要再干一架，他们激动不已。第七节综合数学课的同学们顿时兴奋起来。

诺切用手把黏在头顶上的纸球抓了下来，愤怒地扔到教室的另一头，纸球里掉下的小纸团落在了其他几个同学的身上。我们俩怒目相对，我注意到诺切的口水顺着他左边的脸颊流了下来。他抹了一下脸,眼睛依旧死死地盯着我。

"终于决定要为你的男朋友出头了,莱特曼?"他嘴巴里嘟囔着,无法掩饰话音中的颤抖。

我咧嘴笑了笑,往前迈了一步,并把右手举了起来。这一招的效果很理想,诺切蹒跚着向后退了一大步,他被自己的椅子绊了一下,差点儿摔倒在地。虽然他立刻就重新站稳了,但却尴尬得涨红了脸。

教室里变得一片寂静,只听见老挂钟发出的滴答声。

"来吧,"我心里想,"给我一拳,给我一个打你的理由。"

不过,我发现在诺切的眼中,恐惧渐渐盖过了愤怒。也许他从我的眼神中发现我正处在精神失常的边缘。

"疯子。"他轻轻地嘀咕了一句,接着就坐回了自己的座位上,还隔着肩膀对我竖了一下中指。

我意识到自己的右拳依然高举着,当我把它放下之后,全班好像都松了一口气。我看了看凯西,希望他能至少点头表示一下谢意。但他依旧像一只挨了打的狗一样蜷缩在座位上,瞧都不敢瞧我一眼。

我又偷偷地瞄了一眼埃伦,她也正巧向我看来,但立刻就望向别处,不愿意接触我的目光。我扫视着教室里的其他人,只有两个人——克鲁兹和迪尔——向我投来了关切的眼神。

与此同时,赛尔斯先生终于从填字游戏中抬起头来,他注意到我正像一个连环杀人狂一样瞪着诺切。他笨手笨脚地戴上助听器,打开电源,来回看着我和诺切。

"怎么回事儿,莱特曼?"他边用弯曲的手指指着我,边问道。见我一言不发,他皱了皱眉,说道:"快回到你的座位上去。"

但我却没有听从他的命令。如果我在这里再待上一秒钟,我的脑袋就要爆炸了。我只能从赛尔斯先生的面前径直走出了教室。他难以置信地看着我的背影。

他在我背后大声叫道："你现在最好给我到办公室去！"

我向着最近的出口跑去，运动鞋底在走廊打蜡的地板上发出尖利的摩擦声，惊动了一间又一间正在上课的教室。

我似乎跑了很久，终于冲出了学校大门。跑向学生停车场时，我的眼睛在天空中四处搜寻着。看见我的人一定会以为我已经疯了，我的动作就像是在观看两个隐形巨人打网球，又像是作势冲向风车的堂吉诃德。

我的车停在停车场的最后面，那是一辆1989年生产的道奇欧姆尼。它浑身布满了刮痕、凹陷和锈斑，曾经是我父亲的座驾。十六岁生日那天，妈妈把车钥匙给了我，在此之前，它一直套着油布，闲置在我家车库。我怀着复杂的心情收下了这份礼物。它样子难看，旧得几乎无法开动，而且妈妈正是在这辆车里、在学校停车场如今我停车的这个位置怀上我的。那年情人节，老妈溜了出来，喝很多酒之后又连续看了几遍《情到深处》——俗话说"酒能乱性"，而且她特别喜欢卡梅隆·克罗威导演的爱情片。

不管怎样，这辆欧姆尼现在是我的了。人生就是不断这么转圈吧。不值钱的车总比没车好，特别是对于穷高中生来说。我尽量不去想青春期的爸妈放着彼得·加布瑞尔①的磁带，在车后座上干的好事。

是的，这辆车里的磁带卡座还能正常工作。虽然我有录音机转接线，能在汽车音响里播放我手机上的音乐，但是我更乐意听老爸留下的那些集锦磁带。他最爱的乐队也成了我最爱的乐

①20世纪70、80年代美国著名摇滚歌星，创世纪乐队主唱。

队——ZZTop、AC/DC、范海伦、皇后。我发动了欧姆尼那"动力澎湃"的四缸发动机,发电厂乐队翻唱的名曲《兴奋起来》就从破旧的扬声器里喷薄而出了。

我以最快的速度疾驰在郊区迷宫般的街道上。这样开车很危险,尤其是我一面开车,一面还要注意天空。现在是下午五点钟,一轮满月已经若隐若现了,我牢牢地盯着它,总觉得它是别的什么东西。结果,我闯了两个红灯,还差点儿撞上了一辆越野车。

在那之后,我打开了双跳灯,缓慢地开完了到家之前的最后几英里路——我的意识依旧探出窗外,紧盯着天空。

第二章

我把车开上了家门前空荡荡的车道,熄火后我却并不想立刻就从车上下来。我坐在车里,双手紧紧地握着方向盘,凝视着面前这栋砖砌小屋的阁楼窗户,想起了我第一次进入阁楼寻找父亲遗物时的情景。我觉得自己就像年轻的克拉克·肯特[1],正从死去已久的父亲的全息影像中得知自己的真正身世。不过,我现在想到的却是一个名叫卢克·天行者的年轻见习绝地武士,他正站在达戈巴星上的一个洞口前朝里张望。一旁的尤达大师说出了今天的课程内容——"那里面充满了原力的黑暗面。你一定要进去,孩子。"[2]

于是我进去了。

我打开屋子的前门,走进客厅,我家那只老比格犬"小松饼"躺在地毯上懒洋洋地看着我。几年前,它只要听见开门的声音就会跑到门口迎接我,还会欢快地吠叫。但它现在已经是一只半聋的老狗了,我的到来已经引不起它的兴趣。"小松饼"翻了个

①超人在地球上用的名字。

②以上两句中的人物和台词都出自电影《星球大战》。

15

身,四脚朝天,我上楼之前替它挠了几下肚子。它看着我走上楼梯,却没有跟来。

我终于来到了阁楼的门前,站在楼梯口,用手握住了门把手。我没有立即开门走进去,我需要准备一下。

我父亲的全名叫泽维尔·尤利西斯·莱特曼,他十九岁就离开了人世。我那时还只是一个婴儿,因此我对他没什么印象。长大之后,我不断告诉自己那是一件好事,因为你不会想念一个全无印象的人。

但事实却是我真的很想念他。我搜集一切能找到的关于他的信息,来填补他的形象。有时候我觉得,我这是在尽力获得想念他的权力,让我能像妈妈和爷爷奶奶那样去怀念他。

十岁的时候,我进入了青春期。就在那段时间里,我对父亲的好奇逐渐演变成了一种全方位的痴迷。

直到那个时候,我脑海中模糊而又理想化的年轻父亲的形象才逐渐清晰起来。不过实际上,关于他的基本情况,我还是只知道四点——这四点从我记事起就听祖父母说过无数遍:

1. 我长得和他像极了;

2. 他十分爱我和我的妈妈;

3. 他死于当地污水处理厂里的工伤事故;

4. 貌似这起事故并不是他的错。

随着我长大,这些模糊的细节已经无法满足我的好奇心了。自然而然地,我每天都会缠着妈妈问她许多关于父亲的问题。那时的我真是太年幼无知了,我不知道这种拷问对于妈妈来说是多大的痛苦。那时,我这种以自我为中心的孩子还不知道怎样为他人着想,所以我继续一刻不停地追问着,而坚强的妈妈则竭尽所能地回答我的问题。

　　终于有一天，妈妈交给我一把小小的黄铜钥匙，让我去看看阁楼上的那些箱子。

　　在那一刻之前，我总以为妈妈已经把老爸所有的遗物都捐给了慈善机构，这才是一个年轻的寡妇，一个想要开始新生活的单身母亲应该做的事。但在那个夏日，妈妈说不是这么回事，她把爸爸所有的东西都打包装进了几个纸板箱里。当我们搬进现在住的这栋房子时（房子是用老爸的事故赔偿金买的），她就把这些纸板箱锁进了阁楼。她说她是为了我才这么做的，如果我长大之后想多了解一点自己的父亲，那些箱子就能派上用场了。

　　那天，我打开门走进阁楼，它们就在那里——一束明媚的阳光照着十几只黄色的纸板箱，整齐地堆在倾斜屋檐下的角落里。像是等着被打开的时光胶囊，我呆呆地盯着它们看了很长时间。

　　那个夏天剩下的日子，我都是在阁楼上度过的，我就像一个发掘古墓的考古学家，把找到的所有东西都分类整理了一遍。这花了我不少时间，对于一个只活了十九年的人来说，我爸爸还真是收集了不少东西。

　　大约三分之一的箱子里都是他收藏的电子游戏——与其说是收藏，不如说是囤积。他有五台不同的游戏机，每台游戏机都配有数百款游戏卡带。在他的旧电脑里，我找到了更多的游戏。那里面储存着几千款经典街机以及家用游戏机的模拟器和游戏包——一个人在有生之年里是不可能把所有这些游戏都玩一遍的。不过我父亲可能是尝试过的。

　　在另一个纸箱里，我找到了一台古老的上开门录像机。我花了些工夫把它和我卧室里的小电视机连接了起来，开始一盒接着一盒地看他收藏的录像,从纸箱里找到什么就播放什么。大多数录像带里都是老旧的科幻电影和电视剧,还有许多从公共电视频道上录下来的科学节目。

有几个纸箱里面是父亲的旧衣服。这些衣服对我来说还是有点儿太大了,不过我还是照着阁楼上布满灰尘的镜子,把它们都试穿了一遍。

当我找到一盒明信片和信件的时候,我兴奋极了。鞋盒里工工整整地叠着妈妈在课堂上给他写的情书,我厚着脸皮把它们从头到尾都读了一遍,贪婪地吸收着每一条关于父亲的信息。

最后一个纸箱里装满了各种桌游道具,有规则手册、几袋多面骰子、人物卡和一大沓战役记事本,每一本上都写着游戏架空世界中的故事细节,从这些细节中可以看出父亲的想象力实在是过于丰富了。

其中一本蓝色的笔记本看上去有点儿与众不同,它的封面中间印着一个神秘的单词——法厄同[1]。

泛黄的内页上写着一长串日期和游戏的名字,接着是一些支离破碎的日记。日记里父亲写道,他相信自己发现了一场全球性的大阴谋——美国军方制定的一项绝密计划。日记中声称美军的四个分支[2]与娱乐和游戏产业串通一气,联合国的主要成员国也参与其中。

起先我以为这是父亲编出来的角色扮演游戏的剧情,或是他没来得及完成的短篇小说大纲。不过我越往下看,越觉得不是这么回事。这些文字不像是小说,而更像是一个严重妄想症

---

[1]希腊神话中的人物,后来被用来命名位于火星与木星轨道间的一颗假设的行星,它的毁灭被认为是导致小行星带形成的原因。

[2]这里指的是美国陆军、海军、空军和海军陆战队。

患者所写的一封杂乱无章的长信(我的 DNA 里就有他一半的功劳)。

这些日记彻底粉碎了我心中理想父亲的形象。我发誓再也不看它。

但是如今,同样的事情找上了我,游戏侵入了我的现实。难道我和父亲一样产生幻觉了吗？难道我们俩都得了精神分裂？我必须深入他的幻觉才能了解他的想法,才能找到他的幻觉与我之间的联系。

我终于再次鼓起勇气打开门走进阁楼,第一眼看到的还是那些纸箱。上次整理完之后,我已经把它们堆回了角落里。纸箱上没有任何标记,我花了几分钟才找到那个装满角色扮演游戏的箱子。

我把它放在地板上,开始翻找。我先翻出了一堆游戏手册和附录。光看这些游戏的名字就让人头疼——《专家级龙与地下城》《泛用无界角色扮演系统》《冠军骑士》《星际前线》《空间大师》。接下来就是那叠笔记本了,我要找的那本就躺在箱子的底部——八年前,是我亲手放在最下面的。我把它抽出来,捧在手里。这是一本普通的一百二十页横线笔记本,封面已经磨损得不成样子。我用指尖轻轻地抚摸着封面上的那个词——法厄同,从我第一次看到这个词起,它就驻留在我的脑海中挥之不去。

在希腊神话中,法厄同是太阳神赫利俄斯的私生子。太阳神对他心存愧疚,为了满足他的愿望,就让他独自驾驶太阳车出去兜风。法厄同连实习驾照都没有,太阳车很快就失控了。为了避免地球被太阳烤焦,宙斯不得不用一道闪电把法厄同劈死。

我盘腿坐下,把笔记本放在大腿上,仔细观察它的封面。封面的右下角印着几行细细的小字——"属于泽维尔·莱特曼",下面还有家庭住址。

这个地址又勾起了我的另外一些回忆,这是我的祖父母在橡树公园街上的房子。在我长大的过程中,几乎每个周末都要到那所房子里去探望他们。坐在那张老旧的沙发上,吃着奶奶亲手做的花生饼干,投入地听着他们俩一搭一档地说着爸爸生前的故事。说起唯一的儿子,他们的话语中总会带点儿失落和悲伤,可我依旧每周都回到那里,一遍遍地听着这些故事——直到有一年他们相继去世。从那以后,妈妈就接下了这份痛苦的任务,维系着我对父亲的那份憧憬。

我深深地吸了一口气,翻开笔记本。

在封里上,父亲制作了一张极为详尽的时间表,还在标题处写了"年表"。表格里密密麻麻地写满了名称和日期,而且这些名称和日期都是在不同时间段里填上去的,用了不同颜色的钢笔、铅笔和记号笔(谢天谢地,没有蜡笔),跨度可能有几个月甚至几年。有些条目上还画了圈,并用线条连到了其他条目,重叠交错的线条和箭头让整张纸看上去不像是一张时间表,倒像是一张流程图。

年　表

1962年——《太空大战》发布——世界上第一款真正意义上的电子游戏(出现在OXO和《双人网球》之后)

1966年——《星际迷航》在NBC电视台开始播放(播放日期从1966年9月8日至1969年6月3日)

1968年——《2001:太空漫游》上映

1971年——《电脑空间》发布——第一台投币式街机——街机版的《太空大战》

1972年——《星际迷航：文字游戏》发布——早期家用计算机上用BASIC语言编写的游戏

1975年——《拦截者》发布——Taito游戏公司出品——第一人称空战模拟游戏

1975年——《豹式坦克》发布——基于柏拉图电脑系统的第一款坦克模拟游戏？

1976年——《星际战队1》发布——最早的第一人称射击游戏——受到了《星际迷航》的启发

1977年——《星球大战》于5月25日首映，成为有史以来票房最高的电影。外星侵略者到达前的第一波洗脑？

1977年——《第三类接触》上映。用来消除大众对于即将到来的侵略的恐惧感？

1977年——雅达利2600游戏主机问世，捆绑销售的游戏是《战斗》，从此战斗模拟训练游戏进入了千家万户！

1977年——《星际战鹰》问世。受到《星球大战》启发而制作的众多游戏中的第一款

1977年——《安德的游戏》短篇小说出版。第一次在科幻小说中出现了用游戏作为实战训练模拟的情节。与《星球大战》同一年出现，难道只是巧合吗？

1978年——《太空侵略者》问世——受到《星球大战》的启发——第一款风靡全球的游戏

1979年——《尾炮手》《行星射击》《小蜜蜂》《星火》发布

1979年——《星际掠夺者》随雅达利400/800型电脑发布——衍生出其他系统的版本

1980年——《星球大战2:帝国反击战》上映

1980年——雅达利的《战争地带》发布——第一款写实风格的坦克模拟游戏

1981年3月——美国陆军与雅达利公司签订合同,打算把《战争地带》改编成坦克训练模拟器"布拉德利模拟机"。陆军声称这个模拟器只生产了一台原型机,然而它的控制器的设计被应用于许多未来的游戏之中,其中包括了《星球大战》和《法厄同》!

1981年7月——中旬,有人在比弗顿的MGP游戏厅里第一次见到了街机游戏《波利比乌斯》

1982年——《E.T.》上映——票房超越《星球大战》

1982年——《怪形》和《星际迷航2:可汗之怒》上映

1983年——《星球大战3:绝地归来》上映

1983年——《星际大师》发布——雅达利2600主机上的太空战斗模拟游戏

1983年——雅达利公司出品的《星球大战:街机游戏》和世嘉公司出品的《星际迷航:策略模拟》同时上市——这两款都是座舱式街机模拟游戏

1984年——《精英部队》于1984年9月20日发布

1984年——《2010:太空漫游》上映——《2001:太空漫游》的续集

1984年——《最后的星空战士》于7月13日上映。同名游戏发行计划被取消?

1985年——《冲向天外天》和《第五惑星》上映

1985年——《安德的游戏》长篇小说出版——由1977年的短篇小说扩展而成

1986年——《铁鹰战士》《异形2》《领航员》《火星大接触》上映

1987年——《隐藏杀手》《铁血战士》上映

1988年——《异形帝国》《极度空间》上映

1989年——《深渊》上映

1989年——街机游戏《法厄同》出现在MGP游戏厅，但以后却再也没人见过它

1989年——《机甲战士》上市——这是另一款军用训练模拟游戏吗？

1990年——由起源系统游戏开发公司出品的电脑游戏《银河飞将》上市——这也是训练模拟器吗？

1991年——《银河飞将2》上市

1993年——《星球大战：绝地大反攻》《X战机》《星际私掠者》《毁灭战士》相继上市

1993年——电视连续剧《X档案》开始播放——想用科幻电视剧来掩盖真相？

1994年——《星球大战：钛战机》《银河飞将3》《毁灭战士2》上市

1994年——《异形杀机》《星际之门》上映

1995年——《绝对零度》《冲击波》《银河飞将4》发布

1996年——《陆战队毁灭战士》上市——《毁灭战士2》的海军陆战队改制版

1996年——《星际迷航：第一次接触》《独立日》上映

1997年——《黑衣人》《星河战队》《超时空接触》上映

1997年——《X战机对钛战机》上市

1998年——《移魂都市》《老师不是人》《迷失太空》上映

1998 年——《银河飞将：秘密行动》《星球大战三部曲街机版》上市

1999 年——《星球大战前传 1：幽灵的威胁》上映

1999 年——《惊爆银河系》上映

1977 年第一部《星球大战》电影的上映似乎是整个年表的中心。我父亲把它圈出来好几次，另外还用十几个箭头把它和其他一些条目连接了起来——包括了《星球大战》所有的衍生游戏和其他受到它启发而制作的游戏，例如《太空侵略者》《星际战鹰》《精英部队》和《银河飞将》。

《无敌舰队》没有出现在我父亲的年表中，当然了，近十八年来所有的游戏都没有。年表中的最后一条是 1999 年的电影《惊爆银河系》。我是在这部电影上映几个月后出生的，到了我一岁生日的时候，可怜的老爸已经长眠于墓地的水仙花之下了。

我对着年表冥思苦想了十几分钟，觉得毫无头绪，索性开始看笔记本的第一页，上面用铅笔画了一台我从没见过的老式投币街机。它的控制台上只有一个白色按键和一根独立的摇杆，整台机箱是纯黑色的，两边没有任何装饰和商标，只有在显示器上方用绿色的大写字母印着游戏的名字——波利比乌斯。

父亲在铅笔画下面还写了几条注释：

·机箱上没有任何版权或生产商信息。

·据说，该游戏于 1981 年 7 月在 MGP 游戏厅里只出现了一到两周时间。

·游戏操作方式类似《骚动》，采用矢量图形。可能有十关？

·游戏的最后几关会使人产生痉挛、幻觉和做噩梦的现象。

在极端情况下,甚至会使游戏者产生杀人或自杀倾向。

·每晚会有"黑衣人"来下载游戏数据。

·也许是军方用来训练游戏玩家的早期试验设备?

·可能与"布拉德利模拟机"出自同一个隐秘计划?

想当年刚发现这本日记的时候,我就上网去查了《波利比乌斯》,这个都市传说已经在因特网上流传了几十年。1981年夏天,这台奇怪的街机出现在了波特兰的一家街机厅里。据说,玩过这个游戏的几个孩子都发疯了。后来这台街机突然神秘地消失了,从此再也没有出现过。有些传说中还提到有"黑衣人"会在街机厅营业结束之后,打开《波利比乌斯》的机箱下载游戏数据。

但根据网上的报道,《波利比乌斯》的传说已经被辟谣了。这个故事的起源是1981年夏天的一起事故,它发生在比弗顿一家如今已经停业的街机厅里(街机厅的名字叫作"马里布大赛车",简称MGP)。一个孩子在冲击《行星射击》最高分的时候晕倒了,被救护车送去了医院。《波利比乌斯》的故事中明显还混合了当时流传很广的另一个传说——几个孩子在玩过雅达利出品的街机游戏《骚动》之后癫痫发作了。这个传说后来被证明是真实的。

故事中"黑衣人"的部分也是有现实出处的。20世纪80年代早期,政府在波特兰地区的多个街机厅中进行过一次整治非法游戏赌博机的行动,因此当时确实有人看见联邦调查局的探员在街机厅关门之后出入其中,他们确实打开了一些游戏机的机箱——不过那只是在检查赌博设备,而不是下载游戏数据。

显而易见的是,我父亲画这张图的时候还是在90年代初,

《波利比乌斯》的真相还没有被公之于世。那时，《波利比乌斯》还只是比弗顿当地的传闻——流传范围仅限于 MGP 游戏厅附近。我父亲小时候就是这家游戏厅的常客。

笔记本的第二页上，父亲画了另一台传说中的街机《法厄同》。这张画稿比《波利比乌斯》要精细得多，也许是因为他自称亲眼见过它。在这页的顶端，他写下了这样一行字："1989 年 8 月 9 日，我在俄勒冈州比弗顿的马里布大赛车街机厅里亲眼见到了这台游戏机。"

随后他还郑重地签下了自己的名字。

从父亲的画稿上看，《法厄同》的机箱是座舱式的，形状就像一个胶囊，也有点儿像电影《创战记》里的光影摩托。两侧装饰着道具激光炮，使整台机器看上去更像是一艘飞船。最奇怪的是，这台游戏机居然有门。画稿中的机箱上有两扇用茶色有机玻璃做的蚌壳式翻盖舱门，活像兰博基尼跑车的上开门，玩家在游戏的时候是被封闭其中的。父亲还画了一张控制面板的草图，上面有四个飞行控制开关，两边的扶手上设置了几个按键，座舱顶上也有一排开关。对我来说，它看上去更像是一台军用飞行模拟器。除了侧面印着白色的游戏名称"法厄同"之外，整个机箱都是黑色。

七年前，我没有在网上搜到任何关于这台街机的只言片语。如今，我拿出手机又搜索了一次，还是一无所获，全世界所有游戏平台上都没有发布过名叫"法厄同"的游戏。其他产品倒是经常采用这个名字，比如汽车和漫画角色等等。然而没有任何一台街机叫过这个名字，看来这只能是出自父亲的幻觉，就像我自己半小时前看见的天刃战机。

我的注意力又回到了父亲的画稿上。他在"法厄同"中间大写字母"E"的元音变音符号①上画了一个箭头,箭头旁写着一行字——"变音符号掩盖了下载游戏得分用的数据端口!"

这张画稿也如同《波利比乌斯》一样,下面注释着几条所谓的"事实真相":

·仅见于1989年8月9日的MGP游戏厅——此后再也没有出现过。

·没有任何版权或生产商信息。纯黑机箱——与他人目击到的《波利比乌斯》一样。

·第一人称太空射击游戏——游戏操作类似《战争地带》和《尾炮手2》。彩色矢量图形。

·"黑衣人"在营业时间结束后用一辆黑色货车运走了《法厄同》——也与《波利比乌斯》的故事相符合。

·《布拉德利模拟机》《波利比乌斯》与《法厄同》之间到底有什么联系?它们都是为了把游戏玩家培养成军事人才的试验设备吗?

我仔细地把《波利比乌斯》和《法厄同》的画稿对照研究了一会儿,随后就直接把笔记本翻到了描述《战争地带》的那一页。

"1981年——美国陆军与雅达利游戏公司签订合同,委托他们把《战争地带》改造成'布拉德利模拟机'——布拉德利步兵战车的专用训练模拟器。这项计划在1981年3月的国际陆军训练会议上被公之于众。第一台原型机出厂之后,雅达利公司就宣布'放弃'了这项计划。然而原型机上的新型六维控制杆出现在许多以后的游戏机中,例如《星球大战》。"

①变音就是在字母上加两点,多出现在日耳曼语系的语言中。

27

在我父亲的阴谋论中，至少这一部分不是虚构的。根据我从网上得到的消息，美国陆军的一家顾问公司向雅达利支付了《战争地带》的改造资金。早在1980年，美国陆军就对把游戏改造成军用模拟器的想法很感兴趣。我父亲的年表中也提到，1996年，海军陆战队也开发过类似的项目，他们把具有开创性的第一人称射击游戏《毁灭战士2》改制后用于训练士兵。

如果我父亲能活得长一些，他的年表里一定会加上2002年上市的《美国陆军》，这是一款免费的电子游戏，它被称为美国陆军历史上最成功的募兵手段之一。当我们被迫完成了军队兵种倾向选择测试①之后，一位征兵官甚至还让我们在学校里玩了半个小时《美国陆军》。我当时就觉得很奇怪，测试完兵种倾向之后，为什么还要让我们玩战争模拟游戏呢？

我继续浏览着父亲的笔记本，可想而知，他把所有的时间和精力都花在了研究和揭发这个巨大的阴谋上。每一页纸都写满了游戏名称、上市日期、电影片名以及半吊子的阴谋理论。十岁的我把这些都看作是父亲的胡言乱语，不过现在我意识到，在他看似疯狂的表象之下也许有那么一点点条理。

《布拉德利模拟机》和《陆战队毁灭战士》的真实存在似乎印证了父亲那含糊不清的阴谋理论。经典科幻小说《安德的游戏》和另两部老电影《最后的星空战士》以及《铁鹰战士》也在他的理论中占有很重要的一席之地，父亲用记号笔标出了它们的放映日期，随后他用了满满几页的篇幅来阐述和分析它们的故事情节——仿佛其中有关于大阴谋的重要线索。

阅读父亲的日记之前，我从来没听说过《铁鹰战士》这部电影。上次我从他的遗物中找到了一盒《铁鹰战士》的录像带，就

①美国进入任何武装部队首先要通过的统一考试。

迫不及待地看了起来。这部电影立马就变成了我的最爱之一。影片中的主角是一个住在空军基地的少年道格·马斯特斯，他逃课去玩基地里的飞行模拟器——其实就是一台昂贵的游戏机，并在模拟器里学会了驾驶F-16战机。他是一个天生的飞行员，不过只有在聆听喜爱的摇滚乐的时候才能自如地驾驶飞机。他父亲在海外执行任务的时候，所驾驶的飞机被敌人击落，人也被俘虏了。在退休飞行员卢·戈塞特的帮助下，道格偷了两架F-16战机，带着他的随身听还有扭曲姐妹和皇后乐队的磁带去营救父亲。

《铁鹰战士》是电影史上一部伟大的杰作——可悲的是，只有我是这么认为的。克鲁兹和迪尔都发誓再也不看这部电影了，只有"小松饼"蜷缩着身体陪我看了一遍又一遍。我妈每到圣诞节就会播放那盘叫《史努比大战红男爵》的唱片。反复地看《铁鹰战士》加上反复地听那张唱片催生出了我在《无敌舰队》里的飞行员呼号："钢铁猎犬"。（我在《无敌舰队》论坛里的头像就是史努比身穿一战王牌飞行服的形象。）

我把注意力拉回到年表，老爸在《铁鹰战士》《安德的游戏》和《最后的星空战士》上分别画了好几个圈，还用线条把它们互相连了起来——现在我终于知道是为什么了。这三个故事讲的都是一个孩子用游戏模拟器来学习真实战斗技能的故事。

我把笔记本翻到了倒数第二条，在这页的中心，我爸写下了下面这段话：

"假如他们是在我们不知情的情况下，用电子游戏来训练我们战斗技能呢？就像电影《空手道少年》中，宫城先生让丹尼尔粉刷屋子、打磨家具、给汽车打蜡那样——宫城就是在丹尼尔不知情的情况下教他练武！如今光打蜡可不行了，这回是全球性的危机啊！"

　　最后一篇日记上没有标明日期，整整四页纸上用潦草的字迹写满了漫无边际的话语，爸爸试图在本子的最后把所有的线索都串起来，找出阴谋的意图所在。

　　"整个电子游戏产业都被美国军方秘密地控制着，"他写道，"甚至可能就是军方发明了电子游戏！他们为什么要这么做呢？"

　　除了他虚构出来的《波利比乌斯》和《法厄同》之外，父亲从没有给出过任何确凿的证据，只有那些疯狂的推论。

　　"军方——或是军队中某个影子部门——正在用各种方法追踪和分析世界上的顶级游戏玩家。"随后，他详细地写下了其中的一个例子——动视公司的高分徽章。

　　在20世纪80年代，动视游戏制作公司曾经搞过一次促销活动，玩家可以把游戏中取得高分的画面用照相机拍下后寄给公司。参加活动的玩家都会收到漂亮的布制刺绣徽章作为奖励。我爸认为这是游戏公司精心策划的一个阴谋，目的是轻易获得顶级玩家的姓名和住址。

　　在这四页纸的最后，爸爸用不同颜色的笔写下了这样一句话——"如今用网络来追踪玩家中的精英简直是易如反掌！网络是不是因此而诞生的呢？"

　　当然了，父亲从头到尾都没有具体说明军方招募顶级玩家的真正目的。不过，他在年表和日记中所提到的游戏、电影和电视剧都是关于外星访客的，友善的和凶恶的都有——《太空侵略者》《E.T.》《怪形》《冲向天外天》《第五惑星》《异形2》《深渊》《异形帝国》《极度空间》……

　　我用力摇了摇头，想把这些疯狂的想法甩出自己的脑袋。

距离父亲第一次在这本日记上落笔已经过了快二十年,在这期间,并没有什么政府的秘密游戏阴谋被揭露出来。因此,整个长篇大论的阴谋只能是我父亲那过于旺盛的想象力的产物——说得难听点就是妄想症。他一心想成为卢克·天行者、安德·维京或是亚历克斯·罗根①那样的宇宙英雄,因此在无意识中编造了日记中的一切。

我告诉自己,也许正是那些对宇宙英雄的憧憬让我以为自己看见了天刃战机,也许正是这本日记里的内容引发了我的幻觉。或许老爸的阴谋理论一直留在我大脑里的某个角落,它们就像是一箱被废弃的炸药,滴下的硝酸甘油不断地侵蚀着我的潜意识。

我长长地吸了一口气,又慢慢地把它吐了出来,蹩脚的自我安慰起了作用——这只不过是遗传精神病轻轻发作了一下,可能是由于我对从未谋面的父亲的向往,也可能是看了太多科幻小说。

最有可能的是因为我在游戏上花的时间实在太多了——尤其是《无敌舰队》。我每天晚上都玩《无敌舰队》,周末的时候则要玩上一整天。我甚至为了到亚洲服务器上去玩精英任务(由于有时差,任务开始的时候我正在学校上课)还逃了几次课。毫无疑问,我过度玩游戏已经不是一天两天了,不过,亡羊补牢,时犹未晚。只要能暂停一段时间,我就会冷静下来的。

坐在积满尘土的阁楼里,我暗暗下定决心至少要摆脱《无敌舰队》两个星期——当然要先做完今晚的精英任务。一年里只会出现为数不多的几个精英任务,错过的话就跟不上游戏剧情了。

①电影《最后的星空战士》中主角的名字。

　　实际上，为了给今晚的任务做准备，我过去的一个星期里花了更多的时间玩《无敌舰队》。也许我已经梦见过天刃战机了，今天醒着的时候再看见它也不足为奇。休息一阵之后，一切都会好起来的，我会没事的。

　　我像念经一样不停地对自己重复着这些话，就在这时，手机发出了提醒铃声。糟了，我在阁楼上待得太久了，打工要迟到了。

　　我站起身，把父亲的日记扔回纸箱。我已经受够了，不能再活在过去了，尤其不能活在父亲的世界里。楼下我的卧室里有太多他的遗物，快变成他的纪念馆了。是时候长大了，我要把这些垃圾都搬回到阁楼上，这里才是它们应该待的地方。

　　今晚开始，说干就干。我边告诫着自己，边关上了阁楼的门。

第三章

　　我开车到了"基地"所在的那条冷清衰败的商业街上，把车停在那辆1964年产红色福特银河几个车位远的地方，那是雷的车。雷是我的老板，而这辆"油老虎"是他的心肝宝贝，已经褪了色的保险杠贴纸上写着："星舰舰长都很冲动"。

　　和往常一样，停车位空荡荡的，只有那家叫"泰"的馆子门前稀稀拉拉地停着几辆车。店如其名，那是一家位于商业街另一头的泰国菜餐厅，我和雷伊经常叫那里的外卖。餐馆店招上的大写字母"H"中间的一横被写成了一个椭圆形，使得整个字母看上去活像是《星球大战》里的帝国战机，我们就给它取了个外号叫"泰战机"。

　　我打工的那家店叫作"星舰基地"，它的招牌比餐厅要威风得多。雷把店招设计成一艘星舰从砖墙中冲出来的样子，这花了他不少钱，不过效果真的很酷。

　　我推开店门，耳边随即响起了《星际迷航》中滑动门打开的声音。这是雷自己设计的音效，这样顾客推开店门时就会有种走进"企业号"指挥室的感觉。我每次听到这个声音都会禁不住露出笑容,今天也不例外。

进入店堂,天花板上的一对玩具激光炮塔的炮口就转过来瞄准我,炮塔装了简单的运动传感器。雷在炮塔旁的墙上贴了一张警告标志——"任何在本店中偷窃的人都将被涡轮激光汽化!"

雷和平日里一样坐在柜台后面,弯腰弓背地玩着他那台年代久远的电脑"大屁股"。他的右手不停地点着鼠标,左手在键盘上飞舞。

"扎克回来参战了!"雷大喊着,眼睛依旧盯着屏幕,"学校里怎么样,老弟?"

"平安无事。"我撒了个谎。

我走到柜台后面问道:"今天生意怎么样?"

"一般,就是我们喜欢的那样。"他回答道,"来点洋葱圈吗?"

他拿出了一大袋膨化洋葱圈,出于礼貌,我吃了一个。似乎只有高热量垃圾食品和骨灰级游戏才能维持雷的生命。我真是不能不喜欢这个家伙。

还没到驾驶年龄的那阵子,我每天下课后都骑自行车到"星舰基地"来。妈妈从医院下班之前,我就在这里和雷天马行空地谈论那些骨灰级游戏来打发时间。也许是雷觉得和我臭味相投,也许是他讨厌看见我成天挂着钥匙到处闲逛,不管怎样,最后他给了我这份工作。当时我真的乐坏了,后来我还发现当一个助理售货员是如此轻松——只有十分之一的时间是在工作,其余的上班时间就是陪着雷嘻嘻哈哈地玩游戏、吃垃圾食品。

雷曾经告诉我,他开这家"星舰基地"纯粹是为了"找乐子"。在互联网迅速发展的日子里,他靠着高科技股票赚了一大笔钱;如今他窝在这间属于自己的游戏基地里,开始提前享受退休生活了。在这里，他可以整天和志同道合的顾客们一边玩一边谈论电子游戏。

他一直说自己不在乎这家店是否能赚钱——心态确实不错，因为"星舰基地"确实很少有盈利的时候。雷经常高价收购二手游戏，随即又以低于收购价的价格降价出售。所有商品始终都在打折促销。店里卖的主机、手柄和其他游戏硬件都是零利润的，用他的话来说就是"培养忠实顾客，促进游戏产业"。

雷对待顾客的态度也很差，他自己在玩游戏的时候，就让顾客在柜台前等着。要是他发现有人买了一款无聊的游戏，就会在收钱的时候贬损顾客的游戏品位。无论大人还是小孩，雷都会在他们面前大肆发表自己的意见——从游戏秘籍到麦田怪圈，我就见过受不了他意见的顾客愤然离开。他看上去并不在乎自己的粗鲁行径会对生意产生什么影响，反而是我经常因为他的待客态度而训斥他，这样，我们之间渐渐形成了一种奇怪的雇佣关系。

我从一个抽屉里捞出"星舰基地"的店员名牌别在胸前。几年前，雷开玩笑地把我的绰号印在了名牌上，所以直到现在名牌上还写着："你好！我的名字是扎手的扎克"。他并不知道"扎手的扎克"这个外号是初中那次"意外"之后同学们给我起的。

我站在柜台前又消磨了几分钟，接着强迫自己走到店里体积仅次于"大屁股"的销售电脑"小浆果"的面前。我按了几下鼠标，打开一个搜索引擎，偷偷瞥了一眼雷。确定他没有盯着我之后，才在键盘上打下了几个单词：比弗顿、俄勒冈州、不明飞行物、飞碟。

搜索结果都是关于一家名叫"飞碟比萨"的本地饭店，本地电视台和报纸的网站上也没有任何新闻写到有谁目击不明飞行物。要是有人也看到了那架飞碟，他们应该还没有告诉媒体。就算报告了，也没人会当真的吧？

我叹了口气，关闭了浏览器窗口，又朝雷那里望了一眼。如果我想聊聊天刃战机的事，那只有跟雷说了。雷相信世界上任何事都可能发生——罗斯维尔、51区或是18号机库①。他曾经无数次地对我说，他相信外星人早在几十年前就与人类进行了第一次接触，这些年来我们的领袖们之所以要隐瞒这件事，是因为"地球上的普罗大众"还没有做好接受事实的准备。

不过，掩盖不明飞行物和外星人绑架真相是一回事，看见电子游戏中虚构的外星飞船从头顶上飞过就太疯狂了，最疯狂的罗斯维尔阴谋论都比这正常得多。再说了，我该怎么一本正经地走过去，告诉雷我看见了苏布鲁凯天刃战机驾临我们这个小镇？何况此刻，他正在游戏中与这个外星种族作战。

我走过去想看清楚他那台巨大显示屏上的画面。雷正津津有味地玩着这几年来他一直在玩的一款游戏——《大地》，这是一款由"混乱地带"游戏公司开发的第一人称射击游戏，"混乱地带"同时也是《无敌舰队》的开发商。两个游戏都属于同一个近未来外星人入侵的故事，故事中侵略地球的外星种族就叫"苏布鲁凯"——一群脾气暴躁、长得像乌贼一样的类人生物。他们来自围绕天仓五旋转的V星，想要占有我们美丽的M级行星地球（游戏中最常见的扯淡理由）。由于独占是头足类生物的本能，因此他们就要灭绝人类。

如同科幻史上其他邪恶的外星侵略者一样，苏布鲁凯人莫名其妙地就拥有了能够建造星际战舰并穿越宇宙空间的先进科技，却无法把一个荒芜的星球改造成适合居住的世界，只能不远

---

①传说中美国莱特空军基地里专门用于外星飞碟回收和研究的地方。

万里地来征服一个已经有智慧生物居住的地方——这颗行星上栖息着几十亿拥有核武器的灵长类动物，他们并不欢迎陌生人的到来。不知出于何故，苏布鲁凯人非得占有地球不可，他们还决定要在占领之前消灭所有人类。幸运的是，苏布鲁凯人就像众多编造出来的外星侵略者前辈那样，想要尽可能缓慢而低效地消灭我们。他们本可以直接用流星、致命的病毒或是几枚老派的远程核武器一次性杀光地球人，但却选择打一场旷日持久的二战式的空地大战。又不知道为什么，他们先进的武器、动力和通信技术都落入了原始的地球人手中。

在《大地》和《无敌舰队》这两个游戏中，玩家所扮演的是一名地球防卫联盟（简称EDA）的新兵，任务是利用多种多样的陆基战斗无人机来打退敌人的进攻。EDA兵工厂里的每一种无人机都被设计用来针对相应的外星无人兵器。

《大地》描绘了苏布鲁凯人的无人机到达地球之后与人类的地面战争。而次年上市的《无敌舰队》则是一款模拟宇宙空战的游戏，玩家通过远距离遥控全球各地的无人机，在外层空间和被包围的城市上空与苏布鲁凯侵略者作战。《大地》和《无敌舰队》一经发布之后就成了世界上最受欢迎的多人联网动作游戏。我曾经废寝忘食地玩过《大地》，但在"混乱地带"公司发布《无敌舰队》之后，我就被这个游戏给迷住了。现在我每周还是会陪克鲁兹和迪尔玩几次《大地》——作为回报，他们也会陪我玩《无敌舰队》。

上班的时候，雷也会强迫我陪他玩《大地》，所以我对地面武器的操作还是很犀利。在《大地》这款游戏里，你在各个任务中所能控制的武器的大小和战斗力取决于你的整体战斗技能等级。菜鸟玩家只能操纵地球防卫联盟里最小、最便宜的机器人步兵。一旦你的等级和技能升高了以后,你就能逐步控制更大、更先进的武器了——斯巴达飞行坦克、鹦鹉螺攻击潜艇、哨兵机甲(十英尺高,拥有强大火力的超级机器人步兵),还有地球防卫联盟中最庞大、最令人惊叹的武器——泰坦机甲,那是一台巨型人形机器人,看着有点儿像是从日本老动画片里搬出来的东西。

此刻,雷所操纵的那台泰坦机甲陷入了困境。我看见一大群外星蜘蛛战士包围了他。他的机甲最终被漫天飞舞的激光炮火击倒了,还压垮了一栋宏伟的公寓大楼。我们俩的面部肌肉有意无意地都有点儿抽搐——在《大地》里,玩家如果在操控无人机时破坏了自家财产,就会受到非常严厉的惩罚,不管是不是有意的。

虽然这款游戏包含了许多老生常谈的外星侵略故事,不过它还是有许多创新的地方。举例来说,苏布鲁凯人并没有亲自来侵略地球,而是使用了各种无人兵器。人类也制造了自己的无人兵器来和他们相抗衡。因此,双方所有的宇宙战机、机甲、坦克、潜艇和地面部队都是远程遥控的战争机器——操纵这些武器的外星人和人类都身处远离战场的某个地方。

从纯粹的战术角度来看,使用无人兵器比人类(或外星人)亲自驾驶飞船和机车打仗要合理得多。为什么要让最优秀的飞行员冒着生命危险亲自战斗呢?现在每当我看《星球大战》的时候,我总想不通为什么帝国拥有能在相距数光年的星球之间进行全息通话的技术,却没人想到怎样去遥控操作"钛战机"或是"X战机"。

雷的电脑显示器上现出了一条警告消息——"你的机甲被摧毁了!",接着屏幕暗了一秒钟,然后一条新消息又通知他可以操作另一台新机甲了。但是雷所有的大型机甲和坦克都被摧毁了，他只能被迫操纵唯一剩下的一台ATHID——战术装甲机器人步兵。

ATHID从脖子以下看上去就像是电影中被烧去皮肉的终结者，相对于终结者那闪亮的金属骷髅，ATHID的头部则是一个被亚力克护甲包裹着的立体摄像头，看上去有点儿像某种昆虫。每台ATHID的两条前臂上各配有一把高斯射线多管旋转机枪，肩上装着一对导弹发射器，胸甲下还嵌了一门激光炮。

我看着雷用两把旋转机枪扫射击倒了一大片向他猛攻的苏布鲁凯蜘蛛战士——一种八条腿的杀伤型机器人。他们正从一栋着了火的公寓大楼里朝着雷守卫的城市中心区域射击。雷的脑袋随着他最喜欢的游戏配乐上下摇晃着，这是激流乐队的名曲《生命特征》。据雷所说，这首歌的独特节奏完美地契合了蜘蛛战士那蜂拥而上的进攻模式，让他能预判到他们进攻的路线和速度。雷还声称激流乐队的专辑《电影》中的每首歌曲都对应着一种苏布鲁凯无人兵器的进攻模式。就个人而言，我觉得他只是想找个借口在店里每天重复播放这张专辑。

在雷的显示屏上，几十艘苏布鲁凯运输船从天而降，这种暗灰色的巨大八面体是敌人从地球轨道向地面部署部队用的。每一艘运输飞船的装甲船体上都装满防卫炮塔，激光炮火几乎不能伤它分毫。当然了，在标准的游戏设计中，这些飞船一定会有一个明显的弱点：它们的引擎上没有任何装甲而且极易受到攻击——我在玩《无敌舰队》的时候发现了这个弱点。当这种钻石形的飞船降落的时候，它会像一支巨大的长矛一样，把自己的下半部插入地表之中。留在地面上的金字塔形的上半部随即打开，就像一朵有四瓣金属花瓣的花。接着，成千上万的苏布鲁凯无人兵器就会如同咬破了卵囊的小虫一样蜂拥而出，毁灭挡在眼前的一切。

远处，一大队苏布鲁凯天刃战机划过天际，整齐划一地调转航向，就像一群觅食的食人鱼。从上面看下去，天刃战机的对称机身好似一柄双头战斧；但从侧面望过去，它就成了老科幻电影中飞碟的样子——和我早先幻觉中看到的细节一模一样。

在过去的三年里，我在《无敌舰队》里击毁了无数架天刃战机。直到现在，我也没觉得它们有多吓人。然而在今天，我只不过看到它们在游戏背景中出现，心就缩紧了，仿佛这些战机并不是电脑显示器里渲染的多边形，而是对我所珍视的东西的真正威胁。

雷操纵着他的ATHID越过着火的楼顶，跳到了一辆苏布鲁凯蛇怪机器人的背上，这种外形像蜥蜴的机器人在眼睛上装备了两门激光炮。机器人步兵再次跳了起来，在空中旋转了一百八十度之后，用一发导弹准确无误地击中了蛇怪的分段式腹部。蛇怪的爆炸在他身下形成了一个巨大的橙色火球，雷不得不启动了ATHID的喷气引擎来避开炙热的火焰。

"干得好，中士。"我说道。中士是雷在地球防卫联盟里的军衔。

"谢谢你，中尉。"他回答道，"我尽力而为，长官！"

根据显示屏上的数据，他的中队已经损失了所有的六辆飞行坦克和两台泰坦机甲。他们只剩下七台备用的ATHID了，战术地图上闪烁不停的图标表明这些ATHID都储存在附近的一个地球防卫联盟武器库中，而这个武器库正在遭受一大群蜘蛛战士的攻击。雷的中队就快要输掉这场战役了，城市随时都会落入苏布鲁凯人的手中。然而，就算面对必败的结局，雷依旧在顽强地战斗着。这是他性格中最可爱的一面。

到目前为止,雷是我见过的最好的《大地》玩家。几个月之前,他成了"三十打"的成员,这是游戏中最强的三百六十名玩家组成的精英战队。从那以后,他每天都登录到《大地》的服务器上去,一个接一个地做那些高级任务。雷不用上学也没有回家作业,他可以把每分每秒都投入到游戏之中。因此,他上线玩游戏的时间比我和克鲁兹、迪尔加起来还要长。

"狗娘养的!"雷大骂着,用力敲打着显示器的侧面。我扫了一眼屏幕,见到苏布鲁凯人正在蹂躏他中队里所剩无几的几台机器人步兵,马上就要把他们消灭干净了。当雷的最后一台ATHID被蜘蛛战士那钳子般的大颚咬碎之后,屏幕上现出了"任务失败"几个大字,接着就开始播放苏布鲁凯军队毁灭纽瓦克市的过场动画。

"好了,"他一边看着屏幕上硝烟弥漫的城市废墟,一边朝嘴里又塞了一把洋葱圈,"还好只是纽瓦克,对吧? 损失不算太大。"

他自嘲地笑了几声,擦掉了手指和牛仔裤上的洋葱圈碎屑,又咧嘴朝我露出了兴奋的笑容。

"嘿,猜猜我今天收到了什么?"他问道,随后把柜台下面的一个大箱子放在我面前。

这是一套全新的《无敌舰队》拦截者飞行控制系统——目前最先进也是最昂贵的游戏控制器。

"不会吧!"我查看着印在闪亮的黑箱子上的图片和数据,低声说道,"我以为这玩意儿要下个月才上市呢!"

"看上去'混乱地带'公司决定提早发货,"雷搓着手,兴奋地说道,"想打开看看吗?"

我用力点头。雷抓起一把美工刀割开了纸箱,随后他叫我按住纸箱两侧,这样他就可以把套在纸箱里的泡沫箱给拽出来了。泡沫箱里装着控制器的部件,雷把它们一一拿出来,摆在柜台的玻璃台面上。

《无敌舰队》拦截者飞行控制系统(简称IFCS)包括了一个拦截者无人机飞行员头盔(内建虚拟现实眼镜、噪音消除耳机和一个可伸缩的话筒)和两件一套的手动速度控制设备(简称HOTAS)——一个全金属力反馈飞行摇杆和一个分离式油门控制器(内建武器操作面板)。摇杆、油门控制器和武器面板上都按照人体工学设置了许多按键、扳机、模式选择钮、旋转拨盘和八向旋钮,所有这些配置可以让你完全掌控《无敌舰队》中拦截者无人机的飞行、巡航和武器系统。

看着我垂涎三尺的样子,雷问道:"喜欢吗,扎克?"

"雷,我想和它结婚。"

"在储藏室里还有十几套,"他说道,"也许我们可以搭一个金字塔进行展览。"

我拿起头盔掂了掂,头盔沉甸甸的重量和精细的制作细节给我留下了深刻的印象。它看上去和摸上去都像一个真正的战斗机飞行员头盔,它的虚拟现实眼镜是目前最先进的。(我家里有一个不错的头戴式虚拟现实显示器,是雷以前送给我的。不过那个显示器是几年前的产品了。这几年里,显示器的分辨率突飞猛进。)

我把头盔放回到柜台上,按捺着想要试戴的冲动。我伸出左手放在油门控制器上,右手握住了冷冰冰的金属摇杆。它们的大小合适极了,就像是为我的双手定制的一样。

在这几年玩《无敌舰队》的日子里,我用的都是一套廉价的塑料飞行摇杆和油门控制器,完全不知道自己错过了什么。自从在《无敌舰队》论坛上听说了IFCS要上市的消息，我就开始对它朝思暮想了。不过五百多块的价格（即使我有百分之十的员工折扣），对我来说还是太高了。

我不情愿地从控制器上抽回手，插进口袋里。"如果我现在开始存钱，也许到夏天结束就能买一套了。"我嘟嘟囔囔地说着，"前提是我的破手机可别再坏了。"

雷做了个拉小提琴的动作，随后他笑着把头盔从柜台上滑了过来。"这套给你，"他说道，"就当是提前的毕业礼物吧。"

他调皮地用手肘捅了我一下，"你应该能毕业的，对吗？"

"这不可能！"我盯着控制器，难以置信地说道。

我抬起头来看着雷，"我是说——是的，我能毕业——不过，你不是在开玩笑吧？这套送给我了？真的吗？"

雷严肃地点了点头，"真的。"

我想要拥抱他，接着我就这么做了——我用手臂围住了他肥硕的肚皮，给他一个大大的熊抱。他尴尬地笑了起来，用手拍着我的后背直到我松开双臂。

"我是为了战争需要才这么做的！"他拉了拉身上的法兰绒衬衫，接着用手拨乱了我的头发，"如果可能的话，有了属于自己的控制系统，也许能让你成为一个更优秀的拦截者飞行员。"

"雷，你太大方了，"我说，"谢谢你。"

"年轻人，别客气。"

虽然我几年来一直担心雷会因为仗义疏财而破产（那样的话，我就不得不到其他地方去找一份真正的工作了），不过这不妨碍我接受这份昂贵的礼物。

"想到作战室里去试一下吗？"他说的是店后面那个又小又窄的房间，里面有几十台连接在一起的电脑和游戏主机。顾客会租用这个房间来开黑对战或是搞战队活动。"你应该在今晚的精英任务之前把这套系统练熟。"

"不用了,"我说道,"我想我还是回家设置好以后再试吧。"如果再次看见天刃战机朝我飞来,我也许会精神失常或者口吐白沫的,因此我还是回家独自待在卧室里玩比较好。

雷抬起一边的眉毛。"你怎么了?"他说道,"不舒服吗?"

我避开他的目光,答道:"我没事。为什么这么问?"

"你的老板刚才邀请你在上班时间玩你最喜欢的游戏,你却拒绝了他?"他伸手摸了摸我的前额,"年轻人,你是发烧还是脑子抽了?"

我心神不定,笑着摇了摇头,"没事,只不过最近我发誓,不管你怎么'引诱'我,我都要认真工作,不再游手好闲。"

"这到底是为什么呢?"

"这是我伟大人生计划中的一步,"我说道,"要让你看看我是一个有责任心、值得信赖的人,这样你就会在我毕业之后雇我做全职员工了。"

雷的目光变得有些焦躁不安,每当我提起这个话题的时候,他就会用那样的眼神看着我。

"扎克,只要我们的店还开着,你想干多久都行。"他说道,"不过,实话实说,你知道自己命中注定是要干些大事的,对吗?"

"谢谢你,雷。"我强忍着向他翻白眼的冲动,回答道。如果说今天命运给过我什么暗示的话,那我就命中注定要穿上疯子的束缚衣了,也许他们还会给我戴个防撞头盔。

"'你无法逃脱你的命运。'"他尽力模仿着欧比旺①的声音。接着他坐回到自己的高脚凳上,点击鼠标开始了下一个《大地》

①电影《星球大战》中的绝地武士,指导过阿纳金和卢克·天行者。

的任务。"混乱地带"公司推出过多种规格的《大地》控制器，包括最畅销的泰坦控制系统——这种双摇杆控制系统在我们店里就有出售。然而，雷玩游戏的时候只用键盘和鼠标。他还偏爱传统的电脑显示器，而不喜欢虚拟现实眼镜，他说那东西让他头晕。就像他那个年纪的许多玩家一样，雷十分固执。

尽管我才说了要认真工作，但我还是回到"小浆果"面前，点击了桌面上的《大地》图标。游戏的开场动画开始了，我差点儿就习惯性地选择了"跳过片头"。不过我还是让它继续播放了下去，这是我几年以来第一次重看这段动画。

低沉的画外音(摩根·弗里曼[1]配音，他的声线还是一如既往的那么好听)铺开了游戏故事的基本脉络。时间背景设置在"21世纪中叶"，那是来自天仓五的水生种族苏布鲁凯人第一次入侵地球的十年之后。由于距离地球比较近，从早期科幻小说开始，天仓五就经常被设定为外星人的发源地。苏布鲁凯人长得像地球上的巨型乌贼，还有一头毛发状的尖利大触须，一张垂直的鲨鱼般巨嘴的周围，环绕着六颗冷漠无情的黑色眼球。

开场动画过渡到了侵略者到达地球那天发给地球人的一段影像，影像中是苏布鲁凯最高首领发表的恐吓讲话。依我个人的愚见，维塔数码[2]设计师们的画风太像吉格尔[3]的超现实主义作品了。这个灰色半透明皮肤的生物在昏暗的水下巢穴中飘浮着，他的触须伸展在身后，面对摄像机说着刺耳的外星语言，听上去有点儿像用鲸鱼的声音唱出的死亡金属乐。

---

[1]美国著名黑人演员，经常为动画片和纪录片配音。

[2]全球领先的综合视觉效果公司，《魔戒》《金刚》《阿凡达》中的特效均出自维塔的制作团队。

[3]汉斯·鲁道夫·吉格尔(Hans Rudolf Giger)，瑞士著名超现实主义画家，曾因设计电影《异形》中的外星生物而获得奥斯卡最佳视觉效果奖。

谢天谢地,在首领宣读邪恶外星种族的陈词滥调之前,有人打开了英语字幕。

"我们是苏布鲁凯人,"他说道,"我们宣布,你们这个可怜的物种不值得拥有生存的权利。你们应该要被灭绝——"

我按下空格键跳过了首领的讲话,其中的重要部分我都记得。这些心狠手辣、冷酷无情的乌贼跨越了十二光年的距离来消灭我们,同时还要摧毁我们的必胜客,把蓝色星球占为己有。我的任务就是要用精湛的游戏技术来阻止他们。来吧!

"按开火键继续。"

网上可以找到人类与苏布鲁凯人交战的完整故事,但玩家必须在精心制作的地球防卫联盟的几个网站里寻找情节碎片,才能把整个故事拼凑起来——这是虚拟现实游戏的一个重要元素,能帮助玩家更好地融入游戏故事。根据这些隐藏在网站中的信息,就在十年前苏布鲁凯人刚开始入侵地球的时候,地球防卫联盟搞到了一艘完好无损的苏布鲁凯飞船,接着他们似乎在一夜之间就根据飞船还原了外星人所有先进的武器、通信、生命保障和动力技术。然后就造出了遍布全球的无人兵器,与苏布鲁凯人旗鼓相当地战斗。

显而易见,游戏开发者从来都不想费心解释,地球防卫联盟的科学家们在躲避苏布鲁凯的强大攻击的同时,是如何在那么短的时间完成这个伟大壮举的。不过在我看来,如果你愿意停止怀疑,相信在过去的十年中,来自天仓五的一伙人形外星乌贼使用无人兵器舰队与人类作战,那么在游戏中吹毛求疵地寻找情节漏洞和不符合科学的地方就很蠢了。尤其是在邪恶外星首领和太空战机开始格斗的时候。

我关闭了《大地》的游戏客户端,打开"混乱地带"公司的网站。我点出"关于我们"的页面快速浏览了起来。作为一个资深的"混乱地带"超级粉丝，我对他们公司的历史已经有了许多了解。这家公司是在 2010 年由一个住在湾区①的游戏开发者费恩·阿波加斯特创办的。他辞去了为电子艺界公司制作《战争地带》游戏系列的肥差，冒着巨大的风险开始自己创业。他怀着"开发次时代多人虚拟现实游戏"的远大目标创建了"混乱地带"公司。

后来阿波加斯特组建了一个由创意顾问和承包商组成的梦幻团队，共同把他大胆的设想变成了现实。阿波加斯特说动了几个电子游戏界大佬离开原本的公司和项目，与他们签署了独家合作协议来制作这两款原创的大型多人在线游戏。就连游戏界的传奇人物克里斯·罗伯茨②、理查德·加利奥特③、宫崎英高④、加布·纽威尔⑤、宫本茂⑥都成了《大地》和《无敌舰队》的顾问。还有几个好莱坞的大导演也参与其中，包括詹姆斯·卡梅隆⑦（参与了地球防卫联盟飞船和机甲的设计）和彼得·杰克逊⑧（他的维塔工作室制作了所有的过场动画）。

"混乱地带"为《大地》和《无敌舰队》量身定做了自己的游戏引擎，引擎的程序设计师以前都参与制作过类似的战斗模拟游戏和太空空战模拟游戏——《战争地带》《使命召唤》《现代战争》

①这里指的是美国旧金山的圣弗朗西斯科湾地区。
②游戏《银河飞将》的制作人。
③游戏《创世纪》的制作人，起源系统公司的创建者。
④日本游戏公司 From Software 总裁。
⑤Valve Software 游戏公司创办人，游戏《半条命》的制作人。
⑥日本最著名的游戏设计师之一，代表作品有"马里奥"系列、"大金刚"系列、"塞尔达"系列等。
⑦著名电影导演、编剧，代表作品有《终结者》系列、《异形2》、《阿凡达》等。
⑧著名电影导演，代表作品有《指环王》系列、《霍比特人》系列等。

《星际公民》《精英部队：危机》《星战前夜：在线》。

这种抄袭拼凑的游戏制作方式取得了巨大的成功，《大地》和《无敌舰队》成为全球最畅销的多人在线游戏也就顺理成章了。对于普通玩家来说，这两款游戏直截了当的街机终端容易上手并且充满乐趣；而对于我这样每天都玩的核心玩家来说，它们也具有丰富的变化和强力的挑战。这两个游戏的制作水准极为高超，玩家可以在包括智能手机和平板电脑等任何现代游戏平台上玩到它们。最重要的是，它们不像大多数的大型网络游戏那样价格昂贵。当然了，"混乱地带"每月都会向《大地》和《无敌舰队》的玩家收取一定的会员费，不过一旦你在游戏中升到了军官级别，"混乱地带"就会免去这笔费用。从那以后，你就不用花一个子儿了。另外，进入游戏之后，玩家也不用花钱内购任何东西。

我关闭了浏览器，盯着桌面上的图标看了一会儿，努力想要理清思绪。在今天之前，我从没想过游戏中的外星人入侵情节和我父亲日记中的阴谋论之间会有什么联系。每年会有成百上千部关于外星人入侵的电影、电视剧、书籍和游戏上市，而《无敌舰队》只不过是其中之一。再说了，这款游戏上市才不过几年时间，又怎么会和我父亲在十几年前写的东西有关呢？

但话说回来，假如政府真的要让普通公民在游戏中学会操纵无人兵器，那么像《无敌舰队》和《大地》这样的多人网络战斗模拟游戏确实是最好的选择……

几分钟之后，《星际迷航》的开门音效再次响起，一帮在附近初中上学的常客涌了进来。我马上把头盔、控制器和手柄塞回纸箱里，把纸箱藏到了柜台下面。我可不想让这帮青春期的小流氓看见我的宝贝。

"欢迎来到星际地带,在这里游戏永远也不会结束。"我振作起精神背诵着店里的问候语,"年轻的先生们,今晚有什么我可以效劳的吗?"

第四章

我回家的时候,妈妈的车已经停在车道上了。这对我来说是个惊喜,过去一年里,她几乎每天都要在医院加班,晚上回来的时候,我基本上都已经睡着了。

然而,这也让我有点儿紧张,因为她总能看出我有什么地方不对劲。小时候,妈妈总能猜中我在想些什么,特别是我在异想天开的时候。那时我坚信她拥有某种变异的心灵感应能力,才会读出我脑子里的东西。

我看见妈妈躺在客厅的沙发上,看着电视里播放的最新一集《神秘博士》,这是她一直在追的电视剧之一。"小松饼"蜷缩在她的脚边,她俩都没听见我走进来。我把《无敌舰队》控制器的纸箱放在楼梯上,然后站在那里看着妈妈。

帕米拉·莱特曼(娘家姓克兰德尔)是我认识的最酷、最坚强的女性。她总能让我联想起萨拉·康纳[1]或是埃伦·雷普利[2]那样的科幻女英雄——虽然自身有点儿这样那样的小问题,但是为

①电影《终结者》系列中男主角的母亲。
②电影《异形》中的女主角。

了保护自己的下一代，这个单身母亲可以义无反顾地操起重武器撂倒那些杀人机器。

我妈还有个特点就是不可思议的美丽。我知道人们都觉得自己的母亲很漂亮，但对于我妈而言，这却是个不争的事实。很少有人知道有着恋母情结的孩子，被一个极其火辣的单身母亲抚养长大是一种什么样的煎熬。见到一个个男人为她的美貌所倾倒，而又不愿费心去了解她，这让我对自己的性别感到有点儿厌恶，在心理也背上了极大的包袱。

大概他们都不懂妈妈一手把我养大有多么的艰辛。首先，她没有从自己的父母那里得到任何帮助。妈妈还在上小学的时候，外公就得癌症去世。到了高二，笃信宗教的外婆由于妈妈怀孕而和她脱离了母女关系。接着，她就嫁给了那个祸害了她的短命游戏迷。

我妈告诉我，在爸爸去世后的几个月里，外婆曾经有一次想要和她修好。但她们最终却没能和解。外婆犯了个大错误，她告诉妈妈，爸爸的死是"因祸得福"——意思是妈妈终于能给自己找个"值得尊敬的丈夫"，找个"有前途的男人"了。

从那以后，妈妈就真的和外婆断绝关系了。

我打心底里觉得，令妈妈最难过的事就是每天都必须要看到我的脸。我长得和爸爸实在是太像了，随着我长大，我们俩越来越像是一个模子里刻出来的了。如今，我的岁数已经接近爸爸去世时候的年纪了，妈妈每天早上都要隔着餐桌看见死去丈夫的影子对着自己笑，我尽量不去想她的心情会有多糟。我甚至在想，这可能就是过去的几年里她疯狂加班的真正原因。

我妈妈从来就不是一个孤独的寡妇，她经常和朋友们出去跳舞，我知道她偶尔也会去约会。不过，她总是会在关系变得认真之前与对方分手。我从没有问过她为什么,原因是显而易见的——她还爱着我的父亲,无法彻底忘掉他。

在我小一些的时候,妈妈对爸爸的思念给了我一种异样的满足感,因为这能证明他们确实曾经相爱过。然而,如今的我稍微成熟了一些,我开始担心妈妈或许永远也嫁不出去了。一想到我毕业搬出去之后,她会在这栋房子里孤独终老,我就觉得难受。

"妈妈。"为了不吓到她,我很小声。

"噢,宝贝!"她把电视调到静音,慢慢地坐了起来,"我没听见你进来。"她指了指自己的右脸颊,我听话地过去亲了她一下。"谢谢!"她摸着我的头发说道。接着,她拍了拍沙发让我坐在她身边,还把"小松饼"抱到了我的大腿上。"今天过得怎么样,小子?"她问道。

"还不错。"我用一个看似轻松的耸肩强调这句谎话,"妈,你过得怎么样?"

"相当不错。"她学着我的腔调回答道,也来了个耸肩。

"你这么说我很高兴。"虽然我怀疑她也在撒谎,不过我还是这么说了。她整天都在照顾癌症患者,其中大多数人已经病入膏肓了。我不明白这样的工作怎么能度过愉快的一天。

"今晚你不加班吗?"我问道,"这可真是圣诞奇迹。"

我说的这个家族老笑话又一次把妈妈给逗乐了。在我们家里,一年到头每件事都可以算是圣诞奇迹。

"今晚我想休息一下。"她把脚从沙发放了下去,转过身来看着我,"你饿吗,宝贝?我很想吃肉桂法式吐司。"

然后她站起身来,说道:"怎么样,和你老妈一起把早点当晚餐吃吧?"

她的提问让我不寒而栗。我妈只有在想要和我"认真"交谈的时候，才会在晚餐时给我做早点。

"谢谢，不过我在店里已经吃过比萨了。"我退了一步，说道，"我的肚子有点儿饱。"

她走到我和楼梯中间挡住了我的去路。

"不准过去！"她一边用脚夸张地跺着地毯，一边大声说道。

"你们副校长刚才给我打过电话了。"她说，"他告诉我你今天数学课逃课了，还差点儿和道格拉斯·诺切打了起来。"

我看着她的脸，压下了胸中的一阵烦躁。我强迫自己站在妈妈的立场去考虑问题，我看得出她正尽力隐藏着自己的忧虑和不安。

"我并不想打架，妈妈。"我说道，"当时，他正在欺负坐在我附近的另一个孩子。道格拉斯折磨他已经有好几个星期了。如果我当时不跑出教室，就要把诺切脑袋掰下来了。你应该为我感到骄傲。"

她看了我一会儿，随后叹着气吻了一下我的脸。

"好了，小子。"她拥抱着我说道，"我知道你待在学校里也不容易。再忍耐几个月你就自由了，就能掌握自己的命运了。"

"我知道，妈。"我说道，"还有两个月，我做得到。别担心。"

"记住，"她咬着嘴唇补充道，"你已经是个成年人了……"

"我明白，"我说，"别担心。那种事不会再发生了，行吗？"

她点了点头。我看得出来她心里还在想着那次"意外"。我曾经无数次地向她保证那样的"意外"再也不会重演。

"意外"是这样发生的：

那是初一才刚开始几个星期的一个早晨，我在走廊里经过诺切和他朋友们身旁，他笑着对我说道："嗨，莱特曼！你老爸是不是真有那么傻,居然会在大粪厂里被炸死?"

我一点儿也没有加油添醋,这就是他当时的原话。别的同学也听见了。

接下来我只记得我骑在诺切的胸口上,看着他那张一动不动、满是血污的脸,周围都是同学们的尖叫声。然后有几条强有力的臂膀锁住了我的脖子和身体,把我从诺切身上拉开了。我的脑子里还在琢磨:为什么我的手指关节那么疼?为什么诺切蜷缩在大理石地面上的血泊之中?

后来,他们说我像"一头疯狂的野兽"一样攻击诺切,把他打昏了。他们说我在诺切不省人事之后还不停地打他。

最后,他们动用了两个男同学和一个老师才把我和诺切分开。

诺切在医院里待了一个星期才从轻微脑震荡中恢复了过来,他的下巴也被我给打歪了。考虑到他的伤势,对我的惩罚倒不算太重——停课两周,加上在剩下的学年中强制参加情绪控制治疗。在那之后,班里的同学都把我看作个疯子,还给我送了个雅号"扎手的扎克"。

最糟糕的是,那次"意外"在我的记忆中留下了十秒钟可怕的空白,我几乎每天都会扪心自问:"如果当时没人阻止我,会发生什么事?"

诺切也许是在网上看到了我父亲报纸讣告的扫描件。如果有人在网上搜索我父亲的名字,这是唯一会显示出来的结果。我也是这么知道爸爸的具体死因的。在我长大成人的过程中,妈妈和爷爷奶奶一直都向我隐瞒着——我感谢他们这么做,因为自从我读了讣告之后,其中的内容就一直萦绕在我的心头挥之不去。我依然记得讣告上的每一个字:

比弗顿男子死于污水处理厂事故

《比弗顿谷时报》——2000年10月6日报道

周五上午九点左右,位于南河路的城市污水处理厂发生了一起事故,一名比弗顿当地的男子死于该事故之中。死者名叫泽维尔·尤利西斯·莱特曼,十九岁,家住布鲁伯尼特大道603号,是比弗顿市的一名公务员。华盛顿县的验尸官表示死者于事故现场当场死亡。莱特曼当时正在储水罐旁工作,一股无法察觉的甲烷泄漏致使他陷入了昏迷。调查人员推测一处暴露在外的电路中爆出的火花点燃了泄漏的甲烷气体,莱特曼死在随后的爆炸之中。莱特曼的一生都居住在比弗顿,他死后留下了妻子帕米拉和儿子扎克利[①]。葬礼安排在——

"扎克,你在听我说话吗?"

"当然,妈妈。"我撒谎道,"你在说什么?"

"你的辅导老师拉塞尔先生也给我留了个语音消息。"她把双臂交叉抱在胸前,说道,"他说你上两次职业咨询课都没去。"

"抱歉,我一定是忘了。"我说道,"下次我肯定去,行了吧?我保证。"

我又想从她身边溜过去,可是妈妈再一次跺着脚挡在了我的面前。这时的她看上去就像是《魔戒》中的甘道夫,而我就是那个想要夺路而逃的炎魔。

"你决定了吗?"她盯着我问道。

"你是问我有没有决定今后从事的职业吗?"

她点了点头。

---

①扎克的全称。

我深深地吸了一口气，把自己的真实想法说了出来。

"这个问题我考虑了很久，在经过深思熟虑之后，我发现我不想做任何买卖，也不想做生产加工。"

她皱起眉头，摇头表示反对，不过我还是接着说了下去。

"说真的，我不想把那些事变成自己的职业。"我继续说道，"我不想做生意，不想买别人卖出或生产的东西，也不想卖别人买进或生产的东西——"

"——也不想加工任何别人买卖或生产的东西。"她接下了我的话头，"你打算糊弄谁啊？劳埃德，劳埃德，满口说胡话？"①

"被你识破了。"我做了个认罪的动作，"这就是你带着我看那部片子无数次的结果。"

她又把双臂抱在了胸前。

"扎克，你教育基金里的钱足够应付大多数四年制学校的学费。你可以想去哪里就去哪里，想学什么就学什么。你知道自己有多么幸运吗？"

是的，没错，我是个幸运的孩子。我妈在我还是个婴儿的时候，就给我设立了一笔大学基金。那是用爸爸的事故赔偿金买了房子，还支付了她护士学校的学费后剩下的钱。

幸运，真的吗？

想听听其他幸运的事吗？我爸的遗体在爆炸中被烧得面目全非，验尸官不得不用他的牙医记录来做身份认定。这样妈妈就不用去停尸房亲眼辨认他的尸体了。

一个家庭还能承受多少这样的幸运呢？

"你认真考虑过我们上次讨论的事情吗？"她问道，"你答应过我，会考虑去大学学游戏设计。迈克·克鲁兹不也是那么计划

①扎克和他母亲说的几句话都是电影《情到深处》中的台词。

的吗?"

"我只擅长玩游戏,妈妈,"我回答道,"而不是制作游戏。设计游戏必须要擅长程序设计或数码绘画,这两样我都不行。"我叹着气,低下了头。

"重要的是你钟爱游戏,享受游戏。"她笑着摸了摸我的脸,"其他事总会有办法的。你知道我是对的,毕竟你从父母两边都继承到了游戏高手的基因。"

是的,你绝对看不出,我妈年轻的时候也是个铁杆玩家。她曾连续几年沉迷于《魔兽世界》。现在,她有时也会和我一起玩玩《大地》。

"不是有人可以靠测试游戏赚钱的吗?"

"是的,那些人叫游戏质量检验员。"我说,"这工作听上去不错,但实际上却糟透了。首先它的工资很低,而你要做的只是上千遍地玩同一个游戏中的同一个关卡来找出其中的漏洞。那会把我给逼疯的。"

她叹着气点了点头,放低声音喃喃自语道:"好吧,我也会疯的。"

"你知道吗,扎克,"她又说道,"即使你不确定想学什么专业,也可以先去大学里报名。你可以先选修一些课程,再看看有什么感兴趣的。你总会找到自己想学的东西的。"

我笑着点头表示同意,可妈妈依旧不依不饶。

"我并不想对你施加压力,宝贝,"她接着说道,"我只是希望你对未来有个计划。"

"目前我的计划就是,"我缓慢地说道,"继续在'星舰基地'里干下去。也许从兼职转为全职——"

"那只不过是课后零工,扎克,不能当作长期职业。你要想想五年后,你的同学们都将从大学毕业,开始自己的职业生涯,而你——"

"而我却仍然坐在离学校五个路口的地方,干着和十六岁时一样毫无前途的零售工作?"我说完了她想说的话。

"正是如此。"

我尽力装出一副很伤心的样子,"原来你对我这么没有信心,这让我很难过。"

"先生,你好好地给我制订一份未来计划。如果再鬼混下去的话,我的脚就会撂在你的屁股上。"

"每次你叫我'先生'的时候,我就知道你是动真格的了。"我说道。

"我没说一定要你去上大学,宝贝。你可以去加入修道院,加入和平队①,加入他妈的X战警也行——我不在乎你做什么,只要你有所作为就行。懂了吗?"

我装模作样地松了一口气。

"那样的话,我也许会离家去加入马戏团。"我说道,"我可以先做一名猜体重的人,再学习操纵旋转椅。"

"干那个行当也许你还不够格呢,自以为是的家伙。"她笑着推了我一下,"我不是故意要让你不好过,傻瓜。我都是为了你好。你那么聪明,宝贝。你会干成大事的。"她看着我眼睛说道:"你有数的,是吧?"

"妈,我知道。"我说道,"别担心了,行吗?"

她依然双眉紧锁,挡着我的去路,抱在胸前的双手仿佛是马路上的禁行标志。可就在这时,我的手机铃声如同天降的礼物

①由美国政府资助,向新兴的发展中国家输出美国文化和价值观念的组织,成立于1961年。

一般响了起来。我把手机从口袋里掏了出来,上面显示着一条新的短消息:"地球防卫联盟紧急通知——命令莱特曼中尉于太平洋标准时间今晚八时整登录服务器,参加作战任务。"

我还看到克鲁兹和迪尔给我发的几条消息,他们都问我教室里到底发生了什么事,还想知道我晚上是否会准时参加《无敌舰队》的任务。

"抱歉,妈妈,我得赶快了!"我举着手机,好像它就是我的通行证,"还有几分钟《无敌舰队》的任务就要开始了,我要迟到了!"

"好吧,好吧,"她翻了个白眼,说道,"我知道,游戏要迟到了。去吧,把他们都打下来,独行侠。①"

"谢谢!"我在她脸颊上轻轻吻了一下,这让她的双眉稍微舒展了一会儿。接着,我抓起《无敌舰队》控制器的盒子朝楼梯上冲去。我穿过走廊,卧室的大门就像通往另一个世界的入口,出现在我的面前。

但是,妈妈的声音比我跑得要快,在我通过中立地带之前,她的最终警告在我耳边响起。这句话在我的成长过程中已经听过无数遍了,平时它只会换回我的一个白眼。不过这次,她的话却真的让我感到恐惧。

"我知道有时未来会让人害怕,宝贝,但逃避是没有用的。"

---

①这句是汤姆·克鲁斯主演的电影《壮志凌云》中的台词。

第五章

我锁上门,靠在门上歇了一会儿,妈妈对未来的警告依然在我耳边回响。我扫视了一下自己的房间,有生以来第一次对自己选择的室内装饰感到有点儿羞愧。墙上的海报,书架上的漫画和玩具,所有这些几乎都是我老爸留下的。我对他一点儿印象都没有,因此这个房间连纪念堂都算不上,它更像是博物馆里的展览——一个悲伤而又混乱的展览,献给我那从未谋面的父亲。

难怪妈妈总是不愿走进我的房间,看到这些东西让她的心都碎了。

天花板上用钓鱼线拴着一排宇宙飞船的模型,我穿过房间时喜欢用指尖一个个拨动过去。第一艘是"企业号",第二艘是电影《异形》里的"苏拉科号"飞船,接着是X战机、Y战机和"千年隼号",还有《超时空要塞》里的变形战机,最后是一艘经过精心上漆的《最后的星空战士》里的刚星战机。

我把遮光帘拉了下来,房间陷入黑暗,只有一道狭窄的月光溜进来,照在角落里我那张破旧的皮椅子上,这把游戏专用椅顿时有了一种超凡脱俗的感觉。我瘫倒在椅子里,嘴里哼着《宿命对决》^①的前五个音符。

我拿起那台布满灰尘的游戏机,拔出旧塑料摇杆、控制器和那台笨重的第一代虚拟现实眼镜——贴满了胶带才没有散架。我把这些旧设备放在一边,把新的拦截者操作系统连上了游戏机,并把各个部件安置在椅子周围。沉重的金属飞行摇杆隔在双膝之间的牛奶箱上,油门控制器则放在平坦的扶手上,就在我左侧触手可及的地方。

控制系统的摆放位置和游戏中拦截者无人机的控制舱完全相同,现在这张椅子就像是我的专用战斗模拟器。坐在上面使我想起了小时候用沙发垫子在电视机前布置的那个飞船座舱,那时我在玩任天堂64游戏机上的《星际火狐》,想让游戏玩起来更加真实。这灵感是从父亲的那些旧录像带里得来的,有一盒带子是雅达利公司的游戏《宇宙方舟》的广告,广告里的几个孩子就用垫子搭了个飞船。

布置完操纵系统之后,我把手机的蓝牙耳机与新的头盔设置成同步。随后,我打开了"游戏奇兵"的播放列表——我在老爸的遗物中找到了一盒自制的集锦磁带,磁带标签上的名字"游戏奇兵"是我老爸亲笔写的,我猜这些是爸爸玩游戏时最喜欢听的音乐,于是把磁带里的音乐都数码重制了。长大以后,我玩游戏时也一直听这些曲子。结果,听老爸的音乐成了我每次玩《无敌舰队》时的必备仪式。玩游戏的时候如果耳边没有《游戏奇兵》里的音乐,我就会失去射击的准头和节奏。所以在每次任务之前,我都会提前开始播放《游戏奇兵》。

我戴上拦截者飞行员头盔,调整好内置的降噪耳机,让它正

---

① 电影《星球大战前传1:幽灵的威胁》中的配乐。

好包住我的耳朵,又扶了扶虚拟现实眼镜,找到舒适的位置。我摁下一个小按钮使头盔上的话筒伸长了一些——这完全没有实际意义,但确实是一个很酷的设计。接着,我又把话筒来回伸长、缩短了几次,只想再听听那种音效。

游戏加载完之后,我花了几分钟时间,配置好油门控制器和摇杆上的按键,随后就登入了《无敌舰队》的游戏服务器。

我首先打开了地球防卫联盟的飞行员排行榜,看看自己的排名有没有下滑。我那个既俗又酷的呼号还牢牢地占据着第六名的位置。我保持这个名次已经超过两个月了,但每次我看到排行榜的时候,心里还是会有那么一点点欣喜——位居前十名之列,与游戏中最著名的(也可以说是最臭名昭著的)高手并肩。我扫视了一下这些熟悉的账号,他们的排序也很少变化:

01. 红牛仔
02. 大天才
03. 长指甲
04. 蝰蛇
05. 罗斯塔姆
06. 钢铁猎犬
07. 火迪
08. 疯鸡
09. 原子妈妈
10. 库什大师5000

过去几年,我几乎每晚都能看到这十个账号,却不知道他们是谁、住在哪里。除了学校和店里那几个熟悉的休闲玩家之外,现实生活中的《无敌舰队》飞行员我就只认识克鲁兹和迪尔了。

《无敌舰队》拥有超过九百万名在线玩家,他们分布在几十个国家,所以爬到前十名可不是一件容易的事。即使像我这样有天分的玩家(我妈说的),也是坚持每天练习,玩了三年之后才勉强进入了前一百名。过了那道坎之后,我才算找到了自己的最佳状态,在接下来的几个月里,我高歌猛进地冲入了前十名的行列。随着一个接一个任务的完成,我的地球防卫联盟的军衔也一路升到了中尉。

我明白《无敌舰队》只不过是个电子游戏,不过在其他领域中我从来没有成为过"顶尖",游戏里的成就给我带来了巨大的自豪感。

不可否认的是,我这样全身心地投入游戏之中使我的平均成绩大幅度下降,这可能也是埃伦与我分手的直接原因。然而,我已经发誓要洗心革面了,我不断提醒着自己。做完今天的任务,未来两周都要远离《无敌舰队》——即使跌出前十名也在所不惜。不会有多大损失的,我安慰着自己。你在排行榜的名次越高,其他玩家的脏话、友军的误射炮火、控告你作弊的无端指责就越多。

举个恰当的例子来说,目前排名前五的《无敌舰队》飞行员就无疑成了游戏史上最人憎鬼厌的玩家。其中的部分原因就是排名前五的玩家可以为自己的无人兵器画上喜欢的彩色图案,而其他玩家的兵器则只能是不锈钢的原色。所以他们五个被大家称作"飞行马戏团"。

"混乱地带"论坛上的许多帖子都认为前五位的玩家厉害得不像是真人,他们极有可能是电脑控制的机器人或是"混乱地带"的员工。另一种理论认为他们五个是同一个顶级战队的成员,因为他们从不回复消息,也从不应答游戏中的聊天请求。当然,他们这么做或许是由于新手玩家常常指责他们作弊,根据新手们的说法,他们是用了某种带有自动瞄准的客户端或是拥有无限能量的护盾。不过这些都是酸溜溜的胡扯。在向所有玩家开放的死斗模式服务器中,我与"红牛仔"(人称"红男爵"①)以及其他"飞行马戏团"的成员正面交锋已经超过一年了。我从未发现他们有任何作弊的迹象,他们只是比其他任何人都强。实际上,我能进入前十的主要原因就是研究了他们的飞行动作并在战斗中向他们学习。然而,他们一贯的嚣张气焰确实让人讨厌,特别是"红牛仔",他有一个令人义愤填膺的习惯:每当他在玩家对玩家的模式中把别人击落之后,他都会发送一条消息给对手——"不用谢"。

当这几个字出现在你的对话框里时,随之而来的就是一阵令人发指的警报声。"红牛仔"显然把这条消息设置成在对手的飞船被击碎之后自动发送——这叫作"在敌人的伤口上再撒把盐"。我知道他(或她)为什么要这么做。这其实是一种激怒对手的战术,能让对手在另一艘飞船中重生之后心理失去平衡。这种战术在每个人身上都行之有效,其中也包括我。不过,总有一天我会把"红牛仔"锁定在我的瞄准镜里,到了那个时候,就轮到我给他发送信息了——"不,不,不,'红牛仔',你才不用谢。"

不用说,我如今也经常受到作弊的指控。用我那干瘦的老板雷·威兹保斯基的话来说——"当一群叽叽歪歪的家伙开始控诉你作弊的时候,你就知道自己已经征服了这个游戏。他们只有那样做才能抚平被击败的伤痛。"

---

①曼弗雷德·冯·里希特霍芬(Manfred von Richthofen)是一战时期德意志帝国最出色的战斗机飞行员,绰号"红男爵"。

　　我在屏幕上拉出了战友名单,看见克鲁兹和迪尔都已经登入了服务器。他们的排名就显示在账号旁边。克鲁兹(呼号"科沃斯")现在的排名是第6791位,而迪尔(呼号"德里奥")的排名是第7445位。他们俩在《大地》中的排名要比《无敌舰队》高许多,不过比雷还是差了一大截——他可是"三十打"中的一员。

　　我打开头盔里的话筒,加入了"科沃斯"和"德里奥"的私聊。

　　"你还不承认你是错的?"我听见克鲁兹大喊着。

　　"我告诉你,你的神奇女侠理论根本就证明不了什么!"迪尔说道,"是的,天堂岛的戴安娜公主①确实在某期瞎扯淡的《跨界》增刊里挥舞过雷神之锤! 不过那更加证明我是对的,克鲁兹! 你觉得神奇女侠会在手持刺叮的时候被人杀死吗?"

　　"不会,但她是个超级英雄。超级英雄是不会使用刀剑的,不是吗?"克鲁兹没有考虑清楚就说出了自己的看法。

　　"超级英雄不用刀剑?"迪尔笑着反问道,"那夜行者、死侍、艾丽卡、碎星者、绿箭侠、鹰眼他们手里拿的都是什么? 噢,还有刀锋战士和武士刀,他们的名字就是从刀剑里来的! 对了,金刚狼也曾经拥有过用他灵魂的一部分打造的村正妖刀,虽然这个情节傻透了,不过这把刀也比刺叮要厉害得多!"

　　"对不起,打扰一下,女士们,"我说道,"我想你们还是求同存异吧。"

　　"'钢铁猎犬'!"克鲁兹大声叫道,"我怎么没看见你登入?"

　　"你迟到了,笨蛋,"迪尔说道,"克鲁兹一直在喋喋不休地说着神奇女侠!"

　　"我来得正是时候。"我说,"还有三十秒,任务简报就要开始了。"

　　"今天你和诺切之间到底发生了什么?"迪尔带着浓重的德

———————————
①神奇女侠的本名。

国口音问道。

"什么事也没有，"我说，"出事之前我就跑出去了。"

"下课后，他和他的狐朋狗友在商量着要报复你。"迪尔说道，"我们要做好应对的准备。"

我清了清嗓子，说道："时间不多了，让我们来说说今天的任务吧，朋友们。"

"假如这次的任务又是对付毁灭者，我就退出，"克鲁兹说道，"我宁愿去玩《大地》。我是说真的，兄弟们。"

"怎么了，科沃斯？"我问道，"难道你害怕挑战吗？"

"我喜欢敌我实力均衡的游戏，"克鲁兹回答道，"我可不像你是个受虐狂。"

我想要为《无敌舰队》辩白几句，但又觉得他的说法确实有点儿道理。"毁灭者"是游戏最新更新里公布的苏布鲁凯新式强力武器。它能够切断地球防卫兵器的量子通信，使它们完全瘫痪。在过去的几个月里，包括我在内，《无敌舰队》所有最忠实的玩家都在想方设法要破坏"毁灭者"的防御系统并将它摧毁。但是，直到目前为止，还没有人能做到这一点。"毁灭者"的坚不可摧让游戏中的许多高级任务都变得难以完成。

尽管"混乱地带"公司接到了无数次投诉要求他们不要毁掉自己的游戏，但他们仍然拒绝从苏布鲁凯武器库中删除"毁灭者"，也不愿削弱它。结果就是，有许多《无敌舰队》的玩家转而投身到了《大地》之中。"毁灭者"从没有在《大地》任务中出现过，也许是因为一旦"毁灭者"到达陆地，就没有任何地球防卫联盟的地面部队可以阻止它了。

"这是个新任务。"我说道，"乐观一点儿，里面也许没有'毁灭者'。"

"好吧,"迪尔说道,"兴许那些开发人员又会想出了什么更难对付的东西。"

"怎么可能还有更难对付的东西呢?"克鲁兹问道,"难道会让你在小行星带里冒着两艘博格方块①的炮火去摧毁死星?"

"克鲁兹,"迪尔立刻就插了进来,"我非常怀疑不管是博格方块还是——"

谢天谢地,就在这时,耳机里响起了一声警报,这标志着任务简报开始了。屏幕上所有的数据都消失了,我发现自己坐在一间被挤得水泄不通的会议室里,克鲁兹和迪尔的虚拟人偶科沃斯和德里奥坐在我的两旁。我们每个人都有自定义的虚拟人偶,这些人偶都有点儿像真实的我们——只是要高一点、壮一点,也没我们那么苍白。其他最后一刻才来的玩家围在我们的身边。

在《无敌舰队》的近未来虚拟世界中,克鲁兹、迪尔和我都是驻扎在月球基地"阿尔法"里的无人兵器操作员,"阿尔法"是一个位于月球背面的绝密军事前哨基地。在这里,我得到了梦寐以求的中尉军衔,而他们俩仍旧是地位卑微的下士。

虚拟会议室里的灯光暗了下来,一个旋转着的地球防卫联盟标志出现在我们面前的屏幕上。标志隐去之后,取而代之的是阿奇博尔德·万斯上将那张熟悉的面孔,他是地球防卫联盟的最高指挥官。那道凹凸不平的伤疤和海盗般的眼罩如果出现在其他演员脸上可能会显得过分夸张,但是这个家伙的表演却让这张脸变得十分可信,仿佛他就是一个身经百战的军队指挥官,即使面对不可能完成的任务也毫无惧色。

"你们好,飞行员们。"上将在屏幕上对我们说道,"今晚的使

---

① 《星际迷航》中博格人的星舰。

命将会困难重重,不过我知道自从战争开始,你们中的许多人就在期待着这场任务。多年以来,我们人类遭受了那些侵略者无数次平白无故的攻击。这次我们终于要以牙还牙了。"

上将的嘴角微微上翘,露出了一丝不易察觉的笑容——这是我第一次在他的脸上见到人类的情感。

"今晚,我们终于要去攻击他们居住的星球了。"

随即,上将的脸缩小到了屏幕的右上角,而屏幕的中间出现了一艘飞船的技术草图,这是一种我以前从未见过的飞船。它的外形设计有点儿像电影《异形》里的"苏拉科号"飞船。细长的装甲船身看上去就像一把飘浮在太空中的大口径重机枪。

"这是地球防卫联盟第一艘星际无人机母舰——'杜立特号'。经过两年多接近七倍光速的航行,它终于到达了目标星球——也是你们的任务星球——敌人的故乡苏布鲁凯星。"

"终于来了!"克鲁兹在话筒中大声呼喊着,我也情不自禁地叫了起来。

所有之前的《无敌舰队》任务都把重点放在了防守上,作战区域也限制在太阳系以内。虽然我们也曾在火星轨道上、小行星带的边缘和月球背面与敌人作战,但是大多数的战斗都发生在遭到苏布鲁凯人攻击的地球大城市或军事基地上空。这个任务是我们第一次由守转攻,第一次直接攻击敌人的母星。

"'杜立特号'一进入苏布鲁凯星的轨道,"上将继续说道,"就会关闭它的隐形装置。随后它会把作为撒手锏的'破冰者'发射出去,连同'破冰者'一起的还有你们所操纵的护卫战机。"

上将开始在屏幕上演示起了战术布置。电脑绘制的隐形"杜立特号"驶入了苏布鲁凯星的轨道,许多闪闪发光的星舰围绕着苏布鲁凯星的赤道飞行,仿佛是一条人造的星环。整条环被六个巨大的金属圆球平均分割，这些圆球就是苏布鲁凯巨球星舰。玩家们常常把它戏称为"母舰"。这是我们首次面对一艘以上的巨球星舰。

"杜立特号"船首右舷的嵌入式舱门缓缓向上打开，"破冰者"被发射了出来，几十架护卫战机环绕在它四周。"破冰者"看上去真是名副其实，它是一门安装在轨道核武器平台上的巨型聚焦激光炮，它所发射出的激光束可以融化覆盖在苏布鲁凯星表面的厚实冰层。苏布鲁凯战机从六艘巨球星舰那裂缝般的机库门中蜂拥而出，它们张开了全身的护盾开始攻击那一小撮护卫着"破冰者"的地球战机。这台巨大的末日兵器正在让乌贼老窝的冰顶渐渐消融。

"尝尝这个！"迪尔得意地大喊，"感觉怎么样啊，混蛋？喜欢吗？"

我在头盔里也笑了起来。迪尔的高兴是有理由的，几个月以来，他们一直在我们的母星上耀武扬威，这回可算是找到在苏布鲁凯星上反击他们的机会了，太痛快了。

"你们的任务是保证'破冰者'持续工作大约三分钟，这点时间已经足够把冰层融穿——这样我们就能把核弹头打到冰层下面的地下海洋里，从而摧毁敌人位于海床上的水下巢穴。"

在战术演示动画里，我们的无人战机灵巧地穿梭于狂暴的敌机之间，保护着"破冰者"。当冰层出现了一个大洞之后，核弹头穿过冰洞，打到了苏布鲁凯星的地下海洋之中。一接触到水面，这些核弹立即变身为制导核鱼雷，急速地向着苏布鲁凯水下洞穴都市游去。整个都市看上去如同是建造在海床上的巨型高科技蜂巢。

"我现在有点儿不舒服。"迪尔说道，"总觉得我们是要去核虐潜水侠或小美人鱼……"

"就把他们当成是冈根人^①吧,"克鲁兹建议道,"这样我们就可以去轰炸加加^②了。"

他们俩都笑了起来,不过我依然专心看着战术动画。地球防卫联盟的核鱼雷已经接近了苏布鲁凯的水底巢穴,这些鱼雷就像是一排专门追踪乌贼的导弹。其中几枚被巢穴外的防御炮塔拦截,然而大多数还是命中了目标。

剧烈的爆炸让整个屏幕都亮了起来,很像一款老游戏《导弹指令》的画面。苏布鲁凯星的中心地带被完全摧毁了,热核爆炸所释放出来的能量使得整个星球都剧烈震动着。星球上整个冰层的表面都布满了裂缝,让苏布鲁凯星看起来就像是一只碎掉的煮鸡蛋。常见的蘑菇云并没有现身,只有被融穿的巨大冰洞里腾起了一条红色的气柱,笔直地喷入轨道之中,仿佛是整个星球被打了一枪,伤口中向外喷涌着鲜红的血液。

"这又是一个自杀式的任务,"克鲁兹说道,"不过看上去很带劲儿,我愿意加入。"

似乎那些傻乎乎的外星侵略者又犯了一个无法饶恕的策略性错误。他们不仅让超光速推进技术落入了我们这些懂得逆向工程^③的猴子手中,还给我们足够的时间造出了一条属于自己的星际战舰。这艘星舰穿越广袤无垠的宇宙空间,对他们发出了致命一击。

和往常一样,外星侵略者的战略总是那么不合情理;不过,和往常一样,我也并不在乎。我只想去杀些外星人,这个明显的

---

①《星球大战》中的种族,居住在水下都市中。

②全名为加加·宾克斯,《星球大战》中的人物,笨拙而善良的冈根人。

③对一项产品技术进行逆向分析及研究并再现的过程。

自杀计划是游戏开始以来最刺激的任务——也许是整个游戏史上最刺激的。

在我的耳机里传来了迪尔装模作样的呼噜声，盖过了上将的声音。"开始吧，老家伙！"他叫道，"少说话，多做事！"

"是啊，我真希望我们能跳过这段废话。"克鲁兹说道，"太无聊了。"

"看吧，这就是你们俩为什么总在游戏开始不到两分钟就被击溃的原因，"我说道，"你们从没有专心听过上将的简报。"

"不，我们被击败的原因就是你，里诺艾·詹金斯①！"

"跟你说过无数次了，别再那么叫我。"

"这个名字对你正合适，扎手的家伙！"克鲁兹说道，"为什么你就不能有点儿团队精神呢？哪怕就一次，行吗？"

"星际战争不是什么团队活动，"我回答道，"从来都不是。"

"其实你好好想想，在某种方面，它就是一种团队运动。"迪尔插嘴说道，"主队对客队，明白了吗？客队？"他停顿了一下之后又补充道，"因为他们来自外星。"

"好了，我们都明白了。"我说道，"请你们都闭嘴好吗？我还想听听余下的内容。"

"这次任务只许胜不许败，"上将告诉我们，"敌人的舰队正准备向地球进发，这是我们唯一能在苏布鲁凯大部队到来之前摧毁他们的机会。人类的命运就取决于'破冰者'能否完成任务。"他停顿了一下，随后背着手继续说道，"'破冰者'到达预定轨道之后只有一次发射机会，因此我们一定要确保成功。"

"你在开玩笑吧？"克鲁兹叫道，就好像游戏里的演员能听见

_____

①《魔兽世界》中一个玩家的名字，人称"火车王"，常用来形容无脑的猪队友。

他的话似的，"这最好别是一次性的任务。那就太逗了！"

"这不过是增强戏剧效果而已。"我说道，"我敢肯定这个任务是可以重玩的，和那些'毁灭者'任务一样。"

"希望你是对的。"迪尔说道，"这个任务绝不可能一次过，第二或第三次也不行。他们有六艘巨球星舰！每艘都装载了超过十亿架无人战机，更不用说还有'毁灭者'呢！"

"他们是不会在那里激活'毁灭者'的。"克鲁兹指出，"那不会有任何效果。要毁灭量子通信，信号的发射端和接收端都必须在行星轨道范围之内。"这就是为什么地球防卫联盟把无人战机和操作员驻扎在月球背面。

"不用担心'毁灭者'的话，任务就有可能成功。"我说道，"我们需要做的就是保护'破冰者'三分钟，没问题。"

"没问题？"克鲁兹重复道，"你真的这么想吗？"

"是的，你知道，我们只要组成一条封锁线就行了。"

"用什么来组成封锁线？"克鲁兹问道，"你查过任务数据吗？我们的母舰只能携带两百架无人战机！上将的简报可没有说这一点。"

"也许他是在你们俩打呼噜的时候说的。"我提醒道。

"正如我刚才所说，这又是一次典型的不平衡游戏设计，没有深思熟虑就发布了出来。"克鲁兹继续说道，"'混乱地带'的开发人员就是想激怒我们。我们又要被屠杀了！"

"好了，好了。"迪尔说道，"我要怎么才能退出这个胆小鬼中队？"

我笑了起来。在克鲁兹做出回应之前，万斯上将已经差不多要讲完了。

"祝你们好运。人类的命运就靠你们了。"

向我们敬了一个礼之后，上将的影像就消失了，屏幕上又出现了地球防卫联盟的标志。

接下来，在载入任务的同时，我们又观看了一段熟悉的过场动画——面目有些模糊的地球防卫联盟飞行员们冲出会议室，穿过灯火通明的走廊，来到"阿尔法"月球基地的无人兵器控制中心。这是一个巨大的圆形房间，地面上嵌着几十个椭圆形的舱门，舱门的间隔只有几米远。每一扇舱门里都是一个无人机控制座舱。舱门打开后，现出了里面的虚拟拦截者无人机座舱，每个飞行员的周围都布满了一排排的控制和显示装置，而座舱头顶上的舱盖就是一台全景显示器的屏幕。

随着过场动画的结束，我的视点回到了虚拟人偶的第一人称视角。跟刚才不同的是，我已经坐在了自己的无人机控制舱内。

几秒之后，座舱门关上，我周围的控制装置和面前的全景显示屏全都亮了起来。由此，我进入了虚拟中的虚拟——我仿佛正端坐在一架 ADI-88"拦截者"太空无人机里，点火之后正在"杜立特号"的机库里等待着发射。

我的双手摸索着找到了新的控制系统，并把它们的位置调整到和虚拟座舱中的一样。接着，我深吸了一口气，又慢慢地吐了出来，让自己放松。通常，这是我一天中最享受的时光。在这几个小时里，我从一个住在郊区的普通人变成了一名最优秀的太空战机飞行员，即将与邪恶的外星侵略者一决高下。

然而今晚，我却没有那种感觉了。我感到既焦虑又兴奋，或许还有点儿杀气腾腾。

好像我真的要上战场了。

第六章

  《无敌舰队》头盔配的虚拟现实眼镜能让我三百六十度身临其境地查看座舱里的环境。座舱罩外面可以看到"杜立特号"的无人机发射机库。我朝左右看了看,见到两边都排满了等待发射的拦截者无人机,机身在机库穹顶的灯光照射下烁烁放光。

  抬头显示器的画面出现在了座舱罩的全景屏幕上,上面有飞行、武器和通信系统的读数,还有雷达、感应器和导航数据。

  我清了清嗓子,开始对着"泰克"讲话,泰克的全称是"战术航空电子计算机",它是我的虚拟副驾驶员。它控制着"拦截者"无人机上的导航、武器和通信系统,用语音向我汇报飞船的最新状况。泰克还能给菜鸟驾驶员提供飞行建议,从而提高他们的机动水平和武器使用技术,不过我很久以前就关闭了这项功能。

  "泰克,把所有系统调节到发射状态。"我说道。

  "遵命。"泰克尖声尖气地回答。在默认状态下,游戏的语音就是这种毫无起伏的合成女声,这种声音即使在激烈的战斗中也让我昏昏欲睡。因此我安装了另外几种自定义的语音配置文件,其中包括了一种名为"特里米克松"的语音,它发出的是电影

《领航员》中外星飞船电脑的声音。它让泰克听上去像是皮威·赫尔曼[1]冲着合成器大叫,这种语音在逗我开心的同时还能让我保持警惕。

每一架"拦截者"无人机的引擎、武器和护盾都是由一台热核反应堆来提供能量的,这个反应堆持续不断地为无人机的能量电池充电。然而它的充电速度很慢,因此在战斗中你需要合理使用能量——不然你就会失去动力,束手无策地飘浮在太空中,坐以待毙。

移动战机或者发射武器都会耗费一部分能量,在护盾被击中的时候,能量更是会飞速流失;因而在激烈的战斗中,能量很快就会被消耗殆尽——首先,无人机会失去护盾,接着武器哑火,最后就轮到推进器了。在地球上失去动力的无人机会坠毁并爆炸燃烧,如果你足够幸运而且是在太空中作战,那么它便会无助地在宇宙中漂泊,直到电池里的能量慢慢回复,足够引擎再次发动。与此同时,你要祈祷敌人不会首先找上你——他们几乎总是会找无力还手的战机下手。

敌人的天刃战机几乎没有火力死角,它两端的翼尖上都装有冲击波炮塔,这些炮塔可以转向任何角度。而"拦截者"无人机的离子炮(又被称作"太阳炮")和麦克罗斯导弹都是前射武器,因此只有目标在前方的时候,我才能击中它。不过,我的战机还配有一个激光炮塔,它也可以朝任意方向开火。但是,与离子炮不同,激光炮塔会消耗大量能量,我只能省着点儿用。

我们的战机都配备有自爆装置,这是最后的撒手锏。只要无人机还剩下一丁点儿能量,你就能引爆它的反应堆,由此产生

---

①皮威·赫尔曼原名为保罗·雷宾斯(Paul Reubens),是活跃于20世纪70、80年代的美国著名喜剧演员。

的爆炸会把方圆一百米内的所有东西全部汽化。这种战术的时机如果能拿捏准确,你可以把十几架敌人的无人机一次性消灭干净。不幸的是,敌人也能引爆他们的能量核心,他们这么做的时候,甚至不会考虑身边是否会有友军。当然了,许多玩家也是如此。对于某些玩家来说,自爆是他们唯一擅长的策略。自爆战术的主要缺点就是你会错过一部分战斗过程,因为在重新加入战斗之前,你不得不在机库里等待接管另一架无人机,接着还要在发射队列中排队——整个过程会占用一分钟或者更长的时间,时间的长短取决于敌人击落我方无人机的速度。

随着警报声响起,机库里的发射传送带开始转动,排在我前面的无人机一架接一架地从"杜立特号"的船腹下被发射了出去,从远处看上去就像是机关枪里发射出来的一颗颗子弹。

"好啊!"我听见了迪尔的喊声,"终于可以杀点儿外星人了!"

"别像上次一样,一枪没放就被干掉了。"克鲁兹说道。

"我告诉过你,上次我是断网了!"迪尔大叫道。

"老兄,你被干掉之后,我们听见你在通信器里的咒骂声了。"我提醒着他。

"那证明不了什么。"他笑着说道。接着,他又大叫了起来:"杀啊!"

我们没有随声附和,耳机里传来了他响亮的咳嗽声。

"喂,为什么你们刚才没有一起来?"他问道,"你们这两个混蛋要和我一起喊!难道你们不想要点儿好运吗?"

"对不起,德里奥。"我也竭尽全力地大叫起来,"杀啊!"

"你们俩喊吧。"克鲁兹小声地嘟哝着自己的战斗口号,"让我们大干一场吧!"

我按了按自己的手指关节,开始播放起我老爸的集锦磁带

《游戏奇兵》里最牛的曲子。头盔的内建耳机里响起了皇后乐队的名曲《又干掉一个》中低音吉他的咆哮，我感到自己进入了状态。

这首歌机枪射击般的节拍几乎在所有的游戏任务中，都能与敌人飞船出现的时机和节奏完美契合（皇后乐队的另一首歌《摇滚万岁》在靶场关卡里也能起到很好的效果）。几秒之后，乐队主唱弗雷迪·默丘里的歌声加入了进来。我把耳机音量调大，音乐声直接传到了我的话筒里。

"噢，太好了，"克鲁兹说道，"今晚又开始放老唱片了。真让人意外。"

"如果你觉得太响，就说明你老了，科沃斯。"我回击道，"你为什么不干脆把我静音之后，再放点儿你自己喜欢的儿童节目歌曲集锦呢？

"也许我会的。"他反驳道，"你要知道，他们都是没被发掘的音乐天才。"

克鲁兹和迪尔所操纵的两架无人机在我之前被发射了出去，我的显示器上出现了他俩的账号名。

"请注意，你的无人机将在下一位被发射！"泰克那过度热情的语音再度响起，"准备进入战斗！"

传送带向前滚动着，把我的无人机送进了发射通道，随即把它射入了太空。

接下来的情况就像是电影《天狐入侵》里的情节。

敌人的第一波飞船已经从离我们最近的巨球星舰底部蜂拥而出，如同一群离开钢铁蜂巢的大黄蜂。它们在黑暗中从十二点钟方向朝我们直扑过来。

一刹那间，我的无人机面前就挤满了数百架苏布鲁凯天刃战机,还有十几艘巨蛇般的飞龙战机在密集的天刃战机之间穿梭盘旋。它们行动一致,同时针对"破冰者"展开了攻击。我屏住呼吸,瞄准了打头的一架天刃战机。我发现自己对这个可恶的家伙充满了怨恨,它居然逃出了我的幻想世界,侵入我的现实生活之中,还让我对自己的精神状况产生了怀疑。

就在这时,我的三维战术显示器发出了警告,在我的正后方发生了反应堆爆炸。我及时加速,逃离了冲击波的范围。

在如此大规模的战斗中,坚持几分钟都是很困难的。躲避敌人的炮火需要闪电一般的反应速度、极佳的空间意识以及识别敌人行动模式的天赋。你必须学会怎样找到最佳路径穿越敌人的队列,边跑边打。

我曾经花了许多时间来研究苏布鲁凯飞船的整体飞行和进攻模式,慢慢找到了混乱中隐藏着的规律。有时候,它们会像群鸟那样飞行,头尾相接着盘旋下降。平时,它们也会在天空中如同食人鱼群般做出急转弯。然而,它们在做这些动作的时候都会出现一定的模式,认清这种模式就能预判敌人的行动轨迹和反应动作,从而相对容易地把它们纳入瞄准镜中——还是要听对音乐。音乐是关键所在,我爸集锦磁带里的老摇滚歌曲就很完美,它们有着稳定而咄咄逼人的节奏,是我心里的战斗节拍器。

我关上引擎,打开制动器,在没有降低前冲力的情况下让我的战机来了个一百八十度掉头。转向之后,我就用离子炮朝着紧跟在"破冰者"身后的成群的天刃战机射出了一连串炮火。

我击中的第一个目标在我面前化作了一团等离子火球,显示屏上闪现的新消息告诉我这是本次交战中我击落的第一架敌机。

"干掉一个,还有无数个在等着我们。"我在通信频道中说道。肾上腺素让我的声音有些颤抖。我一直靠杀死游戏里的外星人来排解青春期的苦闷,今晚,我每一次扣动扳机都是在发射压抑已久的怒火。

我才不管苏布鲁凯人是不是虚构的,只想着把他们杀个精光。

"兄弟们,有两架天刃咬住了我的尾巴。"迪尔叫道,"谁来帮帮忙啊?"

"伙计,自求多福吧!"我听见克鲁兹说道,"我们都自顾不暇呢!"

"我闲着呢,"我回复道,"而且感觉很好。"

由于"破冰者"挡住了我的视线,科沃斯和德里奥都不在我的视野范围之内。为了避开四面八方射来的密集炮火,我启动侧向推进器做了几个下潜横滚飞行。这时,我的后视显示器中出现了三架天刃战机,它们排成一列紧紧地跟在我身后。我调整油门,改变无人机的速度和上升角度,同时用全方位激光炮塔对准了身后的目标。

锁定敌人的长机之后,我立刻按下了激光炮塔的发射钮。虽然这种肉眼看不见的光束只能持续一刹那,但是它的弹道清晰地出现在了我的显示屏上。我看着它穿透了离我最近的天刃战机的机身,接着又连续穿过另两架并引起了一连串的爆炸,"轰隆,轰隆,轰隆隆!"

我关闭了已经过热的激光炮塔,把武器调回了离子炮,显示器中逐渐消散的火球也自动切回了机身正前方的画面。我随即加大油门从"破冰者"下方穿过,正当我准备向上爬升的时候,又有两架天刃战机跟了过来。它们越来越近,猛烈的炮火打掉了我一半的护盾。我的电池能量也因此急速下降,快要接近危险临界点了。

根据显示屏上的数据,距离"破冰者"发射激光还有不到一分钟,我们的"拦截者"无人机已经损失近半。尽管"杜立特号"的机库里仍然不断有无人机起飞支援,但是这些无人机的驾驶员都已经被击败过一次了,而且他们中的大多数在重新加入战场之后的几秒钟内就会被再次摧毁。

克鲁兹是对的,我们坚持不了足够的时间。

"管不了这么多了,"我说道,"我要去分散一下他们的注意力。"

"你到哪里去?"克鲁兹在通信频道中问道,"过来保护'破冰者'啊,笨蛋!"

"抱歉,克鲁兹!"我一边加大油门,一边说道,"你绝对猜不到刚才谁来了。里——诺——艾——"

"噢,莱特曼,你敢!"

"——詹金斯!"

我脱离了防守阵型,抛下"破冰者"去攻击距离最近的那艘球形星舰。我猛推油门向着星舰俯冲,扫射着星舰表面排列整齐的炮塔,干掉了其中的一两个。

"该死,扎克!"克鲁兹大喊道,"每次都这样! 你他妈的每次都这样!"

为了溜到星舰的下方去攻击它的护盾,我笑着点燃了推进器,无人机瞬间下降。由于要一直启动惯性消除力场才能完成这个动作,这次机动飞行几乎消耗了剩余能量的三分之一。不过,我也借此摆脱了跟在我身后的几架天刃战机。它们需要同样的机动才能跟上我,大多数的天刃战机已经没有那么多能量了。为了再次追上我，他们在我身后划出一道鱼钩状的飞行轨迹——我早就跑远了。

又有一大群天刃战机从附近的星舰里飞了出来，它们排成一条直线朝着"破冰者"俯冲，并连续不断地发射炮火。我用离子炮打了一个连发，撕开了它们的队列，我的苏布鲁凯战机击落数也达到了九架。还不错，不过还没有达到我的平均水平。我的准星有点儿失常。

"见鬼！"我听见迪尔喊道，"我刚失去了该死的①护盾，我快没能量了！"

"伙计，"克鲁兹说道，"你不能把不同宇宙里的脏话混在一起说。"

"谁说的？"迪尔反驳道，"要是《太空堡垒卡拉狄加》和《萤火虫》发生在同一个宇宙里呢？你想过吗？"

我的身后响起了一连串爆炸声，我转过头来，正巧看见"杜立特号"在敌人疯狂的离子炮火下变成了一个巨大的火球。

"我说什么来着？"克鲁兹喃喃自语道，"母舰完了，我们再没有可换的无人机了。"

"是啊，该死的'破冰者'还没有打好那个愚蠢的钓鱼冰洞。"迪尔补充道，"游戏结束了，伙计们。游戏他妈的结束了。"

"还没有。"我低声说道。

我紧咬牙关调转机头，又回到了"破冰者"的防守阵型之中。在那里，我不得不持续闪避飞来的炮火，在掠过"破冰者"的时候还要小心避开它的防卫炮塔，免得被误伤；左冲右突之际，我想瞄准几架天刃战机的尾部推进器的时候，却怎么也锁定不了。

---

①原文"gorram"是电视剧《萤火虫》中自创的脏话，意思接近"该死的"。

我的无人机又被直接击中了两次,护盾降低到了百分之十五。再挨一下,护盾就没了,我的武器也会随之失效。情况不妙。

我推动摇杆,无人机急转直下,避开了"破冰者"的激光束。不理睬泰克能量即将耗尽的警告,我依旧加大油门做了个横滚飞行,两门离子炮依然亮着。

"该死!"我听见迪尔骂道,"他们打中我了,我完了。"

迪尔的无人机在我的显示屏上消失了。

"我也是。"克鲁兹接着说道。他在通信频道里爆出了一连串粗口之后,就彻底登出了游戏。

两个好朋友的虚拟死亡让我有点儿心神恍惚,在这段时间里,我又被打中了几次,导致护盾和武器全部失灵。我立即启动了无人机核反应堆的自爆程序,不过我也知道这架无人机不太可能挺过自爆程序完成所需的七秒钟。

附近所有的天刃战机都调转枪口对准了我的无人机,希望能在自爆之前把反应堆彻底摧毁。正如我所盼望的那样,我的无人机暂时分散了他们对"破冰者"的火力。

自爆倒数还有五秒,四、三——

接着,不可避免的情况发生了,"破冰者"终于再也承受不了更多的攻击,在我的脚下炸成了碎片。随之而来的大火球吞噬了我的无人机,还有爆炸范围内所有的飞船。

耳机里响起了悲伤的音乐,屏幕上打出了"任务失败"几个大字。就在这几个字下面,苏布鲁凯舰队的六艘巨球星舰正在召回剩余的无人机,然后在轨道上恢复成了原有的队形。对于他们世界的小小威胁已经消失无踪了。

我摸索着关闭了游戏机。拿下头盔之前,我在黑暗中坐了一小会儿,然后长叹一声回到现实之中。

几秒之后,我的手机铃声响了起来。电话的那头是克鲁兹,他想让我知道,他已经去查过了——"袭击苏布鲁凯星"不在可重玩的任务名单里,至少目前还不在。接着他把迪尔也拉进了我们的通话,每次任务之后他都会大发一通牢骚。后来,这两个迈克还打算用甜言蜜语哄我陪他们玩一个《大地》任务,不过我用家庭作业给搪塞了过去。最后,我含糊地说了句"明天学校见",就挂上了电话。

随后,我站起身来走向壁橱,打开壁橱门。杂物如同雪崩一般散落在我的脚边。塑料衣架上挂满了白衬衫和冬衣,我努力翻找,终于在最里面找到了爸爸的旧夹克。这是一件老式的棒球夹克,两个袖子是皮制的,前后都缝满了各种与科幻和游戏相关的刺绣布制徽章,其中有几个是最高分荣誉徽章,都是一些动视公司的老游戏——《星际大师》《无畏战舰》《激光爆破》《引爆!》等等。两只袖子上也缝满了游戏和电影中军队的徽章,里面有《星球大战》里的反抗军同盟、《星际迷航》中的星际联邦、《太空堡垒卡拉狄加》里的殖民地舰队和《超时空要塞》里的防卫军。

我用指尖在触摸这些刺绣,一个一个研究它们。几年前我试穿这件夹克的时候,它还显得太大。不过,这次我穿上它时已经正合适了,就像是为我量身定制的一样。

无论我以前发过什么样的誓言——不要活在过去、别痴迷于从未谋面的父亲——我依然心痒难耐地盼着明天把这件夹克穿到学校去。

我环视着装满整个房间的海报、玩具和模型,想到要把这些被老爸视为珍宝的东西都搬回阁楼,心中就一阵刺痛。尽管目的是对的，但我还是不能对父亲的离去完全释怀。时候还没到。

我对自己做了一次快速的全身状态检查，结果发现四肢酸软无力，头脑里空空如也，应该要立刻补充睡眠。

我三步并作两步走到窗前，面朝下倒在了过时的《星球大战》床单上，很快就进入了断断续续的梦境。

在我那晚的梦里，一个巨人般的苏布鲁凯首领用他的触手紧紧地裹住了毫无抵抗之力的地球，像是要把它一口吞下。

第七章

　　第二天一早，我摸出车钥匙正要开车门，发现司机一侧的车身被人从头至尾用钥匙拉了一道弯弯曲曲的划痕。我立刻转身查看周围，以防诺切在附近，我没有发现他的踪迹。大概是昨晚把欧姆尼停在"星舰基地"门外的时候，他偷偷下的手。下班以后天色已经很暗了，我看不到车子的异样。再说了，这辆车的车漆本来就满目疮痍了的。

　　我回头仔细审视这划痕，我的欧姆尼本来就不堪入目，其他人应该不会留意到诺切干的好事。开一辆锈迹斑斑的老爷车的唯一好处就是不管你怎么折腾，它看上去也不会比原来更糟了。

　　认识到这一点让我平静了下来，尤达大师的忠告如同耳语一般在脑海中回荡，"放下你的愤怒吧。"

　　苦恼的时候，我经常幻想尤达大师的声音来帮助自己顺气（去你的，他的声音一点儿也不像福滋熊①）。欧比旺、魁刚和梅斯·温杜②在电影中说的睿智台词有时候也会起到相同的作用。

---

①美国儿童节目《大青蛙布偶秀》中的人物。

②这三人都是《星球大战》中的绝地武士。

当然了,他们说的话只有在顺境中才有用。要是身处逆境,我就会求助于维达大人和帕尔帕庭①。

然而,我不是因为听从了原力的黑暗面,才把车后备厢里的轮胎撬棒放进书包的。之所以这么做,是重新考虑了迪尔昨晚关于诺切正在寻求报复的警告。

我把车停在了学生车位上,拖着步子朝学校大门走去,心里计算着毕业的日子——还有四十五天。

诺切正在停车场边等着我,身边还有两个跟班。三个人都把双臂抱在胸前,一脸坏笑就像是《超能战士》中的小喽啰。

我用眼角余光瞄了一眼校门,计算着我和它之间的距离。如果我竭尽全力的话,兴许能在他们抓住我之前跑进学校。但我并不想那么做。

诺切站在最前面,正如我所担心的那样,划破我的汽车对他来说还不够解气。他觉得自己的男子气概遭到了挑战,因此必须打我一顿——当然是在别人的帮助之下。

诺切那两个高大的跟班在学校里被称作"莱尼兄弟",但实际上他们都不叫莱尼。他们的这个绰号是在高二英语课上,我们班学了《人鼠之间》②以后被叫出来的。我并不觉得这个绰号有多贴切,是的,他们两个是有点儿傻大粗笨,和书里的莱尼差不多;但是斯坦贝克笔下的莱尼在心底里是一个仁慈善良的人。而我面前这对莱尼兄弟(我把他们分别叫作"光头莱尼"和"文身莱尼")的内心和他们的外形一样丑恶。他们的智商与个

---

①这两人都是《星球大战》中的反派人物。

②美国作家约翰·斯坦贝克的著名小说,其中一个有点儿智障的角色名字叫莱尼。

头比起来也是相形见绌了。

"新夹克不错啊!"诺切说道。他作秀般地围着我转了一圈,慢慢地逐个欣赏着夹克上的布制徽章,"徽章真棒。这里面有没有彩虹色的呢?"

过了几秒钟,莱尼兄弟才咯咯地笑了出来,他们那爬行动物般的大脑需要点儿时间才能完全明白诺切的意思——彩虹是同性恋的颜色。

我沉默着,诺切又张嘴说了起来:"这件衣服看着像学校运动代表队的队服。如果找不到女人的游戏迷也算运动员的话,我想你一定会是我们学校的明星四分卫了。对吗,莱特曼?"

我感觉快要控制不住自己的怒火了。我怎么会想到把爸爸的旧夹克穿到学校来呢?这么做几乎就是邀请大家来嘲笑我的夹克,而这个话题一定会让我怒不可遏。如今,诺切显然正在引火烧身。不过,也许这就是我这么做的根源所在,和昨天面对诺切时的理由一样。我大脑中某个属于野蛮人的部分渴望着一场战斗,因此我才会精心安排了这次会面。我就是这么干的。

诺切和莱尼兄弟向前迈了一步,我依旧岿然不动。

"至少这次你知道要带几个帮手了。"我边说边脱下书包,右手拎着两条背带,书包里撬棍的重量让我感到安慰。

听了我的这句话,诺切的笑容立刻变得有些狰狞。

"他们只是过来防止你耍赖,"他说道,"就像上次那样。"

接着,他自相矛盾地朝莱尼兄弟点了点头,他们三个立刻散开组成一个半圆,围住了我。

我听到帕尔帕庭皇帝那嘶哑而威严的声音在我脑中响起:"释放你的愤怒吧,孩子。让怒火充满你的全身!"[①]

---

　　①这句话出自《星球大战3:绝地归来》。

"这回你可有大麻烦了,莱特曼。"诺切冷笑道,"像你爸以前一样。"

我知道诺切正在试图激怒我。不幸的是,他一上来就戳到了我的最痛处。洲际弹道导弹已经离开了发射管,回不了头了。

我不记得自己是如何打开书包拿出撬棒的,不过我一定是那么做了,因为我的手上能感觉到钢铁的冰冷。我举起撬棒冲了上去。

我的三个对手全都瞪大双眼愣了一会儿。莱尼兄弟首先举起双手逐步后退。诺切向两旁张望着,发现那两个猿人兄弟已经乖乖地退出了战斗。他也开始向后退去。

我发现诺切身后几英尺处就是人行道的路缘,心中立时萌生出了一个坏点子。我挥舞着撬棒向诺切扑了过去,他踉踉跄跄地向后退着——正如我所愿——脚跟被马路牙子绊了一下,重重地摔了个四脚朝天。

于是我走到了他身旁,垂眼看着握在手中的撬棒。

这时,在我的左边有人尖叫了起来。我抬头望了望四周,发现一些旁观者已经聚集过来了。有几个学生正在去往第一节课的路上,一个年纪较小的女生一副不知所措的样子,一看就知道是高一的新生。当我朝她看去的时候,她捂着嘴害怕地向后退了一步。好像我——学校里的疯子扎克——要把她当作下一个目标似的。

我的目光转向莱尼兄弟,他们俩现在站到了旁观者当中。所有旁观者的脸上都带着一种惊恐不安的表情,仿佛他们觉得马上就要亲眼看见人生中的第一次谋杀了。

正在此时,一股冷冰冰的羞耻感把我的怒火给浇灭了。我松开双手,眼看着撬棒掉在人行道上。我听见身后响起了一阵神经质般的笑声,还有几声如释重负的叹息。

我从诺切身边退开几步,他缓慢地站了起来。我们相互盯着对方看了一会儿。就在他正想要说些什么的时候,他的眼睛却忽然向上望去。所有人的视线都集中到了我身后的天空中。

我转过身,发现有一架奇形怪状的飞行器正从东面以极快的速度向我们飞来。随着它越来越近,样子也越来越眼熟。我的大脑还不愿意接受眼睛所看到的东西。几秒之后,飞行器猛地停在了我们的正上方,我可以清晰地看到装甲机身上印着的地球防卫联盟的标记。

"这不可能。"我听见有人低声说道。瞬间之后,我意识到这句话是从我自己嘴里冒出来的。

这是一架ATS-31型军用航天飞机,地球防卫联盟在《无敌舰队》和《大地》中都出现过这款装备。它就要降落在我们高中的门前了。

这次我绝对没有产生幻觉,另外有几十个人也都瞠目结舌地盯着这架航天飞机。我已经听见了航天飞机聚变引擎的隆隆声,我的脸上还感到了它排出的热量。它真的在那里。

当航天飞机开始下降的时候,我身边的所有人都如同蟑螂般四散逃开,朝着学校里安全的地方跑去。

只有我像塑像一般站在原地,怎么也无法移开自己的视线。这架航天飞机和我在《无敌舰队》中操纵过的完全相同,在地球防卫联盟标志正下方的机身上还印着识别条码。

地球防卫联盟不可能是真的,扎克。我在心里说服着自己,你现在看见的航天飞机也不可能是真的。你又产生幻觉了,只不过这次要更加严重。这次你可是不折不扣的精神崩溃了。

但是我说服不了自己,相反的证据实在是太多了。

好吧,你也许被困在了一场白日梦中,就像电影《香草天空》中的汤姆·克鲁斯那样。或许你所谓的现实生活只不过是非常逼真的电脑虚拟场景,如同身处《黑客帝国》之中。又或许你刚才已经死于一场车祸,这一切只是生命最后几秒里你的大脑中闪现出的奇妙幻境,像是老电视剧《阴阳魔界》中的情景。

我一边盯着正在降落的地球防卫联盟航天飞机,一边告诉自己——我别无选择,只能尽量随机应变,至少要坚持到自己从梦中醒来,要么遇见史密斯特工[1],要么听见罗德·瑟林[2]所说的画外音。

航天飞机放下了起落架,轻巧地降落在通向学校大门的宽阔人行道上。我回头向学校张望,见到每间教室的窗户上都贴满了脑袋,学校的每个出入口也都被挤得水泄不通。数百名学生都想找个更好的角度来观察这艘奇怪的飞船,每个人都想知道这到底是怎么回事。

我一眼就能看出哪些人认出了这是地球防卫联盟的飞船。他们都像我一样,被眼前的一幕惊呆了。而其他人则以为自己看到的是某种新型军用飞机,一种介于直升机和鹞式战斗机之间的近未来飞行器,有点儿像《阿凡达》和《明日边缘》中的运输飞船。

航天飞机的自动门滑开了,三个身穿黑色西装的男人从里面跳了下来。他们看上去像是联邦特工处的特工。我们的校长伍德先生愣了一会儿,随即冲上前去伸出手来向他们问好。三个西装男子逐一与他握手之后,其中最矮的一个摘下了墨镜,我

---

①电影《黑客帝国》系列中的人物。

②电视剧《阴阳魔界》的制作人,在每一集电视剧开始和结束的时候都有他的画外音。

听见了自己大口喘气的声音。那是雷·威兹保斯基，"星舰基地"的老板。

雷打扮得像黑衣人那样。他究竟到这里来干什么？他到底是从哪里弄来这艘活生生的地球防卫联盟飞船的？

恍惚中，我看着雷向伍德校长出示了某种证件。他们简短地交谈了几句，再次握手之后，雷向着围观的人群举起了一个扩音喇叭。

"今天早晨，打扰了大家的生活，我们感到很抱歉，"雷说道，他的声音在校园里回荡着，一反常态地充满了威风凛凛的腔调，"但是我们亟须找到扎克·莱特曼。有谁知道现在他在哪里？扎克·莱特曼在哪里？观察一下你的四周，如果见到他，请指出来。有一件关于国家安全的紧急事务需要他的协助。扎克！扎克·莱特曼！"

我意识到雷正在叫着我的名字，与此同时，身边的每个人都朝我看了过来，他们的手都齐刷刷地指着我——包括诺切和莱尼兄弟。这简直就是电影《天外魔花》中的场景。在公立学校里所受的教育起了作用，我举起手来叫道："到！"

当雷发现我的时候，他咧开嘴笑了。他穿过草地，全速朝我跑来，我从没想到他的动作会这么快。

"嘿，扎克！"他跑到我面前，看上去居然只是稍稍有些气喘。他一只手扶在我的肩膀上，冲着闪闪发光的航天飞机点了点头，"想坐一下吗？"

终于发生了，扎克。你一生中一直在等待的冒险机会，此刻就在你的眼前。

虽然我已经被吓得屁滚尿流，但仍然费劲全力点了点头，说道："想。"

"我就知道!"他说,"伙计,跟我来吧。我们不能再浪费时间了。"

在全校师生的注视下,我跟着雷走过草坪,回到地球防卫联盟的航天飞机旁。人群自动给我们让出了一条道。这时,我望见了我的前女友埃伦,她正在人海中用难以置信的眼神看着我。人群向着航天飞机涌来,立刻淹没了她的身影。几秒之后,我发现了克鲁兹和迪尔。他们使劲推开众人,挤到了离特工近在咫尺的地方。两个特工守卫着航天飞机,他们的平头和雷朋墨镜如同无形的力场,阻止着人们接近。

"扎克!"我们的目光一接触,克鲁兹就大声叫道,"发生什么事了?这真是太疯狂了!"

迪尔一把推开克鲁兹,他的双臂就像是溺水的人一样拼命地挥动着,想要朝我这边冲来。"你这个幸运的混蛋!"他叫道,"告诉他们把我们也带上!"

下一刻,我发觉自己已然身处航天飞机之中,坐在雷和他两个同伴对面的一张折叠座椅上。舱门已经关闭,外面的嘈杂声完全听不见了。我学着雷的样子扣紧了安全带。

雷一见我系好了安全带,就向独自坐在机舱前部的飞行员竖起了大拇指。那个飞行员穿着一件地地道道的地球防卫联盟制服。刚开始,我还可笑地以为那身制服是角色扮演的服装。随后,他完成了航天飞机的点火程序,启动了引擎。

随着航天飞机不断爬升,我的内心独白大概是这样的:这帮家伙可不是在玩什么动漫真人秀,扎克。依我看来,他就是一个真实的EDA飞行员,正在驾驶一架真实的EDA航天飞机,而你就在这架航天飞机上。因此,让我来计算一下——乘以二再进一位——嘿,真是奇了个怪了,如果我没算错的话,**地球防卫联**

盟就是他妈真实的存在!

我把脸靠向座位旁的曲面舷窗,向下望着地面的老师和同学们。他们依旧聚集在学校门口,随着航天飞机以非同寻常的高速直线爬升,他们看上去已经只有蚂蚁般大小了。

然而当我闭上眼睛的时候,甚至感觉不到它在移动。没有那种被重力压在椅子上的感觉。甚至在穿越大气层时,也没有感受到任何摇晃和震动。

我想起来了——据《无敌舰队》的背景故事所说,所有地球防卫联盟的飞船都配备有逆向设计的外星人技术,其中就包括了一台抗惯性力场发生器,它能够在飞船周围产生一个抵消惯性的力场,它的原理是"利用旋磁粒子的排列自旋来改变时空曲率"之类的专业话。我一直以为这只不过是"混乱地带"的编剧们捏造出来的又一些伪科学术语,让游戏中那些不可能发生的太空格斗看上去更为可信,就像是《星际迷航》和《星球大战》里所说的"惯性阻尼器"和"惯性补偿器"。有了这些设备,汉·索洛[1]和柯克船长[2]在空间跳跃的时候,才不会被挤成果冻。

我再次闭上双眼,感觉仍像是坐在发动机空转的汽车里,等待着红灯变绿。艾萨克·牛顿爵士的定律就这么废了。

一片厚厚的云层挡住了身下惊人的景象,我这才把目光从窗外收了回来。我转过头来看着雷,他的脸上依然笑容可掬,而那两个不动声色的同伴仍旧面无表情地沉默着。

"夹克不错。"雷说道。不过和诺切不一样,他的声音里没有挖苦的腔调。他探过身来,欣赏着两只袖子上的徽章,"我以前

---

[1]《星球大战》正传三部曲中的主要角色。

[2]《星际迷航》中"企业号"的船长。

也有几个动视游戏的徽章，你要知道，弄到这些玩意儿可不容易。"

我用怀疑的眼神盯着他看了一会儿。他在和我唠家常，好像我们依然还在"星舰基地"的柜台后面，好像他刚才并没有把我的世界观搞得天翻地覆。

我感到了一阵愤怒。那个举止温和、人到中年的雷蒙德·威兹保斯基[1]——我的雇主、密友和代理父亲——很明显对我隐瞒了许多事情。这个阴险狡诈的混蛋显然知道一切缘由，而且已经知道了很长时间。

"雷，这他妈到底是怎么回事？"我问道，声音中透露出来的恐惧让我自己感到焦躁不安。

"'有人给我们安了个炸弹'，[2]伙计"，他引述道，"为了正义全力以赴的时候到了。"

他轻声笑了笑。我真想在他脸上狠狠地打上一拳，于是，我开始大叫大嚷起来。

"你从哪里弄到的这艘地球防卫联盟航天飞机？这东西怎么可能是真的呢？我们现在要到哪里去？"

在他回答我的问题之前，我指着他身边的两个人又问道："这两个小丑是谁？说到这个，你究竟是谁啊，混蛋！"

"好了，好了！"雷举起双手说道，"我会尽力回答你的问题——但首先请你先深吸一口气，冷静下来，好吗？"

"去你妈的冷静！"我大声喊道，安全带紧紧地绷在身上，"去你妈的，雷，你这个谎话连篇的王八蛋！告诉我到底是怎么回事，不然的话，我绝对会发疯的！"

---

①雷蒙德是雷的全称。
②游戏《零翼战机》中的开场白。

"好的，"他用舒缓的语调说道，"不过我需要你先平静呼吸，扎克。"

他焦虑地审视着我的脸。我这才意识到自己似乎已经无法呼吸。于是我深深地吸了一口气，然后缓慢地吐了出来。我感到舒服了一些，呼吸也恢复了正常。雷满意地点了点头。

"很好，"他说道，"谢谢你。现在你可以提问了，一次问一个问题，我会尽我所能来回答。"

"这架航天飞机究竟是哪里来的？谁造的？"

"这难道还不够明显吗？"他回答道，"是地球防卫联盟造的。"他朝两个同伴点了点头，"再回答一个你先前的问题，这两位是EDA的外勤特工，他们到这里来是为了保护你的安全。"

"不可能，"我说道，"EDA不可能真的存在。"

"是真的。"他说道，"地球防卫联盟是四十年前成立的全球绝密军事同盟。"

"成立来干吗？我猜是要'保卫地球'吧？"

他点了点头，"正是由此得名。"

"为什么要保卫地球呢？"我想听他大声地说出来。

"外星人要来侵略我们。"

我想从雷的脸上找出嘲弄的神色，但他的表情却是如此的严肃。我瞥了一眼他的两个同伴，想看看他们的反应。不过他俩看上去似乎根本没有在听我们说话，都在低头看着自己的智能手机。

我把视线移回到雷身上，"外星人侵略？哪里的外星人？难道是苏布鲁凯人？天仓五星系来的邪恶类人乌贼？你想要告诉我，他们也是真实存在的，是吗？"

"不，不完全是，"他说道，"苏布鲁凯人是虚构的，是'混乱地带'公司出品的游戏中编造出来的外星反派。然而,你可能已经意识到了,《无敌舰队》和《大地》并不仅仅是电子游戏。它们是为了特殊目的而设计的模拟程序,用来把全世界人民都训练成保卫地球的无人兵器操作员。"

"可是,谁要来侵略我们呢? 你刚才还说苏布鲁凯人是虚构的……"

"他们确实是虚构的。"他说,"不过,在游戏中他们替代了一股真正来自外星的威胁。我们为了防止全球性恐慌才把这个秘密保守至今。"他微笑着向我点点头,"'苏布鲁凯'这个名字是单词'诨名'的谐音,也就是'外号'的一种花哨的叫法。很狡猾吧?"

我的脑袋里蹦出了一个可怕的念头,"昨天上午,我肯定看见了一架天刃战机……"

"那可是个真家伙。"他说道,"你看见的是敌人的侦察飞船。据EDA情报表明,在过去的二十四小时中,全世界各地目击到了大量敌方侦察飞船。我们认为他们正在对EDA的内联网节点进行监视。"

"但它看上去真的很像苏布鲁凯天刃战机!"

"当然像了,"他说道,"这正是我要告诉你的。'混乱地带'就是仿照真正的敌人飞船来设计苏布鲁凯军队的。在模拟——在游戏里,尽可能精确地把飞船和无人机还原出来,让它们看上去尽可能逼真。"

"那也就是说,这些外星人真的拥有天刃战机? 还有天龙战机——"

"还有那些巨球星舰、蜘蛛战士、蛇怪机器人,它们都是真实存在的。"他说,"它们的名字都是'混乱地带'编造出来的,但《无敌舰队》中关于敌人无人兵器的其他内容都是完全准确的。它们的外观、火力、机动性以及战术策略——所有这些都是在与他们以往的接触中，基于对敌人军队和科技的直接观察得到的。"

"以往的接触？"我问道，"我们和他们交战多久了？他们是从哪里来的？他们长什么样子？第一次接触是在什么时候？假如——"

他从我的声音里又听出了歇斯底里的迹象，伸出一只手打断了我的问话。

"现在我还不能回答你的问题。"他说道，"我们所收集的敌方情报仍然是机密。"他抬腕看了看时间，"不过这个秘密已经维持不了太久了。我们一到内布拉斯加就会给你所有的详细资料。"

"内布拉斯加？"我问道，"内布拉斯加有什么？"

"一座地球防卫联盟的绝密基地。"

我张口结舌地不知该说些什么，愣了好一会儿之后，才重新组织出一句完整的话。

"你说EDA是四十年前成立的。我们那么早就知道外星人要入侵了吗？"

他点头说道："早在20世纪70年代中期，EDA就开始利用流行文化中的某些元素，在潜意识中让全球民众作好应对侵略的准备。那就是EDA在当时新生的电子游戏产业中秘密投入巨额资金的原因——他们察觉到了游戏中蕴藏着用于军事训练的潜能。"他笑着继续说道，"基于相同的理由，他们在1977年时帮助拍摄了《星球大战》。"

"我没听错吧？"

雷竖起三根手指，做出童子军发誓的手势，"我第一次知道真相的时候，也无法相信。但这确实是真的。根据EDA智囊团的分析,这部电影的独特视角可以帮助民众了解战争,《星球大战》是EDA提供财政资助的第一部电影。乔治·卢卡斯①至今对此一无所知。他一直以为是小艾伦·拉德②为《星球大战》开的绿灯,但实际上是EDA通过一个伪造的电影电视信贷公司网络,向这部影片注入了大量资金。他们永远也追查不到这些资金的来源。"

"等一下。你告诉我《星球大战》是由地球防卫联盟秘密资助的,作为抵御外星人的宣传资料?"

他点了点头,"虽然事情远非那么简单,但差不多就是这样。"

我想起了父亲在旧笔记本里所做的时间表。

"那在过去的四十年里所上映的其他科幻电影和电视剧是怎么回事?你可别告诉我那些都是抵御外星人的宣传资料?"

"当然不是,"他说道,"不可能全都是宣传资料,只有关键的几部才是。比如《星球大战》,20世纪70年代,它在科幻电影、电视和电子游戏的军事化中就扮演了重要的角色。《太空侵略者》的问世比《星球大战》晚了一年,从那以后,人类就开始在游戏中与外星人作战了。现在你知道为什么了,是EDA催生了这一切。"

"胡说八道。"

"千真万确,"他说,"最近上映的所有《星际迷航》重制版和《星球大战》续集都是EDA在为全球民众的潜意识作最后的重要准备。我不知道维亚康姆、迪士尼和杰·杰·艾布拉姆斯③是否了解其中的真相,是否清楚是谁在幕后操纵着一切。"

①《星球大战》的编剧和导演。
②《星球大战》的制片人。
③美国著名电影电视制作人、编剧、导演,执导过新版《星际迷航》和《星球大战7:原力觉醒》。

我沉默了很长一段时间,才慢慢消化了刚才雷所说的话。

"为什么你以前不告诉我呢?"我终于问道。

他的脸上现出了愧疚的笑容,"对不起,扎克,"他说,"那不是我能决定的。"

这句话把我一下子给点醒了。我认识眼前这个男人已经六年多了,他一直在欺骗我——也许关于他的所有事都是假的,包括他的身份。

"你到底是谁? 你真的叫雷·威兹保斯基吗?"

"事实上,那不是我的真名。"他说道,"我的真名叫雷蒙德·哈巴肖。'威兹保斯基'这个姓是我从电影《异形》里的殖民地陆战队员那里借来。"

"我以前提到过一次,你告诉我那只是他妈的巧合!"

他耸了耸肩,还装出了一副无辜的样子。我真想过去掐他的脖子。

"EDA把我安插在比弗顿的时候,就给了我一个新的身份。他们让我在比弗顿监视你。"

"监视我? 为什么?"

"你说为什么呢? 就因为你拥有一种既罕见而又宝贵的天赋,扎克。你第一次玩联网游戏的时候,EDA就开始追踪并收集你的资料了。那就是为什么我会被派到这里来监视你的原因,我还要帮助你完成训练。"他咧开嘴笑了起来,"你懂的,就像欧比旺一样,在塔图因上守护着卢克,看着他长大成人。"

"你和欧比旺一样,也是个厚颜无耻的骗子!"我回击道,"那是绝对不会错的。"

雷的笑容消失了,眼睛眯成了一条缝。

"那你就是个爱发牢骚的小混蛋,和卢克一样!"

他身边那两个EDA特工忍不住偷笑了两声——显然他们终究还是在聆听着我们的对话。我朝他们瞪了一眼，他们立刻低下头去重新看着手机。我瞄了瞄他们手里拿着的设备，心中暗想这里怎么会有信号。他们的手机比普通的要大一些，也厚一些，翻盖打开之后就像一台掌上游戏机。其中一个特工明显在玩着某种游戏，不过我看不清他的屏幕，因此也无法分辨那是什么游戏。我把目光转回到雷那里。

"听着，我很抱歉。"他说，"我不是有意要骂你的。我只是想你能够稍稍有点儿心存感激，这样就行了。你觉得我会喜欢住在比弗顿吗？"

现在我终于开始明白了。雷生命中的六年时间都花在这个士兵们常说的"狗屎差事"上了。在那条荒凉的郊区商业街上，他被困在一间二手游戏店的柜台后面，整天无所事事地看着我玩《无敌舰队》，听着我那些毫无意义的唠叨，或是对我灌输外星人绑架和政府阴谋的故事来打发时间。

多年以来，他给我讲了一大堆《X档案》之类的外星阴谋，这大概是他在用自己的方法让我在心理上随时做好准备。EDA现在才认为我该知道真相，在这他妈的最后关头。

当然了，真相——至少是部分真相——在几年前就对我展开了，就在我第一次读到父亲日记的那一刻。只是那时的我无法相信罢了。

自从我登上这架航天飞机，我就想鼓起勇气问出下面这个问题：

"我父亲是不是也被地球防卫联盟招募过？"

他长长地叹了一口气，仿佛一直在等着我的这个问题，而且他对此很害怕。

"说实话,我真的不知道。"抢在我再次叫他"骗子"之前,他接着说了下去,"我正在对你诉说真相,请忍耐一下听我说完!"他做了个深呼吸,继续说道,"这和你父亲无关,扎克。你要理解目前的情况——这才是至关重要的。整个人类的未来——"

"回答我! 我看过他的日记——他知道EDA。就在他刚要弄清EDA和他们的意图的时候,一次古怪的工伤事故夺走了他的生命。那时到底发生了什么事? 是不是EDA把他给灭口了?"

雷似乎再也不想开口了,可只过了一秒钟,他又张嘴说了起来。

"我告诉过你,我不知道你父亲究竟发生了什么事。我只不过是一个卑微的外勤特工,我的安全许可级别很低。"他举起一根手指,阻止我打断他,"我只知道EDA的数据库里有你父亲的资料。但那是机密文件,我从来都没看过。所以我不知道EDA和他是什么关系,也不知道他们之间是否有关系。不过,EDA可不是什么杀人组织,它的创立是为了拯救人类。"

我觉得自己的呼吸又变得急促了起来。

"求求你,雷,"我听见自己急切地对他说,"你知道这对我有多重要……"

"是的,我知道。"他说,"所以你现在要打起精神来,否则你会毁了这个找出你父亲真相的机会。"

"你是什么意思? 究竟是什么机会?"

"我们现在要带你去参加一个应征入伍的简报会。"他说道,"在那之后,你就会有机会加入地球防卫联盟了。"

"可是——"

"如果你同意的话,就会成为一名飞行员。"他继续说服着我,"你的军衔就比我高了。"他盯着我的眼睛说道,"这样你就会拥有更高的安全许可级别,会有可能看到你父亲的资料。"

雷还想说些什么,这时一声巨响让整架航天飞机都颤抖了起来。我感到一阵惊慌,还以为我们遭到了攻击。接着,我意识到刚才是航天飞机突破了音障。

"坐稳了,"雷说道,他自己已经稳稳当当地坐好了,"我们就要进入亚轨道飞行了。"

许多问题依旧萦绕在我的脑袋中,但我尽力不去想它们,至少暂时不要去想。随后我强迫自己放松下来,享受剩余的奇妙旅途。

这才是明智之举,因为我即将踏入人生中的第一次太空之旅。

第二关

兵者,诡道也。

——孙武

第八章

我牢牢地抓着折叠座椅的扶手,焦虑地盯着航天飞机的舷窗。窗外那片艳丽的蓝色天空逐渐变成了暗沉的深紫色,随后成了漆黑一片。

我们正处在大气的边缘,前方就是太空。我这辈子都梦想着能够跨过这条界限。我从没想到自己一生中真能有机会实现这个梦想——更不用说是今天了,现在我本应该在教室里,上第一节公民学课。

我用力向前勒着安全带,伸长脖子尽量靠近舷窗,想要看到覆盖在地球上的那条辐射状的蓝色曲线。这种景象令人无法抗拒,我心中那个顽皮的孩子不由自主地欢呼:"哇!"

糟糕的是,那个孩子似乎叫得太大声了,引得雷朝我这边看来。他的脸上洋溢着熟悉的嬉笑,每当他在《大地》的死斗模式里教训了我之后,脸上就会泛起这种扬扬得意的笑容。我差点儿就习惯性地向他竖起中指。我的意识里还把雷当作我的老板和朋友。

我们在近地轨道里只飞行了不到一分钟。我一直在等待着飞船升到最高点时的失重感，可这种情况一直都没发生。我依旧感觉不到任何移动的迹象——甚至在我们向地球回落的时候也没有。窗外的色调从纯黑逐渐变回了深邃的蓝色，直到阳光又重新洒进了机舱。

我们穿过浓密的云层，忽然之间，地面就以骇人的速度向我扑来。在随后的几秒钟里，飞船猝然进入了完全静止的状态。我的眼睛和身体向大脑传送着相互矛盾的运动信息，这让我感到了一阵恶心。

我在片刻之后恢复了正常，转头望向窗外。正下方是一栋宽阔的白色农场平房，两侧有几间谷仓和一些附属建筑。钢制穹顶的立筒式粮仓在阳光的照耀下熠熠生辉，就像是一排蓄势待发的火箭。农场的四面都被浩瀚的田野、起伏的山丘和碧绿的草地包围着，只有一条逶迤的土路延伸到了北方的地平线下。我还看见另外三架EDA的航天飞机出现在了我们周围，和我们一样在缓缓下降。

就在航天飞机下降时，农场毗邻的一片耕地塌陷了下去，形成了一个整齐的长方形孔洞，接着，这个孔洞一分为二向两侧打开，好像地面上出现了两扇巨大的电梯门。洞里有一口庞大的圆柱形竖井直通地下，看着像是一口空置的导弹发射井，不过直径上要宽得多。蓝色的跑道灯在竖井弧形的水泥墙上依次闪烁着，引导着我们的航天飞机向昏暗的地底降了下去。

"EDA在全世界都有这样的秘密基地。"雷介绍道，"有些就像这里一样，处于遥远而人迹罕至的地区。不过，我们在每座大都市里也都有隐藏的无人兵器库和指挥中心。"

"就像《无敌舰队》和《大地》里那样。"我说道。

雷点点头，"所有的东西都隐藏在我们日常所见的场景之中。"他指着下面说道,"那些附属建筑实际上是地面无人兵器库的入口。而那些筒仓则是经过伪装的拦截者无人机发射管道。很神奇,不是吗? 最惊人的是,这些年来,EDA 是在不为人知的情况下完成这些工程的。"

我一边点着头,一边尽力控制着自己的情绪。我所知的整个世界原来都是谎言。我从小到大都相信,不管我们有如何远大的志向,人类始终只不过是一群直立行走的猿人。我们被分成许多部落,互相之间征战不休,还不断地消耗地球上的自然资源。我一直认为未来世界会比较像《疯狂的麦克斯》①而不是《星际迷航》。不过如今我要以全新的眼光来看待人类对于化石燃料的疯狂消耗了——也许我们只是表面上对燃料排放造成的气候变化不管不顾。我们并未耗尽所有的石油,也没有迷失在消费主义中,毁掉整个星球。尽管大多数人对即将到来的苦难岁月仍一无所知,但我们依然在做着准备。

人类对于人口过剩的漠不关心现在也找到了合理的解释。当一个更大的威胁即将来临的时候,我们的星球是否能长期供养七十亿人口就不算是什么问题了。不管机会有多小,人类还是要为自身的生存做好一切必要的准备。我们终究不是一群濒临自我毁灭的猴子——我们面临的是一种完全不同的毁灭。

我们的航天飞机正沿着隧道飞速下降,嵌在墙上的灯光被拉成了一条条闪烁的霓虹。

几秒之后,我们就到达了竖井的底部,狭窄的管道变成了宏大的地下机库。机身下,宽阔的环形跑道逐渐展开。我们的航天飞机停在了跑道的北部边缘。沿着发光跑道的圆周,停靠着一长列一模一样的航天飞机。

———————

①这部电影描绘的是自然资源枯竭之后的荒凉世界。

舱门一打开,雷就解开安全带的搭扣,跳到了跑道上。他示意让我跟着他。我的手指笨拙地在安全带上摸索了一会儿才得以脱身。确保双腿还能正常活动之后,我才爬出机舱走到雷的身边。飞行员和那两个EDA特工留在了航天飞机上。在舱门关闭之前,我还像个傻瓜似的笨拙地向他们挥手。

我看了看手机上的时间,发现从比弗顿到这里才用了不到二十分钟。我还注意到这里没有手机信号,这意味着我不能给妈妈打电话报平安了。忽然之间,我非常想听到她的声音。不知道学校给她打过电话了吗?他们会对她说什么?她现在一定是担心坏了。

今天早晨我蹒跚着走下楼梯时,一顿丰盛的"晚餐早点"正在厨房的餐桌上等着我。妈妈做的"巨型烘肉卷"和土豆泥都是我的最爱。看着我的嘴里塞满了食物,她笑得合不拢嘴,每隔一两分钟就会提醒我细嚼慢咽。我担心她随时都会重提选择大学专业这个可怕的话题,吃完之后,我飞快地吻了她一下就冲出了门外。在匆忙奔向汽车的时候,我听见她大喊道"我爱你",我也含含糊糊地回答了一句。她听见我说的话了吗?我为自己的糊涂感到深深地自责。

"欢迎来到水晶宫。"雷说道,"'水晶宫'是这个基地的EDA代号。"

"为什么要取这么个名字?"我问道。

他摇着头说道:"因为叫起来比'地球防卫联盟第十四号战略指挥所'容易得多,听上去也酷得多。"

离开航天飞机之后,我开始打量起周围的新环境。数百个人在跑道周围忙碌着,看似混乱中保持着一种井井有条的状态。大多数的人都像我们的航天飞机驾驶员那样穿着地球防卫联盟的制服，我想知道他们会不会也给我发一套。

我听见头顶上响起一阵风声，抬头见到又有四架航天飞机从管道中降了下来。它们在跑道上停稳了之后，机上的乘客陆续走了出来。像我一样的平头百姓身后都跟着一个或几个身穿黑西装的EDA特工。他们中的大部分都还算保持着镇定。有几个家伙看上去吓坏了，就像被牵着鼻子的待宰羔羊，不过绝大多数人还是兴高采烈的。我快速估量了一下自己的情绪状态，觉得应该算是在两者之间。

身后的航天飞机"呜"的一声再次升入空中，雷和我看着它缓慢向上飞去，穿过发射管道飞回了地面。

"跟着我，伙计。"雷大步流星地走向跑道对面两扇厚重的装甲大门。大门已经打开，里面是一条向下倾斜的宽阔走道，延伸到地下的更深处。

我停下脚步，大声叫着雷的名字。其他特工和新兵从我身边鱼贯而过，朝大门走去。雷转过身走了回来。

"如果我决定不想加入，会怎么样？"我问道，"如果我听完你们的简报，然后决定回家，又会怎么样？"

雷笑了起来，仿佛他一直在等着我问这个问题。

"那样的话，我就会提醒你，扎克利·尤利西斯·莱特曼，你是一名年满十八周岁的美国公民。在法律上，你有服兵役的义务。"

我没有想到过这一点，"等一下，那么说——我是应征入伍了？"

"不完全是，"雷说道，"没人会强迫你去参加战斗。如果在简报会后你还是想回家，只要说一声就行了。他们会用另一架航天飞机把你立即送回比弗顿——会给你安排'胆小鬼特快'里的头等座。"

我没有回答，专心安抚着自己那受损的自尊心。

"我了解你，扎克。你这辈子都在等待着这一刻。你想要做重要的事、有意义的事、伟大的事。对吗?"他抓住我肩膀说道，"就是现在了，笨蛋! 上天给了你这个机会，用你的天赋来拯救世界。你以为我当真会相信，你会错过这个机会打道回府，坐在电视机前面看着地球毁灭吗?"

雷放开了我，重新朝着大门走去。穿过大门的时候，他的脚步声回荡在高大的石墙之间。接着他拐了个弯，消失在我的视线之外。

我最后看了一眼竖井入口处那片小小的圆形天空，转身朝雷离开的方向追了上去。

这条走道的尽头是一处安检关卡。在那里，一个身穿制服的EDA下士福伊尔扫描了我的掌印和视网膜。接着他让我站在一幅蓝屏画面前，为我拍了一张数码头像照。几秒之后，他身后的打印机就吐出了一张带有照片的身份牌。他把身份牌递给我，上面有EDA标志的全息图像，我的照片下面印着我的全名和社保号，还有一排小字写着"精英新兵候选人"。

就在我把身份牌别在衬衣上的时候，下士把另一张身份牌交给了雷。牌子上有雷的照片，下面写着"雷蒙德·哈巴肖中士——外勤特工"。

不知道为什么，我们的呼号没有被印在身份牌上，不过转念一想，也许EDA不愿意让他们的新兵别着印有"逆天狂射"或是"珀西狗屎69"这样的官方身份牌招摇过市。

福伊尔下士从桌子下面拿出一个小巧的便携式设备递给我，那玩意儿像一部加厚的智能手机——雷和他的两个同伴在航天飞机上用的就是这个。设备的外面套着一个保护壳，壳子背面有粗厚的尼龙腕带。下士把它套在我的右前臂上，我好像戴上了一块超大的手表。

"这是你的Q通，"他解释道，"就是量子通信器的简称——基本上，它就是一台不限服务区的智能手机，在世界上的任何地方甚至在外层空间都能正常工作。"他笑着继续说道，"它还有超快的网速和蓝牙传输功能。我把你手机里的联系人、照片和音乐都导入了，而且都给你设置好了。

我从牛仔裤前袋里掏出自己的苹果手机，它依旧没有信号，电池也快用完了。"你到底是怎么做到的？"

"别担心，"下士并没有正面回答我的问题，"你的Q通更安全，功能也多得多。"他拍了拍通信器的屏幕，"就像是苹果手机、万能传感器①和小型激光手枪都装进了一台设备。"

"哇，真的吗？"我把它从手腕上解下来，仔细地观察着。

"真的，"福伊尔自豪地笑道，"我有点儿像007电影里的Q博士②，不过，我只负责把这玩意儿发给你们。"

我把Q通托在掌心里，心想这是一台逆向设计的外星科技产品。我点亮了设备的触摸屏，屏幕上布满了各式图标。有电子邮件、因特网、GPS和看上去像普通手机拨号器的图标，连同一大堆我不认识的应用。

"我能用这玩意儿打电话回家吗？"我问道。

"现在还不行，"下士回答道，"今天晚些时候会有重大新闻，在这之前，Q通里的外部电话和网络连接都无法使用。不过，你已经连上了EDA的量子网络，如果你有其他人的号码的话，现

①《星际迷航》中出现的多用途设备。
②《007》系列电影中为詹姆斯·邦德提供各种高科技间谍工具的人物。

在可以呼叫任何一台Q通。保护壳的背面印着你自己的号码。"

我把它翻了过来，看见反面蚀刻着一排十位数的号码。雷掏出自己的Q通，在我的Q通边沿上碰了一下。我听见它发出了一声轻轻的"叮"，雷的名字和联络号码就出现在了通讯录中。

"现在你随时随地都可以给我打电话了，就算在银河系的那头也行。"他露出一副令人不安的笑容，说道，"不是说他们要把你派到那里去。"

我看着手中的Q通，它的一边像翻盖手机那样有铰链，打开之后又像是一部手掌游戏机，上半部是显示屏，下半部是游戏控制器。控制器上有两个拇指摇杆和六个印着字母的按键。

"我能在这上面玩《刺猬索尼克》吗？"

"的确能玩，你的Q通还能作为便携式无人兵器操纵平台。在紧急情况下，它能够控制拦截者无人机、ATHID或是EDA的其他任何无人兵器。"他放低了声音，就好像要给我透露一个秘密，"其实这玩意儿根本就不好用，要经过很多练习才行。"

下士神秘地前倾着身子，轻声对我说道："这里面还内建了一个神奇的模块。"他举起自己的Q通，并把两只手腕交叉放在面前，"利用声音和动作，你可以让敌人神经麻痹、骨骼破碎、身陷火海、呼吸困难，甚至是肝胆俱裂。"①

我被他逗得大笑了起来。

"这是我听过的第一个神奇模块笑话。"我说道，"太棒了。"

"你知道，《沙丘》原著里可没有什么神奇模块。"雷摇着头喃喃说道，"这全是大卫·林奇②编造出来的。"

---

①电影《沙丘》中出现的一种戴在手上的武器，可以通过语言和动作来攻击敌人。

②美国著名导演，电影《沙丘》是他的早期作品。

"那又怎么样,雷?"我觉得仿佛又身处游戏店中,"它们依然酷毙了。我不是说它造就了电影里那种毛骨悚然而又令人揪心的场景——"

这时,福伊尔又恢复了那种一本正经的表情,"你的设备已经准备就绪。"他说道,"Q通中的激光器目前处于关闭状态,不过在正式入伍之后,你的指挥官会为你激活这个功能。"

"别提入伍了,"我说道,"他们还没告诉我,是谁在侵略我们呢。"

"好了,"福伊尔惊讶地看了雷一眼,"不管怎样,通信器里的电池只够发射三到四次激光,因此就算在万不得已的情况下,你也要省着点用。"

"明白,"我对下士说道,"那么说我已经准备好了?"

"是的,先生,"他回答道,"你可以走了。"

我们用相互敬礼代替了挥手,随后下士目送我和雷渐行渐远。我跟着雷穿过一道自动门,走进了另一条向下的通道。

"EDA为什么不把这些新技术公之于众呢?"我研究着手腕上的Q通,问道,"超快速飞行、量子通信——这些技术会让全球经济和军事水准迅猛提升……"

"我们的科学家花了几十年的时间,逆向研究了所有的外星技术,不过只是在近两年里,他们才刚刚让这些技术臻于完美。"雷回答道,"我相信如果时间足够的话,EDA一定会逐步把它们推广到社会中去的。"

我们又经过两个安检关卡,来到了一条漫长的管状通道之中。这条通道两边有许多较小的岔路,里面每隔几英尺就有一扇标着号码的门。我刚想问雷这些门后面都有些什么,其中的一扇就打开了,一位女军官走了出来。在门关闭前的一刹那,我瞥见了一间壁橱大小的房间。房间中央是一把固定在地板上的转椅,周围是一排按照人体工学设计的控制台和游戏控制器。还有一个弧形显示屏,屏幕上显示着从巨大的 EDA 人形机甲看出去的第一人称座舱。"无人兵器控制室。"雷顺着我的目光说道,"基地里有数千个这样的房间。每个控制室都可以遥控一架拦截者无人机、一台 ATHID 或者 EDA 其他的无人兵器,遥控时间没有延迟,遥控范围也没有限制。"

"你的意思是……真正的无人兵器?"

"当然是真的,"他指着我的身后说道,"说曹操,曹操就到。"我转过头来,见到排列整齐的十台 ATHID 正向我们走来。我愣在原地,呆若木鸡地看着这些机器人步兵缓缓地从我们身旁走过。它们的伺服电机发出一阵嗡嗡声,关节铿锵作响。等它们消失在走道的拐角处时,雷已经走出了好远,我急忙收拢心神,加快脚步追了上去。

"莱特曼中尉?"一个男孩的声音叫着我的名字。

我和雷都停下了脚步,转身朝声音传来的地方望去。那是个有着深棕色皮肤、深棕色头发、深棕色眼睛的少年,看上去比我还要年轻一些。从领章上看,他是个上尉,制服的肩章上绣着伊朗国旗。他捧着一部 Q 通,似乎正在用它扫描我的脸。看到我的名字出现在显示屏上的,他立刻绽开了笑容。他突然立正,向我敬了个礼。

"终于见到你了,真是荣幸!"他说道,"阿伦·达尔上尉听候你的吩咐。我对你的成就钦佩不已,中尉!"

"我的成就?"我重复道,犹豫地看了雷一眼,"中尉?"

"抱歉,长官。"雷说道,给达尔回了一个军礼,"莱特曼先生还没有宣誓就职呢。"

"我当然知道!"他略带歉意地笑着说道,"抱歉我用Q通来追踪你,莱特曼先生,我一直盼望着能和你见面。"他把手伸了过来,我也伸出手来紧紧回握。"这几年来,我们一起执行过几十个任务,你应该能认出我的呼号。"他拉住了我的手摇个不停,"我是罗斯塔姆。"

我收起笑容,放开了他的手。我当然认得这个呼号。

"哇,真的是你!"我努力地挤出一丝假笑,"能见到你,我也很荣幸。我一直觉得自己是前十名飞行员里最年轻的。"

"那个荣誉似乎是我的。"他脸上闪现出令人讨厌的谦卑笑容。接着,他转过头对雷说道:"我现在排名第五,'钢铁猎犬'排名第六。"他又笑着对我说道:"不过这是最近的名次,以前我一直追在你的尾巴后面。"

"前五名是你应得的。"他的恭维让我感到十分厌恶,我尽力隐藏着这种情感,"你在玩家对玩家服务器上不止一次地击败过我。你是个王牌飞行员,是个精英。"

"你真是太客气了。"他回应道,"你的话对我非常重要。"

雷不耐烦地清了清嗓子,指了指手腕上并不存在的手表。达尔上尉威严地瞪了他一眼,还用大拇指弹了一下自己的上尉领章。

"放轻松点,中士。"达尔说道,"长官们在说话呢。"

达尔转回头来面向我的时候,雷做了个掐脖子的手势,"遵命,上尉先生。"

达尔又冲我笑了笑,随后从夹在胳膊下的塑料文件夹里拿出了一张八寸的光面照片。这是我放大的头像照,就是刚才领身份牌的时候拍的。他羞怯地把照片和一支黑色的签字笔举到我的面前。

"能为我签个名吗?"他问道,"我正在尽力收集前十位飞行员的签名,这也许是我得到你的签名的唯一机会。"

我没有理睬那不祥的暗示,拿起笔写下了自己的第一个正式签名。我把照片递还给达尔,心里盘算着他至今收集到了几个《无敌舰队》飞行员的签名,又是哪几个人呢?

"非常感谢,莱特曼先生。"达尔说道,"正如我刚才所说的,我很荣幸。"

他看上去又要向我敬礼,但最后只是向我伸出了手。我们再次握了握。

"这是我的荣幸,长官。"我说道,"希望能与你再次相遇。"

他伸出 Q 通轻轻碰了一下我的,两台通信器都"哔"地响了一声。

"我的号码已经加入你的联系人名单里了。"他说道,"如果需要帮助的话,可以随时打电话给我。"

"我会的,谢谢。"

他转身朝另一个方向快步走去。我和雷等他走出视线才继续往前,穿过了另一道自动装甲门。

"那孩子有多大了?"

"谁? 达尔上尉? 他十七岁,刚加入 EDA 的时候只有十五岁。他是个神童。"雷停下脚步,用担忧的眼神看着我,"我可没说你不是神童。"

我觉得自己就像是世界上最大的儿童足球游戏①里最后一个被选中的人。

"我也是前十名里的。"我说道,"为什么我没有在十五岁的时候就被选中?"

_____

①美国儿童玩的一种按照棒球规则进行的足球游戏。

他皱起眉头，充满疑虑地看了我一眼。

"你的心理状态不适合过早地加入我们。"

"为什么？为什么我就不行？"

"别装傻了，'扎手的扎克'。你心知肚明。"

在我准备反唇相讥之前，雷就头也不回地走开了。我只得忍气吞声地跟了上去。

最后，我们来到了一个圆形大厅，里面有一大排电梯。已经有好几个"精英新兵候选人"在这里等电梯了。我正要走上前去加入他们，雷拍了一下我的肩膀。

"我只能送到这里了。"他说道。就像是第一天送我去上学那样，他上下打量着我。他把手伸向我那空空荡荡的背包，我顺从地把背包递了过去。在我发出抗议之前，他一把脱下我身上穿着的父亲的夹克，把它叠了起来。

"嘿，那是我的!"见鬼，我的语气像个生气的孩子。

"我知道，"他说道，"这确实是一件很酷的夹克。但是穿着它去参加简报会是不会给人留下好的第一印象的。"

他把夹克塞进了我的背包，使劲拉上拉链，又把背包挂到了我的肩上。

"那些电梯会把你带到开简报会的会议厅。"他指着我的身后说道，"只要跟着其他的候选人就可以了。"

我看见大厅对面的新兵们已经在电梯门前排成了一行。我转回身问雷："什么时候才能再见到你呢？"

"我也不知道，伙计。"他迎着我的目光说道，"事情变化得很快。几分钟后，我就要坐航天飞机离开了。"

"为什么？"我问道，"他们要把你派到哪里去？"

　　"要去保卫'大苹果'①。还记得吗？我可是'三十打'中的一员。"他笑着站直了，拉了拉自己的领章，"我已经被分配到EDA第一无人装甲营。我们负责防守东海岸。所以当你在天上和他们作战的时候，我会在地面上和他们战斗。"

　　我们俩站在那里沉默了一会儿，雷向我伸出手来。我犹豫了一阵儿，还是伸手握了上去。不管发生过什么事，我都不想让雷离开我的身边。他是我在这个地方唯一的熟面孔。我琢磨着怎样正常地道别而不流露出原谅之意，雷猝不及防地给我一个大大的熊抱。连我自己都感到惊奇的是，我也紧紧地回抱着他。

　　"你有天赋，扎克。"他退了一步，说道，"你确实有改变战争的能力。记住这点，好吗？无论接下来的几个小时里会发生什么可怕的事……"

　　我点了点头，但没有回答。我完全不知道说什么，对目前发生的一切仍旧不知所措。我不是一个战士，我只不过是一个郊区来的孩子，只不过是玩了很多电子游戏。我还没有做好打星际大战的准备！此刻，我对任何事都没有准备——哪怕只是与雷告别。

　　"好了，不要多愁善感了。"他说道，"为了我，照顾好你自己，好吗？还有——"说到这里，他的声音哽咽了一下，他立即清了清嗓子，"还有，让我们约定，在这一切都结束之后，我们会回到'星舰基地'里再次相聚。我们叫上'泰战机'的外卖，互相说说战争故事。就这样说定了，好吗？"

　　"一言为定。"我也觉得喉咙里有什么东西哽住了。

　　雷向我敬了个礼，虽然我感到自己就像是个玩过家家的孩子，但我依然回了个礼。

---

　　①指的是美国纽约市。

"愿原力永远与你同在。①"雷抓着我的肩膀说道。

然后他转身离开,消失在来路的尽头。我盯着他的背影望了一会儿,随后朝电梯那边看去。在那里,与我同来的"精英新兵候选者"们正焦虑地排着队。

---

①这是《星球大战》中的台词。

第九章

我跟着另外十五名新兵走进了电梯。这些年龄、性别和肤色各异的人脸上都带着相同的迷惑表情。我不用照镜子就知道,自己的脸上也一样。

电梯向下降去,大家一言不发,有的望着天花板,有的盯着自己的鞋,还有的则看着面前的电梯门——所有人都在躲避着眼神的接触。我想知道他们都是从哪里来的。今天早晨地球防卫联盟突然冒出来粉碎了他们的世界观,把他们拽出现实生活,带到了这里。在这之前他们都在干些什么呢?

我还琢磨着自己是否和他们中的某些人一起玩过《大地》和《无敌舰队》。这是很有可能的。见鬼,谁知道呢,也许站在我身边的就是"红牛仔"的真身。

电梯里没有任何楼层显示或控制按钮,随着电梯不断下降,只有一个发光的向下箭头每隔一秒就发出两下"哔哔"声。超过二十次"哔哔"之后,电梯门终于再次打开了。

我们迈出电梯,来到一个圆形大厅中。这里已经挤满了和我们一样茫然的新兵候选人。大多数人都像我一样穿着日常的服装,春夏秋冬的都有。我还看见有人身穿商务套装、快餐店制服和外科手术服,有一个神情茫然的中年妇女居然穿着婚纱,手里依然紧握着她的新娘捧花。

一列EDA士兵正指挥着新兵穿过一排门洞,走进毗邻的下沉式会议厅中。我一面跟随着其他人,一面转着脑袋观察周围的布局。这间体育馆般庞大的碗形会议厅的正面,是一扇巨大的弧形投影屏幕,让这里看上去更像是IMAX巨幕影院,而不是绝密的地下会议室。不过,天花板的设计就完全是另一回事了——它由倾斜的水泥网格板铺成,每个格子中间还用减震弹簧进行了加固。如同基地里的其他地方一样,这个会议厅看起来异常坚固,就算地面上受到核攻击也不会对它有影响。

我环顾着整个大厅,想找到合适的座位。我发现巨幕下是长方形的下沉式舞台,舞台中间有乐队的指挥台。前三十多排座位都已经被紧张不安的新兵们给坐满了,新来的候选者排着紧凑的队伍,就像在学校里参加集会那样,一个接一个地坐在了他们的身后。不过,还是有几十个不那么听话的(或者说是不怎么爱交际的)家伙选择坐在了最后几排,他们或是单独就座,或是三三两两地分成了几个小群体。

我迈上了离自己最近的楼梯,选了人最少的上三层。来到这个低头就让人头晕的区域,开始寻找一个四周都没人的座位。就在这时,我的目光停在了一个人的身上。

她在我的右手边,孤零零地坐在后面最高的那排座位中间,正明目张胆地从一个闪亮的扁酒瓶里啜着酒,小瓶子被漆成了R2-D2[①]的模样。就算是坐着,我也能看出她的个头比我要高出几英寸。她那雪花石膏般的苍白肤色和黑色装束形成了鲜明的

---

①《星球大战》中的机器人。

对比——黑色军靴、黑色牛仔裤、黑色背心(还有里面露出来的黑色胸罩)。一头浓密的黑发一半被剃成了板寸,而另一半却披散到了下巴。最刺激的是她双臂上布满的文身,左臂上是半裸的漫画女英雄"坦克女郎",她穿着后末世风格的摇滚内衣,吻着M16步枪;右臂的二头肌上则文着一行花体的大写字母"EL RIESGO SIEMPRE VIVE"①。

望着她,我感到浑身战栗,就像那天下午第一次看见天刃战机时的感觉。我曾在几个月的时间里慢慢爱上埃伦。这回不同——这回就像雷神之锤里放出闪电,直接击中了我的脑袋。

我还考虑着要不要鼓起勇气坐到她旁边,却已经不由自主地朝她走了过去。拾级而上时,我想到也许在现在这个高度下,我的情感波动是不真实的。不过随着我离她的座位越来越近,汹涌的荷尔蒙很快淹没了这种想法。我给自己打气,她确实需要别人的陪伴——尽管她的行为举止看起来正好相反。

走到她座位旁的时候,她看都没看我一眼。我只能傻站着等待她发觉我的存在。她的目光始终盯着自己的膝盖,我向下看去,想看看是什么吸引了她,发现她已经把Q通完全拆开,里面的电子部件整齐地排列在她的大腿上,仿佛她正在给电子设备做解剖。不知道她还能不能把它们再装回去。

然而接下来,她只用了十几秒钟就把Q通恢复了原样,这速度简直能媲美海军陆战队的装枪老手。装好之后,她打开了设备电源。

就在设备重启的时候,她终于抬头瞟了我一眼。我指着她身边的座位,问道:"我能坐这儿吗?"

————————
①这是电影《异形》中写在女陆战队员胸前的一句西班牙语诗句,意思是"风险永远存在"。

连自己都不能相信，我居然能临场发挥说出这句开场白。

她飞快地打量了我一番，没有立刻回答。

"对不起，我正在和我的机器人说悄悄话呢。是吗，R2？"她再次举起酒瓶放到嘴边，随后指着面前一大片空座位说道，"为什么你不另外去找个女生调情呢？"

"别臭美了，瓦斯奎兹。"①我冲着她的酒瓶点了点头，"我只是想来讨点儿酒喝的。"

她笑了起来，我感到胸口一阵尖利的刺痛。她低头看了看自己手臂上那排大写字母"EL RIESGO SIEMPRE VIVE"，显然对我知道这个文身的出处感到惊讶。

"好吧，"她愉快地叹了口气，说道，"坐吧，娃娃脸。"

"谢谢你，老太婆。"我在她身边坐下，还像她一样把腿搁在前面的椅背上。

"你刚才叫我'老太婆'？"

"是啊，就因为你管我叫'娃娃脸'，我的男性自尊心受了伤。"

她又笑了起来，这回还要大声些，我胸口更痛了。

凑近了看上去，她更是美得动人。起初我以为她的眼睛是深棕色的，现在看起来更接近琥珀色，瞳孔周围的虹膜有一道道闪耀的金光。

"抱歉，"她说道，"你的脸看上去确实很年轻。你多大了？"

"上个月我已经满十八岁了。"

"那太糟了，"她坏笑道，"我其实蛮喜欢幼齿的。"

"太好了，"我说道，"一个酗酒的恋童癖。"

这句话又把她给逗乐了，这次她从鼻子里发出了一种少女

---

①这是电影《异形》中的一句台词。

般的咯咯笑声,我的心律完全被这种声音给打乱了。然后,她对着自己的酒瓶低声说道:"R2,这个梦变得更古怪了。现在梦里出现了一个俏皮的男孩。真是稀奇啊!"

我差点儿问她,那个男孩指的是不是我。不过,我还是转移了话题。

"我不想打断你,"我说道,"但你不是在做梦。"

"不是吗?你怎么能这么肯定?"

"因为我就是那个做梦的人。"我说道,"你和这里的其他人一样,只不过是我梦中编造出来的人,怎么会做梦呢?"

"好了,我也不想破坏你的美梦。"她用扁酒瓶捅了我一下,一些酒洒在我的腿上,"我可不是任何人梦里虚构出来的。"

那我就放心了。然而我嘴上说的是:"很不幸,我也不是。"我对她笑了笑,继续说道,"因此现在发生的一切对我们来说都是真实的。"

她点点头,又啜了一口酒。"好吧,"她说道,"这正是我担心的。"接着,她举起酒瓶,终于想起来请我喝一口。不过,我摇头拒绝了。

"我想了想,还是决定在简报会上保持清醒的头脑吧。"接着,仿佛还嫌不够差劲,我又加了一句,"再说,我还没到可以喝酒的年龄呢。"

她朝我翻了个白眼,"他们马上就要告诉我们世界末日来了,你懂吗?"她说道,"为了这种事保持绝对清醒,真的吗?"

"有道理。"我从她手里接过了扁酒瓶。

正当我把酒瓶放到嘴边的时候,她开始反复地念叨:"犯法喽,犯法喽。"

我装出恳求的样子,说道:"请你别逼我把酒从鼻子里喷出来,好吗?"

她严肃地点点头,举起三根手指说道:"我以女童军的荣誉发誓。"

我翻了个白眼,"我不相信你曾经当过女童子军。"

她眯起了眼睛,伸手把自己的及膝长袜卷了起来。一个深绿色的美国女童子军标志文在她的左小腿肚上。

"是我错了。"我说道,"你还有哪里藏着好看的文身吗?"

她在我的肩上重重地打了一拳,指着我手中的酒瓶说道:"别磨蹭了,娃娃脸。干杯吧。"

我硬着头皮抿了一小口,但那些灼热的液体还是让我皱着眉头大声咳嗽起来。我不知道她在瓶子里装了什么,我觉得很可能是火箭燃料混合了油漆稀释剂。我知道她还在看着我,因此我强迫自己又喝了一大口。虽然眼泪都辣了出来,喉咙也像刚吞下岩浆一样疼痛,我还是故作镇静地把酒瓶还给了她。

"谢谢。"我的声音有些嘶哑。

"我是阿莱克西斯·拉金。"她伸出手来说道,"不过我的朋友们都叫我莱克斯。"

"很高兴认识你,莱克斯。"我们握手的时候,我感到一股细微的电流通过了我的身体。"我叫扎克……扎克·莱特曼。"我结结巴巴地说出了自己的名字。

她笑着接过酒瓶,我很乐意看到酒瓶回到了她手里。她说:"那么,你从是哪里来的,扎克·扎克·莱特曼?"

"只有一个扎克。"我笑着说道,"我来自俄勒冈州的波特兰。你呢?"

"得克萨斯,"她轻声说道,"我住在奥斯汀。"她的表情黯淡了下来,接着她又喝了一口酒——这次连她也皱起了眉头。"不到一个小时前我还在那里,在办公室的小隔间里调试着子程序。狗娘养的地球防卫联盟航天飞机突然出现,就停在我们办公大楼的外面!我想我一定是疯了。现在我甚至都不知道该想些什么了。"

她搓着自己裸露的肩膀,簌簌发抖。

"这里实在太冷了!"她说道,"我把毛衣留在另一个世界了。"

我心里默默感谢上苍,随后打开背包,拿出了我父亲的夹克。

"哇,"她叫道,"好家伙,谢谢了。"

"你在哪儿工作?"

"在一家软件公司。我们制作各种移动设备的操作系统和应用程序。见到航天飞机停在办公大楼外面简直就像做梦一样。我的许多同事都是游戏迷,他们还没看到地球防卫联盟的标志就一眼认出了这架飞机。我们都不敢相信自己的眼睛。"

"后来呢?"

"我们都跑到外面的停车场上。一男一女两个穿着西装的人从航天飞机里走了出来,他们问了我的全名。奇怪的是,我感到有些丢脸,就像是在学校的时候被叫到校长室去一样。他们说有一项'紧急的国家安全事务'需要我的协助。我该怎么办呢?他们驾驶着电子游戏里的宇宙飞船来找我。我能不跟着吗?我总不能今后一生都惦记着飞船里面的样子,或者它会去哪儿吧?"她朝着我们的周围点了点头,"所以我就到了该死的爱荷华州,到了这个绝密的政府基地里,等待事情的真相。简而言之,我已经全乱了。"

她用一种波澜不惊的语调说完了这一切。

我点着头说道："我觉得我们是在该死的内布拉斯加。"

"是吗？你怎么知道？"

"因为雷——带我来的EDA特工——说这里是内布拉斯加。"

"带我来的那两个小丑什么也不肯说。"她说道。

直到现在我才发觉自己被特殊照顾了，不知道在过去的六年中，会议厅里的其他新兵候选人是不是都有一个EDA卧底特工在他们的家乡辅导、照看着他们。

莱克斯低头看了看重启完毕的Q通，浏览了一下上面的应用程序图标。

"他们最好能像保证的那样，解锁这些功能。"她说道，"我可不想让我的奶奶担心。她让我每天都给她打电话。"莱克斯凭记忆拨了个电话号码，屏幕上却出现了一个红色的大叉和一条信息——"民用电话网络接入被锁定"。

"等着瞧吧。"她喃喃说道，愠怒地把Q通塞进口袋。

"你和你奶奶很亲吗？"我想和她多说几句话。

她点了点头，"我很小的时候，父母就在一场车祸中死了。我的爷爷也很早就过世了，是奶奶一个人把我养大的。"她看着我的眼睛说道，"你呢，扎克？你家里有什么挂念的人吗？有什么人在为你担心吗？"

"我妈妈，"我一面点头，一面在脑海中想着妈妈的样子，"她是个护士，家里只有我们两个。"

莱克斯点着头，仿佛完全懂了。我们沉默了一会儿。我忽然发现自己希望克鲁兹和迪尔也能在这里。如果这两个家伙在我身边的话，眼下这种疯狂的情况就容易应付得多了。

克鲁兹和迪尔玩《大地》和《无敌舰队》都算玩得不错，不过显然他们的排名还不够高，没能受邀加入这个奇妙的事件。

"莱克斯？"

"扎克？"

"你玩《大地》还是《无敌舰队》？"

"《大地》。"

"玩得好吗？"我问道，"你加入了'三十打'吗？"

"我现在的排名是第十七。"她若无其事地点头说道，"我曾经到过第十五名，《大地》里的排名起伏很大。"

我轻轻吹了一声口哨，说道："厉害啊，女士。你的呼号是什么？"

"'莱克刽子手'，"她说道，"这是个自创的混合词。你的呢？"

"'钢铁猎犬'。"我皱着眉说道，我的呼号听上去实在是有点儿过时，"这是个——"

"真是个好名字！"她大声说道，"我喜欢，虽然有点儿俗气。我奶奶以前每到圣诞节都会放那张《史努比大战红男爵》。"

我难以置信地看着她。还没有人能在我解释之前，就把我的呼号"钢铁猎犬"和《花生漫画》①联系起来——包括克鲁兹和迪尔。我恨不得伸出手拍拍她的肩膀，看看她是不是真的存在。

"你不在'三十打'里，否则我会认得你的呼号的。"她说道，"你一定是《无敌舰队》的玩家吧？"

我点头承认，尽力掩藏着自己的失望之情，"你不玩《无敌舰队》吗？"

她摇了摇头，"飞行模拟游戏让我头晕。我喜欢脚踏实地的感觉。"她用大拇指指着自己说道，"让我操纵一台巨型机甲，我

---

① 美国著名长篇连载漫画，史努比就是其中的主要角色。

就能把面前的敌人打得落荒而逃。"

我坏笑着说道:"是不是还要让他们的女人痛哭流涕?"

"有道理,"她轻声笑道,"他们的女人一定会哭得一塌糊涂。那还用说吗?"

我们俩一起大笑了起来,在笑声所及的范围内引来了许多恼怒的目光。我们似乎成了整个会议厅里唯一还能笑得出来的两个人——这让我们笑得更大声了。

我们平静下来之后,莱克斯把酒瓶倒过来,让瓶里的最后几滴酒流到自己伸出的舌头上。接着,她盖上瓶盖,把酒瓶塞回了牛仔裤的口袋里。

"'我失去了R2。'"她说着《星球大战》里的台词,还模仿着蓝色小机器人那吹口哨般的叹息声。这回轮到我的鼻子里爆出一阵笑声。

"说说吧,星爵①。"她说道,"你的排名是多少?"

"我在《大地》里的排名实在是糟得说不出口。"我用假惺惺地谦虚语调说道,"不过在《无敌舰队》里,我现在排名第六。"

她瞪大了眼睛,歪过头来看着我。

"第六?"她重复道,"全世界吗? 没骗我吧?"

我向她发誓没有说谎。

"那可是了不起的成就,"她说道,"你让我刮目相看,扎克·扎克·莱特曼。"

"我受宠若惊,拉金小姐。"我回敬,"等你看过我玩《大地》就不会那么激动了。我玩ATHID还行,不过要是让我操纵哨兵机甲,那就完了。我老是要踩到住满居民的房子,接着就会被降级成普通步兵了。"

———————
①漫画和电影《银河护卫队》中的人物。

"'警告！平民生命和财产损失！'你喜欢无差别攻击，是吗?"

就在我刚想回答她的问题时，会议厅里的灯光忽然变暗，人群也随之静了下来。莱克斯用力抓住了我的手腕，她握得如此之紧，让我的手都觉得有点儿发麻了。我撑着座位扶手，坐直身子向前望去。面前的大银幕亮了起来，身体不由自主地颤抖着，我一生都在期待的东西就要开始了。

接下来，政府给我们播放了有史以来最令人不安的教学片。

第十章

　　银幕上出现了一个地球防卫联盟的动画标志,大写字母"E"和"D"被画成了绕着地球旋转的透明盾牌。花体大写字母"A"的两腿和之间的空隙则组成了哨兵机甲的半球型脑袋。"A"中间的三角里还画上了一只巨大的独眼,我知道这是月球基地"阿尔法"的记号——地球防卫联盟在月球背面设置的秘密基地。我很想知道为什么EDA要把月球基地"阿尔法"设计在标志里,很显然,这个基地不可能真的存在。随即,我又提醒自己——就在几小时之前,我还觉得EDA是假的呢。

　　EDA的拉丁语格言"Si Vis Pacem Para Bellum"(为了和平而战)出现在标志的下方。接着,标志和格言渐渐隐去,银幕上留下了一大片闪烁的星辰。这时响起了紧张的背景音乐,这是《无敌舰队》里的开场交响乐,作曲者就是大名鼎鼎的约翰·威廉姆斯①。当我听到伦敦交响乐团所演奏的弦乐部分,脖子后面的汗毛都竖了起来。

　　我提醒着自己,这是真的。

_____
　　①美国最著名的电影配乐家之一,代表作品有《星球大战》系列等。

我提醒着自己,保持呼吸。

银幕上,一艘美国航空航天局(NASA)的早期无人太空探测器飘了过来,朝着星光熠熠的宇宙深处驶去。它的形状像院子里常见的老式碟形卫星电视天线,底座上还插着三根互成直角的室外电视天线。我认出这是"先驱者10号"和"先驱者11号"中的一艘,它们是NASA最早用来探索外太阳系的两艘探测器。它们早在20世纪70年代初就发射升空了,所以现在我们看到的一定是计算机生成的画面。

摄像机的视角在探测器背后晃动,显示着探测器正在快速接近木星。正当这颗气态巨行星在银幕上迅速放大时,背景音乐淡去,解说开始。莱克斯和我同时倒抽了一口凉气,会议厅中的许多人也骚动了起来。尽管这个声音的主人去世已经快二十年了,我们还是立刻认了出来。

他是卡尔·萨根①。

他一开口,就几乎颠覆了我对宇宙的理解。

"1973年,NASA获得了地外文明的第一份证据。它就在我们的太阳系里。'先驱者10号'发回了木卫二的近距离影像,木卫二是木星的第四大卫星。太平洋标准时间12月30日下午7点26分,影像在位于加利福尼亚帕萨迪纳的喷气推进实验室②进行了解码。"

我顿时就明白了为什么EDA要用萨根博士的声音来解说这段影片。由于萨根从20世纪60年代开始就在极力推进对地外文明的探索,他那种自信而平易近人的声调,可以把冰冷而枯燥

①美国著名天文学家、天体物理学家、科幻作家、科普作家。他对地外生物的存在坚信不疑。

②简称"JPL",美国航空航天局的下属机构,专门负责开发和管理无人空间探测任务。

的科学事实演绎得深入人心。如果NASA在1973年就知道了外星人的存在,而萨根在这之后的一生都要向全世界隐瞒这个事实,他一定会非常乐意担任解说工作。然而,我无法想象我的余生会变成什么样子。

也许EDA是在用某种方法模拟或合成了萨根的声音,或者曾经要挟萨根来为他们工作。该死的,我觉得EDA可能在五角大楼下面有个秘密实验室,里面装满了培养槽①,他们在那里像本田公司生产雅阁车那样,一天二十四小时批量生产着萨根和爱因斯坦的克隆人。

银幕上出现了萨根博士的视频图像,我这才停止了对他声音的质疑。这段影片明显是20世纪70年代拍摄的:萨根看上去比他拍摄系列纪录片《宇宙》的时候还要年轻。他站在一间拥挤的喷气推进实验控制室里,身边围绕着十几个不修边幅的科学家。所有人都聚集在一台小黑白电视监视器前,焦急地等待着人类第一张木卫二近距离照片。位图照片一点一点地读出来。木卫二的右半边处于阴影之中,而它的左半球则完全暴露在阳光下。尽管照片的分辨率很低,我们还是看到了一些模糊的影像。

载入就要完成,木卫二的表面逐渐变得清晰起来。萨根和其他科学家开始仔细研究这张照片,控制室里的气氛也越来越困惑焦躁。最后一个像素显示出来之后,完整的照片出现在显示器上。照片里,木卫二的冰冻表面上居然覆盖着一个巨大的"卐"符号。

会议室里响起了一片惊恐的耳语声,我身旁的莱克斯也说

①主角联想到了《沙丘》系列小说中培育克隆人(Ghola)的设施,由秘密社团特拉苏(Bene Tleilax)控制。

了一句："这是他妈的什么东西？"

我点头表示同意。这无疑是我上过的最变态的历史课了——我无法想象下面还会讲些什么。

"第一张近距离照片显示，木卫二的表面上有一个巨大的符号。"萨根的声音平静地解释道，"这是一个等边十字，每条边都向右折九十度，在地球上，我们称它为'卐'字。这个符号清晰地出现在木卫二的南半球上，覆盖了超过一百万平方公里的面积。事实上，这个'卐'字实在是太大了，由于卫星表面的曲率，照片上它甚至有点儿变形。

"这个符号立即被NASA的科学家认定为地外文明的第一份确凿证据。然而，对这个符号意义的争论盖过了这次伟大的发现。数千年以来，世界上喜爱和平的文化一直把'卐'字用作装饰性符号和好运符。1920年，纳粹党把它作为自己的标志，他们的残暴行径从此把'卐'字变成了最丑陋人性的代名词。"

"唉，他们为什么没把太极阴阳印在木卫二上呢？"莱克斯在我耳边轻声说道，声音含糊，"那会把NASA给逼疯的。"

我嘘了她一下，她发出一阵短促而神经质的笑，然后似乎恢复了镇定。我们又把注意力放回到银幕上。

"我们无法知道，在木卫二上留下记号的生物是否清楚这个符号对我们的意义。"画外音继续说道，"在得到更多信息之前，我们所能做的只是推测符号的出处和意义。我们国家的军事和政治领袖决定对全世界隐瞒这一切。他们担心公布这个消息会造成全球性的恐慌，而这种恐慌会使我们的宗教、政治、经济和整个文明陷入混乱。理查德·尼克松总统颁布了一份秘密的行政命令，在能够进行进一步研究之前，NASA在木卫二上的惊人发现都是国家的最高机密。"

现在我明白为什么萨根博士和JPL的其他科学家要为政府保守这个秘密了。他们不能告诉地球上脆弱的人们,有一个巨大的纳粹便利贴正在围绕木星的轨道旋转着。要是沃尔特·克朗凯特[①]在1973年的晚间新闻里说出这条爆炸性消息,人类文明就会进入集体疯狂。在那样的情况下,再一次探测木卫二就会变得困难重重——也许永远都做不到了。

然而,这个故事里还有许多疑问困扰着我。比如,NASA这个发现中的一些细节让我有一种奇怪的似曾相识的感觉。过了一会儿我才想出原因所在。

从70年代晚期开始,我们的科学家就不止一次地说过,由于木卫二的表面之下存在着大量的液态水,它应该是太阳系内最有可能存在地外生命的地方。从那时起,木卫二就成了科幻小说作家笔下最常出现的星球。我可以想到的就有至少五六本科幻小说写到了木卫二上的外星生命——其中最著名的就是阿瑟·克拉克的小说《2010》,这本书是《2001:太空漫游》的续集。20世纪80年代,彼得·海姆斯导演了由《2010》改编的电影,这部精彩影片的结尾讲的是高度文明的外星种族通过HAL-9000电脑,向人类群发了一条信息,警告我们不要接近木卫二。

不要尝试在那里降落。

在与外星人的第一次接触中发现"卍"字符号,这个情节也让我觉得熟悉。我想破了脑袋才发现答案就在自己面前——卡尔·萨根在他第一本也是唯一的一本科幻小说《接触》中写到过类似的场景。在萨根的故事中,SETI[②]的研究员们收到了一条来自地外文明的信息,内容包括外星人拦截到的第一条来自地球

---

① 美国著名新闻节目主持人,曾被评为"全美最受信任的人"。
②"搜寻地外文明计划"的简称。

的电视节目信号,结果这段节目碰巧就是阿道夫·希特勒在1936年柏林奥运会上的开幕讲话。原著和改编电影中,最令人难忘的场景就是当SETI科学家解码出外星传来的第一帧影像时,发现画面上居然是一个纳粹"卐"字符。

面前银幕上展现出的故事虽然和《2010》与《接触》所描述的不尽相同,但是其中那么多的相似之处,难道仅仅是巧合吗?

和萨根一样,克拉克也是NASA的老熟人。他也许早就知道了"先驱者10号"在木卫二上的惊人发现,并同意掩盖真相,这也是合情合理的。不过,为什么他们后来都把秘密的核心内容写进了自己畅销的科幻小说呢?特别是这两本小说都被改编成了轰动一时的电影,难道EDA不担心机密信息泄漏吗?为什么EDA会放任他们?

就在我开始自问自答的时候,银幕上出现了几幅木卫二的高清图像,从中可以清楚地看到木卫二表面的许多细节。近距离看,这颗卫星就像一颗肮脏的大雪球,表面上交错地布满了一条条绵延数千公里的橙红色纹路。凸出的巨大黑色"卐"字与卫星表面形成了鲜明的对比。

"一年过去了,'先驱者11号'在1974年12月到达木星,"萨根继续解说,"它调整了航向,贴近木卫二进行探测,传回了更加清晰的图像。先前有些人觉得'先驱者10号'的照片是伪造的,现在'先驱者11号'的这些照片打消了这种怀疑。这个时候,NASA已经开始紧锣密鼓地建造新型绝密探测器,专为降落在木卫二上近距离观察'卐'字符号而设计,让它能收集更多数据,查明'卐'字的来历或用途。NASA将这个探测器命名为'使者1号',它于1976年7月9日到达木卫二。在那一天,人类第一次和外星智慧生物有了直接接触。"

我这辈子从没像现在这样被大屏幕牢牢吸引住。

"使者1号"的身影——确切地说是电脑绘制的图像——出现在了银幕上,它正向着木卫二的轨道飞去,宏伟的木星在背景中隐约可见。"使者1号"看上去要比NASA在1977年发射的两台"旅行者号"探测器大一些,也笨重一些。框架上硕大的燃料箱和着陆器给人一种临时拼凑的感觉。

飞过巨大的黑色符号时,轨道飞行器放下了着陆模块,后者朝着木卫二冰封的表面慢慢下降。

图像切换,银幕上出现了"使者1号"着陆器降落时所拍摄的真实影像。

在充足的阳光中向下望去,我发现木卫二表面的巨大"乩"字原来是由长条状变色冰带组成的。冰层中变黑的部分依然反射着阳光,除了颜色不同之外,似乎与卫星表面其他的条状裂隙和冰封的山脊没什么不同。仿佛是有人在木卫二上放了一块世界上最大的"乩"字漏字板,又用歼星舰①大小的黑色丙烯罐喷上了颜色。

"'使者1号'的着陆器降落在'乩'字符号的最南端,这里靠近后来被命名为'锡拉墨丘拉'的地区。"萨根的声音说道。银幕上的着陆器完成了降落,它的起落架一头踏在'乩'字符的边缘,另一头则落在洁白的冰面上。

令我惊讶的是,着陆器的基座上贴着一个十分眼熟的圆盘,它和后来"旅行者号"上携带的那张著名的金碟一模一样。

"我们把一张直径十二英寸的镀金铜制光碟安置在'使者1号'的着陆器上。"萨根解释道,"里面的声音和影像资料介绍了地球上丰富多彩的生命和文化,传达我们和平的心意。"

---

①《星球大战》中出现的大型星际战舰。

　　折叠好太阳能板,着陆器底部伸出了一条能弯曲的机械臂,开始采集黑色冰层的样本。机械臂前端安装的加热金属铲,在冰面上挖出了一条一英尺深的堑沟。在这个深度,可以看到沟里的冰依然是黑色的。机械臂收回以后,着陆器就像金属花朵一样打开,露出里面长得酷似水雷的机器人,它前端的凸起直指下方的冰面。

　　"由于木星引潮力所带来的热量,木卫二冰面下大部分的水都保持着液态,构成了可能孕育生命的地下海洋。在卫星表面画上'ㄎ'字的物种很可能就住在这里,因此这里是我们首要探索的区域。"

　　我再次惊叹于萨根那充满魅力的平静嗓音。假如选择詹姆斯·厄尔·琼斯[①]来作旁白,这段片子就太毛骨悚然了。

　　"'使者1号'着陆后不久,就放出了一个试验性的穿冰机器人。它是一个核能驱动的探测器,可以融化卫星表面冰层,进入地下海洋,探寻地外生命的迹象。"

　　着陆器缓慢降下了水雷形状的穿冰机器人,把它前面的加温突出部分插入黑色的冰面中。随后,一股蒸汽喷到了木卫二稀薄的大气层中,融化冰层的工作开始了。机器人在冰层中融出了一个完美的圆柱形通道,顺着重力慢慢向下沉去。

　　几秒之后,机器人的尾部也消失在水中,只留下一根光纤线缆连着陆器。银幕上显示出木卫二海洋的剖面图,介绍穿冰机器人融穿厚达几公里的坚硬冰层,最终进入木卫二深海的过程。

　　"机器人穿过冰层之后几秒钟,我们就与它失去了联系。同时,我们和木卫二表面的着陆器之间的联系也无故中断了。起初NASA怀疑是设备故障,然而几小时后,当'使者1号'再次从

　　[①]美国最成功的黑人演员之一,曾经在《星球大战》中为达斯·维德配音。

着陆点上空飞过时,我们从它传回的图像中发现了大问题:着陆器和卫星表面的'卐'字符号都无影无踪了。"

影片像播放幻灯片一样快速翻过几张轨道飞行器拍摄的静止图像。"卐"字符号确实不见了,冰面上一丝黑色的痕迹都没有。镜头拉近,着陆点被放大了,着陆器起落架留下的四个压痕依然清晰可见,穿冰机器人留在冰面上的圆洞也还在,被钻开的冰层却不可思议地变成了白色。

"NASA 与着陆器失联四十二小时之后,同样是在 NASA 的绝密调频上,我们重新连接上了它发出的无线电。信号抵达地球之后,我们发现其中有一段简单的语音信息。很显然,这是木卫二上的居民发给我们的。出乎我们意料的是,这段语音居然是用纯正的英语录制的,声音听上去就像一个普通的人类孩子。"

背景音乐中响起了一个女孩的声音。

"你们玷污了我们最神圣的庙宇。"女孩的声音平板,听上去了无生气,"这是不可饶恕的行为。我们要把你们赶尽杀绝。"

尽管我汗毛都竖了起来,但我依然觉察到一种古怪的熟悉感。这话好像是在什么蹩脚的科幻电影里听到过。

卡尔·萨根那沉静的嗓音再次响起。

"我们很快发现,这个女声是用着陆器上金碟中的一小段音频合成的。"

"令我们沮丧不已的是,那些木卫二人完全不理睬我们的解释和回应。这段简短的语音一直循环播放着。出于某种未知的原因,他们把我们试探性的接触看成了一次不可原谅的战争挑衅。我们用穿冰机器人探索木卫二冰层下面,可能无意中触犯了他们的领土或宗教禁忌。又或者,木卫二人只是单纯地把我们当成了对他们物种的威胁。由于我们之后的沟通努力彻底失败,我们至今仍无法确定他们的动机。"

会议厅里又是一阵紧张的低语。我扫视了一下所有的观众,其中有一半在等着别人精神失常。然而到目前为止,每个人都还算镇定,端坐在座位上——我也是。邪恶的外星人要来把我们赶尽杀绝,这个真相没有把任何人逼疯,也没有造成任何恐慌——我想我知道这是为什么。几十年来,我们所看过的科幻小说、电影、漫画和电视剧中都充斥着这样或那样的外星人。长久以来,天外来客的故事已经渗透了我们的流行文化,深入我们的集体无意识,为他们真正的到来做好了心理准备——就像现在。

"我们又派出了数百个探测器,但进入木卫二轨道之后不久就纷纷失踪或是直接被摧毁。然而经过不断努力,我们最终把少量的遥控监视平台送上了临近的其他卫星,得以近距离观察木卫二而不被发现。平台上的摄像机拍到了下面这些轨道监控照片。"

数千张木卫二的卫星照片呈现在大银幕上,按照拍摄时间先后飞快地播放着。银幕上出现了类似定格动画的效果,随着照片翻动,木卫二赤道附近渐渐出现了一条纤细的环状金属带。当这些照片被放大之后,就能看出这条金属带是数百万个工程机器人组成的,它们正在轨道上搭起支架,建造太空飞船的龙骨。

眼前的情景和昨晚游戏里的影像如出一辙,只是白色的木卫二代替了红色的苏布鲁凯星,而背景中紫色的气体巨星天仓五换成了熟悉的木星巨眼[①]。

木卫二人正在打造一支星际舰队,比起苏布鲁凯人,他们离

---

①指的是木卫三的阴影划过木星大红斑风暴时所产生的天文现象。

地球近得多。他们制造的飞船就在木卫二的轨道上,同时不断向外输出无人战机和各种无人兵器——和我昨晚在苏布鲁凯星上看到的完全一样。木卫二人还把几颗较大的小行星和陨星牵引进了他们的轨道,一大群蜘蛛形工程机器人在上面开采着金属和其他资源。一颗小行星上的资源被挖光之后,他们又把另一颗拖进轨道。

定格动画继续播放,银幕上时间线飞快前进。经过这些可以自我复制的机器人经年累月的工作,木卫二周围出现了一支闪闪发光的小型星际舰队。舰队不断壮大,赤道轨道上的飞船数量越来越多,最终形成了一条土星环般的浩瀚金属带。

随着一颗颗小行星被开采殆尽,六艘庞大的巨球星舰在木卫二的轨道上逐渐成形。

"尽管我们一直竭力想要与木卫二人达成停战协议,他们仍旧准备着开战,一艘接一艘地建造各种无人兵器。"画外音继续解释道,"月复一月,年复一年,我们眼睁睁地看着他们的武器数量以几何倍数增长。

"到了20世纪80年代中期,木卫二就开始向地球派遣侦察飞船了。我们的军队捕获到了几艘飞行器,开始研究它们。那时,我们才发现这些飞船全都是无人驾驶的,木卫二人通过一种瞬时的量子通信技术,在几十亿英里之外遥控操纵它们。因此,我们目前依然对木卫二人的外貌特征和生理构造一无所知。"

我心神不宁地换了个坐姿,奇异地感到既沮丧又宽慰。我原以为萨根会说木卫二人就像《无敌舰队》中的苏布鲁凯人那样,是一种人形章鱼。听到实际情况并非如此的时候,我着实松了一口气,但同时又有些气馁:已经过去四十年了,我们还不知道敌人的生理结构。

　　"不过，经过多年的努力，我们的科学家通过逆向工程成功地复制了他们的量子通信技术、部分飞船推进技术和武器系统。随后，我们用这些新技术在全球各地建立了自己的无人机防御。我们相信，这些武器让人类在外星侵略者面前有了还击之力。"

　　我听见自己焦心地叹了一口气。如果这些说辞出现在游戏之中，我也许会抛开疑虑，相信EDA在数年之内就逆向复制出了外星人的技术。但如今EDA说这是真实的历史，这我绝对不接受——就算是用卡尔·萨根的声音说出来也没用。EDA绝对不可能仅用几年的时间就逆向研究出了比我们先进得多的通信、推进和武器技术，同时向全世界隐瞒这一切，还迅速付诸应用，造出几百万台无人兵器。即使他们真的做到了，为什么敌人会这么仁慈呢？根据刚才的故事，木卫二人不仅让我们捕获了几架飞行器，还给了我们足够的时间来研究它们并造出我们自己的舰队。他们在木卫二轨道上建造飞船，任我们的卫星从旁监视，这几乎是直接坦白了他们的攻击方式。

　　EDA所说的故事一定也有部分是真的。我刚才乘坐的航天飞机和现在这个基地都是明证。但我敢肯定，他们隐瞒了很多真相，比告诉我们的要多得多。

　　"人类的领袖们逐渐认识到，我们必须作为同一个物种摒弃前嫌，团结一致抵御外敌，否则将面临灭顶之灾。木卫二的舰队登陆地球是我们最可怕的噩梦。为了不让噩梦变成现实，联合国一些重要的成员国组建了一个秘密的全球军事同盟，这就是现在的地球防卫联盟。"

　　EDA的标志重新出现在大银幕上。

　　"从那时起，我们一面努力争取和平，一面准备战争。"

随着萨根的结束语,影片也戛然而止,整个银幕暗了下来。莱克斯发现她还紧紧地抓着我的手腕,这才松了手。我的皮肤上留下了她的指甲印,但我毫无感觉,我的整个世界都在坍塌、碎裂。

不一会儿,会议厅的灯亮了起来,真正的坏消息来了。

第十一章

　　一个身着EDA制服、胸前挂满勋章的高个儿男人走到了舞台中央的指挥台上。当他的脸出现在身后的大银幕上时，会议厅里所有的新兵——包括我和莱克斯——都发出一声尖叫。

　　他就是阿奇博尔德·万斯上将，《无敌舰队》和《大地》的任务简报中出现的独眼EDA指挥官。

　　我一直认为他是个演员，受人所雇扮演这个角色。看来我又错了。

　　上将把手扶在指挥台上，凝视众人。

　　"你们好，新兵候选人。"他说道，"我是阿奇博尔德·万斯上将，我担任EDA的战地指挥官已经有十多年了。我是真人，不是虚构的角色，相信许多人对这一点感到意外。请放心，我确实是真实存在的，地球防卫联盟也是如此。"

　　台下传来一阵稀稀拉拉的掌声和轻笑声。上将等大家安静下来才重新开口。

　　"今天把你们召集到这里，是因为我们需要你们的帮助。你们是世界上最训练有素、技术高超的无人兵器操作员。你们所精通的那两个游戏——《大地》和《无敌舰队》——实际上是EDA开发的战斗训练模拟程序,用来寻找和训练你们这样天赋异禀的人。你们要帮助我们筑起防御,让地球免遭侵略者的蹂躏。

"你们刚才看到了,外星侵略者的存在从发现之初就是最高机密。"他继续说道,"为了让全世界保持冷静,让各国领袖有足够的时间来组织和建立针对侵略者的防御体系,保守这个秘密是十分必要的。"他的手从指挥台上放下,眼睛再次扫视台下。

"然而我们的时间不多了。我们为之准备了多年的时刻就要来了。你们是从全世界几十个国家里选出来的最有实力的候选人。"他告诉我们,"所以我们要提前把你们召集到这里来。我们要在全世界都得知真相前,把你们安置到一个安全的地方。"

"这他娘的。"莱克斯在我耳边低声说道。

"你们刚才看到的那段影片是在20世纪90年代早期制作的。"万斯上将说道,"这几年里,我们更新了那些电脑绘制的动画,但主要内容基本不变。等到外星人的威胁无法再隐瞒下去,EDA会把这段影片公之于众。很不幸,那个时刻已经近在眼前了。用赶尽杀绝恐吓了我们四十多年之后,木卫二人终于准备开战了。"

他用双手扶着指挥台的边缘,仿佛只有这样才能站稳。我总算明白自己为什么一直握着座椅扶手了。

"这是昨天凌晨发回的卫星图像。"一张高清的木卫二照片出现在他身后的大银幕上。我们先前看到的还没完工的星际舰队已经整装待发。六艘巨球星舰正张开血盆大口,装载着致命的武器。超过十亿台无人战机和兵器几乎塞满了星舰上的螺旋式存储架,等待调遣。

"这张照片是几个小时前拍摄的。"银幕上显示出另一幅木卫二的图像。所有绕着木卫二的施工船都消失了，那六艘巨球星舰也不见踪影。在木卫二的南半球上，一个巨大的圆洞正在向外喷射火焰——这是我们昨晚在《无敌舰队》游戏里，用"破冰者"的激光融化苏布鲁凯星冰层的地方。

"我的妈呀！"我惊呼，周围许多人也大叫了起来，"难道那个任务是真的？"

"这是怎么回事？"莱克斯问道。

我还没来得及回答她，上将的声音又响了起来。

"EDA 昨晚发动了一次针对木卫二的攻击，"他说道，"在座许多《无敌舰队》的玩家都参与了这次行动。这是在外星人发动进攻之前消灭他们的唯一机会。然而，'破冰者'行动失败了。他们的星际舰队正在驶向地球。"

我再也压不住疑惑了。"这个故事狗屁不通。"我对莱克斯耳语道，"如果那些外星人要消灭我们，为什么要等上四十年？既然他们可以在 70 年代就把我们干掉，为什么要等我们得到了他们的先进技术之后才动手？为什么要等那么久？"我甩了甩头，"这个故事放在游戏里就讲不通，现在更是荒诞。你想，为什么要派一支无人舰队来？为什么不用病毒或者一颗小行星来对付我们？"

"哎哟，谁他妈还在乎这些？"莱克斯低声回应。我用眼睛的余光看见她正颤抖着举起空酒瓶，试图再从里倒出点儿什么，随后她骂骂咧咧地拧上了盖子。"也许他们能活几千年呢？四十年对他们来说就像过了个周末一样。"她眯缝着眼睛盯着大银幕，"都无所谓了，不是吗？他们现在不等了。"

她的注意力回到了将军身上，我也跟着这么做了。

"这是敌人舰队的当前位置和航线。"万斯说道，大银幕上出现太阳系的动态地图。三个水滴状的符号标示出了木卫二舰队的所在的位置，像三条阿米巴虫。每一个水滴都比前一个大些。它们在木星和地球之间排成一条直线，就像一队星际马车缓慢穿越小行星带。

来地球的木卫二舰队似乎有三波。他们的大致航线在地图上用一条闪亮的黄线来表示，他们的目标清晰明确。

"天哪!"莱克斯悄悄说，"他们已经走了一半了。"

她说得对。第一波舰队已经靠近小行星带边缘，就要到达火星的轨道圈。先头部队被放大了——就是画面上最前面的水滴，它由成千上万个密集的绿色小三角形和中间的一个深绿色圆形组成——那是一艘围绕着护卫战机的巨球星舰。上将接着放大了后面两个更大的水滴。第二个水滴有两艘巨球星舰，天刃战机也多了一倍;第三个水滴则有三艘巨球星舰和三倍的护卫天刃战机。

上将用激光笔指出了这三队飞船。

"我们还不清楚原因，但敌人把攻击部队分成了三个批次，每一批的规模都比上一批大得多。"他说道，"据我们估计，每艘巨球星舰的装载量大约是十亿台无人兵器。"

就算我也能解出这个简单的算术题。刚才上将告诉我们，有六十亿台凶神恶煞的无人兵器正向我们驶来，要把我们斩草除根。这场战争力量悬殊，第二批舰队到达后我们就会玩儿完。

上将把激光笔指向最前面的舰队，那些护卫舰看起来像一个个箭头，"如果敌人的先头部队保持目前的速度和航向，他们将会在八小时内抵达我们的月球防线。"

一个倒计时的数字时钟出现在银幕的右下角，显示着敌人的先头部队到达之前，我们所剩无几的时间:07:54:07。

一秒钟后,大家的Q通同时发出了短促的通知铃声,所有铃声汇集成了一声响亮的"哔",Q通的屏幕也一齐亮了。我低头看手腕,只见Q通的显示器上也出现了一个开战倒计时,与上将身后大银幕上的时钟完美同步。

07:54:05

07:54:04

07:54:03

"我的天,"莱克斯盯着她手腕上的Q通,喃喃地说,"我觉得我好像斯内克·普利斯金①。"

我爆发出不合时宜的大笑,声音在安静的会议厅里回荡。虽然我立刻收声,但前排的众人还是纷纷转过头来,愤怒地看着我。莱克斯不禁暗笑,我竖起食指放在嘴唇上,提醒她小声点。

"假如我们能撑过先头部队的攻击,第二轮攻击将在大约三小时之后来临,六小时之后,第三波舰队也会到达。"

他每次说"先头部队"这个词都让我想起一款古老的同名街机游戏。《先头部队》是80年代中期一款优秀的横卷轴太空射击游戏,我在父亲的收藏品中找到过这款游戏。在游戏最后,你要扛过五轮不断增强的攻击,然后面对游戏的大反派冈德。我已经把木卫二人的首领想象成冈德的样子了。随后我又提醒自己,说不定木卫二人并没有首领——刚才的介绍片不是说我们对木卫二人的生理构造和社会结构一无所知吗?也许他们并没有领袖,甚至用的是集体思维呢?

上将转过脸看向众人,讲话结束了。台下响起了焦虑的低

①电影《纽约大逃亡》中的主角,他的身上也有一个倒计时的时钟。

语,声音越来越大,上将不得不示意大家安静。

"你们有权感到恐慌。"他说道,"对我们星球的全面进攻近在眼前,而敌人的数量远远超过我们。不过谢天谢地,我们还是有希望的。几十年以来,地球防卫联盟一直在为这一刻做着准备。当战争打响的时候,人类将会奋起反击,保卫我们的家园。"

地球防卫联盟的标志再次出现在大银幕上,伴随着约翰·威廉姆斯为《无敌舰队》所谱写的另一首曲子,人群中爆发出声嘶力竭的欢呼。虽然我还在怀疑刚才听到的所谓真相,上将的话配上这个曲子还是让我激动不已。

一个停满ADI-88"拦截者"无人机的机库出现在银幕上,我不知不觉张大了嘴。它们就是我在《无敌舰队》里操纵的无人机,每个细节都一模一样。接着,我们又看到一张混凝土地堡的内部照片,在明亮的灯光下,地堡里密密麻麻地站着排列整齐的机器人步兵。最后一张照片是一台巨大的哨兵机甲,我听见身边的莱克斯压着声音的惊叫。这台庞然大物也和《大地》里的游戏模型完全一样。

"这就是全球金融危机的真正原因——人类文明所有的科技、工业和自然资源都在为这场战争做准备,让我们有足够的武装力量来对抗在数量和武器上都占优势的侵略者。那么现在,我们的军队终于就绪了。"

银幕上显示出更多的照片,照片上是世界各地隐藏的军火库,里面排满了拦截者无人机、哨兵机甲和ATHID,全部整装待发。我心中不知不觉地涌起了一股作为人类的自豪感。为了生存,我们实现了这些科学奇迹。

"我们建造了几百万台无人兵器,把它们隐藏在全球各地的战略位置。"上将接着说,"进攻一旦开始,世界各地的招募玩家就可以通过即时量子通信技术用他们的游戏机操控这些兵器。这个全球无人兵器网络是我们扳回巨大劣势的唯一希望。"

EDA的标志又出现在上将背后的大银幕上。

"我们联盟的军队已经挫败了数十次敌人的侦察任务,在这些战斗中,我们收集到了大量关于敌人飞船、武器和战术方面的数据。我们把这些数据全部输入到了《大地》和《无敌舰队》中。模拟程序以这种方式训练你们,使你们在真正对敌的时候不至于惊慌失措。因此,你们已经在这几年中和虚拟的敌人交战过无数次了,"他阴郁地笑道,"现在是动真格的时候了。

他把双手背到后面,表情缓和了些,"我知道你们中的一些人现在很惊恐。我们不能强迫你们冒着生命危险加入我们。不过现在你们也该知道,这场战争不是逃回家就能躲掉的。地球上已经无处可藏,你们的家人和朋友都无法幸免。不管那些外星生物到底是什么,总之,他们要彻底消灭我们。如果我们不去迎战,人类文明就会死去。"

他两手撑在讲台上,垂下目光,好像在对第一排的新兵们说话:"然而我们会阻止他们的。如果七十亿人能够团结一心,作为同一颗星球上的同一个物种,使出全部的力量并肩作战,我们就能赢。现在就从你们开始做起吧。"

人群中零星地冒出几声叫好。我和莱克斯都没有这种心情。不过莱克斯在轻轻地点头,回应着万斯上将的号召。讲台上,上将停下来站直身子。重新开始讲话的时候,他的声音恢复了平静。

"尽管先头部队八小时后才会抵达月球防线,但我们有理由相信,敌人可能会在大部队到达之前对我们发动一次偷袭。过去的几天中,我们在大气层里发现了数十艘木卫二的侦察飞船,其中有几艘正在监视像我们这样的EDA设施。"

上将指向背后大银幕上的世界地图,地图上用许多闪烁的红点代表发现敌人侦察飞船的地点。大多数都在大都市附近,但是有一个红点在我的家乡上空闪动着。

"我们还没有找到追踪木卫二侦察船的办法,所以现在不知道它们的确切位置。不过,我们——"

我们的头顶上响起一连串隆隆声,听起来像爆炸的闷响,整个会议厅剧烈地摇晃了一下,像一次短暂的地震。几个新兵开始尖叫,会议厅里响起了警笛。

"红色警报。本基地遭到攻击。"一个电脑合成的女声在广播里说道,"所有战斗人员立即就位。重复一遍——红色警报。本基地遭到攻击。"

莱克斯和我交换了一个怀疑的眼神。

"开玩笑的吧?"她说,"不会来得这么快吧?"

"这不可能,"我回答道,"他们在捉弄我们。这肯定是演习,或者是……"

地面上又发生了一次爆炸,脚下坚固的石头地板再次震动了。这次爆炸更猛烈,会议厅中顿时惊叫声一片。大银幕显示出八个地面摄像头实时拍摄的景象,从水晶宫外围八个角度展示整个基地农场。所有的地面建筑都被大火包围着,农场上空有数百架天刃战机,它们雪亮的斧刃状机身在清晨的阳光下熠熠生辉。它们飞过的地方,激光炮和等离子炸弹密集如雨。

大家紧盯着大银幕,会议厅里诡异地安静了片刻,随后是更响亮的呼喊和尖叫。

银幕上,一队天刃战机低空盘旋,疯狂地轰炸机库入口的装甲防护门。

会议厅再次颤动起来,水泥加固的天花板上出现了裂缝,泥渣像雨点一样落下。我不知道基地还能承受几次这样的攻击。

"大家保持冷静!"上将的声音盖过了惊慌失措的众人,"如果你们想活命,就振作起来听指挥!"

上将声音中的恐惧比他背后银幕上的影像更让人不安。

"重复一遍——本基地遭到攻击。"合成女声在广播中重复着,"所有人员立即前往各自的无人兵器控制室。进一步的指令会发送到你们的Q通上。所有人员立即前往各自的无人兵器控制室——"

莱克斯抽出她的Q通,屏幕上是基地的GPS地图。地图上有一条绿色的指示路线,我们在会议厅后排,从这里走下楼梯找到最近的出口,通过几条走廊,去一个标着"控制中心3"的圆形房间。我看了看我的Q通,发现自己被分配到了"控制中心5",路线和莱克斯的差不多,只不过稍远一些。

"走吧!"莱克斯说道,她把夹克往我的腿上一扔,从我身边挤了过去。我盯着大银幕上混乱的场面,没有立刻站起来。今天所经历的一切在我的脑海里翻动着——没有一件事情是合理的,我总觉得有什么不对劲的地方。我还不知道老爸到底是不是——

"扎克?"

我应声抬头,莱克斯站在这排座位的尽头,焦急地盯着我,"喂,难道你打算傻坐着等那些无人机来杀我们吗?"

她说得对。这不是EDA的错,要怪只能怪木卫二人。自出生起我遭受的困难和损失,在这里终于找到了元凶。这些来自另一个世界的侵略者要为这一切负责。几十年前,木卫二人对我们宣战,不仅扰乱了人类的历史进程,更剥夺了我们的未来。

现在,他们就要来夺走我们的一切。

忽然之间,我心里唯一的念头就是让他们付出代价,一定要血债血偿。

"好的,我来了。"我跳起身来,把夹克塞回了背包。莱克斯已经三两步跨下了楼梯,我飞快地追上去。

我和莱克斯努力挤过出口处的人群,朝着会议厅外的走廊飞奔而去。莱克斯推开其他还在磨蹭的新兵,冲在队伍的最前面,我紧随其后。她的军靴踏在石头地面上,发出了一串机枪开火似的突突脆响。

地面上又传来了爆炸和震动,冲击波让脚下的地面再次晃动起来。尘土和泥沙如雨点般从走廊顶上的缝隙中掉下来,而我们身边的人依然跟着各自Q通,朝着不同的方向散开。

我没注意自己的路线,只顾跟着莱克斯在看似没有尽头的走廊里狂奔。终于,她在标识着"控制中心3"的装甲门前停了下来。

"我到了,"她指着走廊前面,"再过去就是'控制中心5'了。"

我点点头,想祝她好运,但我刚张嘴说出"祝——",莱克斯猛地转过身,在我脸上吻了一下。这突如其来的一吻让我的膝盖有点儿发软,不过我还是尽力站稳了。

"教他们做人,'钢铁猎犬'!"她扔下这么一句话,便消失在合拢的装甲门后面。

我终于不再腿软,继续向前跑去。走廊的尽头就是标着"控制中心5"的两扇装甲门。这是一间庞大的桶形控制室,数百个无人兵器控制舱如同蜂巢一般排列在弯曲的墙面上。控制舱之间连接着狭窄的梯子和坡道,看上去就像放大版的《无敌舰队》过场动画里的控制中心。Q通上显示出控制室的三维简图,其中分配给我的控制舱DCS537被加亮了。我顺着最近的梯子爬上第三层，随后沿着金属坡道一路疾跑，来到控制舱前。门口的扫描器"哔"了一声，舱门打开了，我迅速钻了进去。

我刚在皮制座椅上坐稳，门就合上了。面前的控制面板和围着我的全景显示屏亮了起来，开机启动的屏幕上是地球防卫联盟的标志。

我看着身边一排排熟悉的控制装置，用右手握住了身前的飞行操纵杆，这根操纵杆和前些天雷给我的新型《无敌舰队》控制杆一模一样。左手边的双油门控制器也和"混乱地带"出品的家用控制器完全相同，只不过它被固定在了人体工学设计的飞行员座椅扶手上。

控制舱里还配备了其他几种控制器，其中包括一副《大地》战斗手套，用它可以操纵ATHID或哨兵机甲。剩下的都是游戏玩家的常用装备——键盘、鼠标以及Xbox、任天堂、PlayStation的手柄——任何一个游戏玩家在这里都会觉得亲切。

一道红光扫描了我的视网膜，接着，显示屏上出现一个红色大叉和一行字：无人机控制舱访问未经授权。

"新兵候选人注意。"耳边响起同样的合成女声，显示屏随着语音现出字幕，"要操纵无人兵器，必须成为地球防卫联盟的正式成员。你现在是否愿意加入地球防卫联盟？"

屏幕上开始滚动显示几段密密麻麻的文字，是应征加入EDA的条款和细则。至少要几个小时才能读完这些难懂的小字，就算读完也不一定能理解意思。

"开什么玩笑！"我大喊道，"必须要加入EDA才能战斗？"

"只有地球防卫联盟的正式成员才有权在战斗中操纵无人兵器。"电脑重复道。

"你不觉得这有点儿乘人之危吗?"

"请重复一遍你的问题。"

"真是他妈太可笑了!"我拍打着控制舱。

"如果你不愿意加入地球防卫联盟,请退出无人兵器控制舱,前往最近的出口检查站。"

我犹豫了一会儿,电脑又说道:"对不起,我没有听见你的答复。你现在是否愿意加入地球防卫联盟?"

基地上方又一次传来震动,控制舱顶的灯光也随之暗了一下。

"好吧,我加入!"我猛戳着屏幕下方的"同意"选项,"我他妈愿意加入! 让我签字!"

"请举起你的右手,大声地读出入伍誓言。"

一段文字出现在显示屏上,我的名字就在开头。随着我逐字照读,屏幕上的单词一个接一个暗了下去。

"我,扎克利·尤利西斯·莱特曼,在此加入地球防卫联盟。我郑重宣誓,我将心怀信仰和忠诚,保卫我们的星球和人民,反击一切敌人;我将无条件承担这项义务,服从长官的命令,忠实执行任务。愿上帝与我同在。"

最后一句话的旁边标注着"可选读",不过我实在是没时间考虑那么多了,虽然我是个忠实的不可知论者,但还是大声读出了最后那句话。另外,我想这世界上也许终究还是有上帝的——如今祂正在折腾我的现实观。

"恭喜!"电脑说道,"你已正式成为地球防卫联盟的飞行员,军衔是中尉。你的EDA技能资料和《无敌舰队》排名都已验证成功。飞行资格——已授权。战斗资格——已授权。访问无人兵器控制舱——许可。用户配置——输入完成。'拦截者'无人机

——同步完成。祝你好运,莱特曼中尉!"

屏幕突然切换成了熟悉的第一人称视角,我仿佛正端坐在ADI-88太空拦截者无人机里,等待发射。范·海伦乐队的歌《你真的抓住了我的心》从控制舱的环绕音响里喷薄而出。我整个人都放松了下来,身体靠在椅背上。我明白这是电脑通过蓝牙连上了我的Q通,并开始自动播放老爸的磁带《游戏奇兵》。

我毫不犹豫地按下了发射,"拦截者"箭一般地冲出发射管道——它们平时被伪装成粮仓——冲上清澈的蓝天。

这是真实的天空,飘着真实的云彩。

这时,我发觉控制舱里的视野与《无敌舰队》游戏中的有些不同。平视显示器里的读数和十字瞄准线是一样的,然而,文本上叠加了一个高清影像,实时显示无人机周边情况。这是装在真正的"拦截者"上的立体摄像机拍到的。因此,控制舱门关上之后,我就像是真的坐在机舱中一样。我甚至可以看见机身前方太阳炮那利齿般的炮管。

瞬间之后,天空又出现了另一番熟悉的景象:一大群天刃战机从四面八方向我开火。这要谢谢莱克斯的激励,我的"拦截者"是第一个冲出去的。这意味着我是敌人唯一的空中目标。

我倾斜机身,规避火力,这才看清了机身下面的情形。农场、谷仓和粮仓——所有的东西都陷入了火海。连土地都被从天而降的激光炮火烤得焦黑。

根据平视显示器上的数据,正在攻击基地的天刃战机不多不少,正好一百架。

这回要动真格了,扎克。如果守不住,你就完了。

我先调整了几处游戏设置,不过我对整个界面太熟悉了,调整只用了几秒钟。然后我深深地吸了一口气,扫了一眼战场。

在我下方,不断有"拦截者"从农场北面熊熊燃烧的粮仓里飞出来。地堡的出口藏在着火的谷仓下面,数百个ATHID和几台哨兵机甲正蜂拥而出。

屏幕上显示,独自冲在队伍最前端的哨兵机甲正是莱克斯。她的呼号和军衔就标注在机甲的头顶上。空中有一列天刃战机正用激光炮扫射她周围的地面。她作了一个动力飞跃,同时亮出腕炮,向空中瞄准。

我调转机身,环视基地上空。大多数天刃战机都把火力集中在基地的入口——就是嵌在大地上的那两扇巨型装甲。在激光炮和等离子炮的密集弹幕中,两扇门都已经发热发红,开始变形。一旦他们攻破入口,燃烧的炮弹将洗劫整个基地。我、莱克斯和水晶宫里所有的人都会死。

但我没有感到焦虑或害怕。自从此生第一次拿起游戏手柄,我就在为这一刻做着准备。

我十分清楚自己该做什么。

我握着飞行杆向后掰,同时猛踩油门,朝着盘旋在空中的天刃战机冲去。离我最近的天刃战机在屏幕上亮了起来,我小心对准十字线,留出我扣动扳机时它前进的一段距离。一连串离子炮弹飞了出去,两发直接命中目标,第一发打穿了它的装甲,0.01秒之后,第二发炮弹把它变成了一个炫目的火球。

那时的我还不知道,这是我击落的第一架敌机,也是整场战争中人类的首杀。

然而接着,情况急转直下。

第十二章

　　这就是日后人们熟知的"水晶宫之役",也是我平生第一次生死考验。虽然没有真的坐在"拦截者"里,但我就在地下离战场只有几百码的地方,拼死保卫基地。一旦外星人突破了基地的地面防御,我、莱克斯、上将和其他所有人都会被屠杀。

　　我不能让那种事发生。

　　我也不会任由"红牛仔"驾着他/她的无人机抢走所有功劳。

　　我清了清嗓子:"泰克? 你在吗?"

　　我以为泰克还是那个生硬的合成女声,然而,系统竟然同步了我特制的语音文件,所以回答我的是电影《领航员》中那个熟悉的语音。

　　"听候你的吩咐!"保罗·雷宾斯的数码合成声音说道,"有什么可以效劳的吗,莱特曼中尉?"

　　"开启自动驾驶。"我在触屏上画了一条S形的飞行路线,这条路线穿过了敌人最密集的区域,"到它们扎堆那儿去,你来飞,我来收拾它们。"

　　"遵命!"

身在一场真枪实弹的战斗中,《领航员》的语音听上去有点儿不合适,还令我分心,我把语音换成了默认的合成女声。对了,这其实是女演员坎迪斯·伯根的声音,"混乱地带"为了这个游戏可以说是不惜工本。

自动驾驶开启之后,我把油门控制器和飞行操纵杆设置成了双摇杆多轴射击,方便操纵"拦截者"上的全向激光炮塔。这时,炮塔的三维瞄准系统被激活了,屏幕上的螺旋状红色瞄准区逐渐扩大,区域内的敌方目标都被加亮了。

"你们好啊,小朋友,"我念着游戏里常说的话,"都到碗里来吧。"

泰克控制着无人机,沿着我画的弧形路线飞进了敌群。显示器上猛地出现了一大堆螺旋排列的加亮目标。我调高了音乐的音量,瞄准领头的敌机,开火。

令我惊讶的是,炮塔精准的激光居然一口气干掉了七架敌机,它们甚至来不及规避。敌人的队形被打散了,它们调转炮口,一齐向我射击——炮火都射向了我一毫秒前所在的地方。如我所料,敌人的队形是对称排列的,当我的无人机从中间飞过时,它们的交叉火力会持续两三秒钟,有些敌机就会被同伴的炮火击中。果然,至少有十几架天刃战机在我穿过时被摧毁了。如果敌人的战机果真是被某种集体智能操纵的,此刻它们就应该同时停火,放过我的无人机。

玩《无敌舰队》的时候,我曾在数百场空战中用过这个战术。敌人每次都会做出相同的反应。只要时机拿捏得好,就能取得辉煌的战果——起码在游戏中是这样的。

可是,为什么这个战术在现实中也会奏效呢?如果它们都是真实存在的外星侵略者,由几十亿公里外木卫二海洋深处的智慧生命体操纵,那为什么它们飞行和战斗的方式会和游戏里一样呢?

"混乱地带"公司怎么能如此精确地模拟敌人的策略和战术?这应该是不可能的,除非木卫二的无人机不是由独立的智慧生命体操纵,而是某种人工智能或集体意识。

无人机护盾被敌人的炮火擦了一下,耳机里传来一阵警报声,我这才把注意力拉回战场。座椅的力反馈系统震动着模拟离子束的冲击。护盾强度指示器上的读数降了一半。我在触摸屏上又划了一条飞行路线,然后点击"执行"。

"明白。"随着泰克平静的声音,无人机开始大角度爬升。通过显示器,我看见身后缀了一大群天刃战机,它们正排成一条弧线的队形紧追着我。

激光炮塔已经消耗了大部分的能量储备,我只得把武器调回离子炮,我小心地把瞄准器对准领头的天刃战机,闭上一只眼睛,屏住呼吸——开火,开火,再开火。轰!轰!轰!三架天刃战机在我面前化作一团接一团的火花。就像在比弗顿家里卧室中玩游戏的时光一样,我听见年轻的卢克·天行者在我的脑海中说:"就像在家乡乞丐谷一样。"①

我状态全满,干掉了一架又一架天刃战机。它们的飞行和攻击套路我都烂熟于心,甚至可以预判它们的下一步动作。

我还是觉得这有点儿太容易了。《无敌舰队》里的苏布鲁凯人和大多数虚构出来的外星坏蛋一样,患有"暴风突击队②综合征"——他们射术糟糕,能轻易被射杀。但苏布鲁凯人只是电子

---

①《星球大战》中卢克居住的沙漠星球塔图因上的一个地方,卢克曾经在那里磨炼驾驶技术。

②《星球大战》中的西斯帝国士兵。

游戏中的虚拟人物,而面前的这些是真正的外星无人飞船,为什么同样的战术依然奏效?

我跟着耳机里的皇后乐队的默唱;一架架天刃战机在我面前着火爆炸。干掉一架,再干掉一架,这架也完蛋了。

一串连射又解决了三架天刃战机。我的总击毁数已经达到了十七架,而屏幕上的计时器显示,距我的"拦截者"升空只过去了七十三秒。

就在我无人能挡的时候,几发炮火直接击中了"拦截者"尾部,护盾完全失效了,显示器上亮起护盾警报。这时,泰克操纵着无人机做了个横滚的规避动作,猛地降低高度,从基地上空掠过。

地面上散落着几百具熊熊燃烧的ATHID遗骸。我调整焦距,观察其中一台,这个断腿断头的机器步兵还在朝着天空胡乱射击。它的操纵者最终启动了自爆程序,剧烈的爆炸震塌了附近一栋已经着火的房屋。

安装在控制舱墙壁、顶棚和地板里的环绕音响发出一串急促的尖啸,紧接着是雷鸣般的爆炸声。《无敌舰队》的玩家都知道,这是EDA的对空炮开火了。在无数团队任务里,我学会了一听到这种声音就开始防备己方炮火。因为操纵对空炮的玩家往往都是射术最差的。

我向右转过机身,循着声音的方向搜索地面。农场外围凭空出现了几条壕沟,每一条都排列着几十门防空离子炮和地对空激光炮塔。每一门大炮都各自展开了攻击。我知道它们也是由像我这样的新兵操纵的,他们都在地下某个昏暗的控制舱里为了生存而奋战着。

我把界面调整成二维视图,屏幕上的画面立刻让我想起经典街机游戏《导弹指令》。几十架天刃战机分成四五组,继续轮番攻击基地的装甲大门,玩命地发射离子炸弹。但只有少部分在低空轰炸的时候躲开了对空炮密集的弹幕。

敌人的数量明显减少,这意味着每架敌机都要承受更多的炮火,更不用说,伪装成粮仓的发射通道里还有源源不断的无人机加入战斗。

地面部队也是如此,机器人步兵和哨兵机甲的预备队正川流不息地从地堡中涌出,一到地面上就对侵略者猛烈开火。

护盾能量恢复了,于是我关闭自动驾驶,调转机头冲向正在轰炸基地大门的天刃战机群。被一次又一次的地毯式轰炸的基地大门已经发热变形,嵌入地面的厚重门框也弯曲了,门框边缘的缝隙随着每次轰炸越来越大。再过一会儿,缝隙就可以钻进无人机了——这正是敌人的目的。

我调整飞行角度,从上方逼近它们,把武器换成了麦克罗斯导弹。瞄准器的十字线对准了屏幕上敌机的轮廓。然而正当我要开火的时候,目标停止了攻击,向下加速俯冲。

我瞬间明白了这五架天刃战机的意图。它们想通过某种自杀式攻击来破坏基地大门。接着我又发现,它们并没有直接撞击大门,而是瞄准了几十码之外的农场中心附近——那里有一小撮幸存的地面部队,此时正在四散奔逃。

就在快要撞上地面的时候,五架无人机冷不丁地来了个急停,在离地只有几英尺的地方盘旋。随后,它们侧过机身,围成一个五角形的圈,机翼刚好可以左右相连。弯曲的刃形机翼开始连接合体,变成了一台巨大的人形机器人,和我们的哨兵机甲差不多大,像一个七拼八凑的巨型蛇怪。

这个巨无霸像是从废铁中心走出来的,它像电影里的哥斯拉怪兽那样,纵身跃过农场房屋前的路,绊着周围的电线,直到电线杆被连根拔起。电线扯断时产生的高压让它晃了晃,但这没有影响它前进的速度。在它身后,其他的天刃战机也陆续贴近地面,开始合体。

刚才的那点儿得意瞬间消失了,我开始害怕——这次是真正的恐惧。无论在《大地》还是在《无敌舰队》里,苏布鲁凯人都没有展示过这样的战术。大家第一次遇到这样的情况,附近的ATHID和哨兵机甲已经开始向农场中心汇聚,争先恐后地攻击这个新敌人。

"开什么玩笑!"一个女声在公共通信频道里大喊,我听出那是莱克斯,"这些家伙什么时候学会百兽王合体①了?"

她又说了些什么,与此同时,她开始操纵哨兵机甲攻击合体机器人,她的声音被高斯炮链锯般的噪音淹没了。

莱克斯的话似乎提醒了其他人,大家是可以在通信器里沟通的。公共频道里顿时挤满了交替重叠的声音。一些地面部队正尖声呼叫着空中支援,庞大的合体机器人正在尽力穿越他们小人国似的防线,用四肢上突起的离子炮向他们发射离子束。它收缩膝盖,借助脚下推进器喷射出的蓝色火焰,在燃烧的大地上快速跳跃着,冲向一百米开外的装甲防爆门。这两扇大门已经变形,快要从门框上脱落了——似乎已经有几条裂缝可以让合体机器人勉强通过。

我仔细观察地面上一批批向敌人涌去的机器人步兵和哨兵机甲。显示器里,每个操作员的呼号都显示在他们的无人兵器头顶上。我花了几秒钟找到莱克斯的名字,她正用动力飞跃冲

---

①20世纪80年代日本动画片中的巨型机器人,是由五个较小的机器人合体而成的。

向刚合体的巨怪。不过,她和其他地面部队还要时刻提防空中袭来的炮火。剩余的天刃战机正在为那些合体机器人进行火力掩护。

我向左急转,加入消灭剩余天刃战机的队伍中。我们冲到敌方机群中间,把所有的火力都倾泻在它们身上。在几十秒的时间里,我干掉了至少两架天刃战机,大家也击落了十几架,不过我们也有几架"拦截者"被摧毁了。

地面,莱克斯的哨兵机甲已经赶上了领头的合体机器人。两个身高马大的对手在装甲门最宽的一条缝隙边上扭打了起来。哨兵机甲逆时针转身,伸出一条手臂使出了美式摔跤中一招帅气的"晾衣绳",把对方的一条腿给生生打了下来。接着,她猛地跃到空中,身后另外两台哨兵机甲和数百个ATHID立即向被截肢的巨怪开火。几秒钟后,五架天刃战机的合体就被轰成了碎片,残骸雨点般地砸在防爆门上,发出了一阵噼里啪啦的响声。

我调转无人机向上飞去,准备再次穿过从残余的敌方机群。这时我看了一眼显示器,发现天空中只剩最后五架天刃战机了,一小撮绿色三角形在我的上方组成了某种攻击队形。

我调整角度向它们靠近,刚好看到它们同时改变飞行姿态,朝着基地急速俯冲,仿佛想发动最后一次自杀式攻击。然而在我看来,它们俯冲的角度有点问题——它们并没有冲向变形的防爆门,而是飞向了那些伪装成粮仓的无人机发射管道。大多数粮仓的外层伪装已经被烧毁了,露出了里面伤痕累累的防护装甲。

原本排成一列俯冲的天刃战机忽然散开,分别对准了不同的发射管道。我忽然意识到,这些敞开的管道直接通向我们的无人机机库。从显示器里的基地结构图上看,机库就在基地的深处,离我现在的位置不远。

它们想瞄准门户大开的无人机发射通道,最后来一次自杀式攻击。《无敌舰队》里那些虚拟的外星人可从来没有使过这一招。设计基地的科学家们怎么就没看出这个巨大的漏洞呢?

幸运的是,我正好在那里,力挽狂澜的机会来了。

我向前猛推油门控制器,飞到五架天刃战机的上方。在敌机进入射程之前就开始射击。我运气不错,一下子干掉了两架。盘旋在附近的几架"拦截者"也开始向它们开火,到达发射管道之前,又有两架被击落了。

但是,最后一架敌机穿过了我们的防线继续俯冲,我在它身后紧追不舍。大地上凸起的那些被烧焦的发射管道,看着就像一排骷髅的手指。

"所有'拦截者'无人机驾驶员请注意,这里是基地指挥官。"万斯上将熟悉的声音在通信器里咆哮着,"立即停火并脱离战斗!不要试图跟随敌机进入发射管道!我重复一遍,停火并脱离!管道里的自动防御装置会——"

我把通信器调成了静音。

屏幕上,我看见身后的"拦截者"都服从了万斯上将的命令,放弃追逐,撤出了战斗。有一瞬间,我几乎也要那么做了——这些年来,在《无敌舰队》里我已经学会了服从命令,特别是万斯上将的命令。游戏针对服从命令的玩家会有特别的奖励。

但那是游戏,而这里是真实的战场,服从命令放弃追逐无异于自杀。如果我不能在这架天刃战机进入基地内部之前摧毁它,它就会在机库里引爆自己的能量核心。爆炸会导致基地整体坍塌，莱克斯、我和其他所有人都会被彻底消灭，更别提拯救世界了。我不想冒险把自己的生命交给所谓的"自动防御装置"。事实证明，那些愚蠢的设计完全无法抵御敌人的偷袭。

因此，我当即决定违抗命令，继续紧追那架打算启动自杀攻击的天刃战机。它已经从粮仓出口钻了进去，向着发射管道的深处飞去。尤达大师的声音一遍遍在我脑海中响起："我早就告诉过你了！你会后悔的！"

我和它一前一后在狭窄的发射管道里逆向飞行，如同枪膛里的子弹。刚在我想开火的时候，它做了一个横滚，右侧的翼尖擦到了管道的内壁。我连忙倾斜机身，躲开迎面而来的一溜火花。恢复了飞行姿态之后，我立刻重新把它纳入瞄准器，随后用离子炮打了几发短促的点射。但都被它的护盾弹开了。与此同时，我的无人机由于过度发射而降低了速度。天刃战机和我之间的距离越来越大，这更增加了瞄准难度。此时的情形让我想起了玩《太空侵略者》的美好时光——最后一个外星人总是最难对付的，由于它的移动速度比其他的外星人都要快，要打中它就变得十分困难。也许只是错觉，但前方这架天刃战机好像真的要比刚才那些炮灰厉害些。

我不得不让武器休息片刻，把精力集中在飞行上，免得无人机撞上管道。随着加速，它那闪亮的金属机身又回到了我的视线。管道两旁的脉冲防撞灯光飞快地向后退去，模糊成了一道霓虹光的弧线。

能量快要耗尽了。再过一会儿，开火和追逐就只能二选一了。现在能量只够离子炮发射两三次。

我们俩继续向机库深处猛冲，管道似乎变得稍稍宽了一些。我又一次用离子炮打出了一串连射，但仍然没有命中目标。我的满腔自负顿时化作了恐慌,那架天刃战机已然通过管道,飞进了山洞般的无人机机库。

我紧跟着它进了机库,随即来了个急刹车,敌人看上去已经被我逼入死角了。我连续向它发射离子束,在静止状态下开火大大增加了命中率。有两发炮弹直接命中了它的护盾,护盾闪烁了几下之后就关闭了。

天刃战机发觉护盾失效之后,立即悬停在靠近机库中央的地方。在《无敌舰队》里,我曾经无数次看见天刃战机和EDA的无人机做这个动作。我自己也做过许多次——它开启了自爆程序,反应堆核心会在大约七秒内过载爆炸。

我把最后一排离子束射向了毫无防备的敌机。随着反应堆核心的能量不断增强,它的机身不停地颤抖。我屏住呼吸,看着离子束朝它飞过去,心中暗暗地祈祷能在自爆前打中它。

时间犹如静止了一般。我用了一秒钟环视机库,还有超过一半的无人机没有被发射出去。在机库的弧形加固水泥墙两侧,数千架崭新的"拦截者"静静地挂在传送带上。

离子束如同进入了慢镜头,朝着天刃战机那颤抖的机身飞去。在它们就要命中目标的时候,全景显示屏上出现了一道刺眼的白光。

随后,屏幕变得一片漆黑,整个控制舱的电源都中断了,我陷入了完全的黑暗之中。头顶上隐约传来反应堆爆炸声,紧接着是一阵可怕的隆隆声,听上去应该是基地某处坍塌了。

我听着自己的失误造成的灾难,不知道在黑暗中坐了多久。突然,控制舱的门被打开了,突如其来的光线让我暂时失明。随着视力恢复,我看见舱门前有一个女人的轮廓。那是莱克斯,一只手叉在腰上。

"你看见了吗?"她甩着脑袋说道,"有个白痴飞行员追着最后那架天刃战机进了发射管道,后来整个机库就爆炸了。"

我点着头,摇摇晃晃地起身跨出控制舱,仿佛是从真正的战斗机里走出来似的。当然了,我刚才确实打了货真价实的一仗。

"我完全不清楚发生了什么。"我撒谎道。

"我们赢了,"她说道,"我们打掉了所有敌人,但是不知怎么搞的,有一架漏网之鱼钻进了机库,然后就自爆了。一定是有人出了纰漏。"

我没有接她的话,她盯着我的脸看了一会儿。

"是你干的,是吗?"她问道,"你没听见万斯上将叫我们脱离战斗吗? 其他人都听到了啊!"

她撅起嘴唇向我竖起了两只大拇指。

我正想组织几句反驳的话,Q通"哔"地响了起来,并在我的手腕上震动,为了进一步引起我的注意,显示屏上还闪着红光。屏幕上打出了一条文字信息,命令我去指挥中心向万斯上将报到。接着弹出了一张基地的交互地图,上面标注着一条绿色的路线,从我所处的无人兵器控制中心伸到外面的走廊,向下指向一排电梯。

刚读完这条信息,广播里就响起了那个合成女声:"扎克·莱特曼中尉。命令你立即前往第三层的指挥中心,向万斯上将报到。"

莱克斯后退为我让开道路,嘴里恶作剧地唱着:"你有麻烦了。"

第十三章

Q通上的三维地图带着我走过了一条七拐八弯的路线，似乎要让我绕开基地里因机库爆炸而受损最严重的地方，不过爆炸所产生的影响依然随处可见。

我经过了一条半边坍塌、满是烟尘和电火花的走廊，几个应急救援机器人列队从我身边经过，朝着相反的方向走去。我还看见了几个无人机操作员，他们大多满身尘土。有些人像僵尸一样木然地走路，另一些则惊慌地从我身旁跑过。每过一个转弯角，我害怕看见尸体——那些因我而死的人。

自从来到这里，我心里一直都有一种做梦般的兴奋感。现在，这种感觉已经完全被困惑和焦虑代替了，还有难逃厄运的宿命感。

我穿过两扇安全门来到水晶宫的指挥中心。门口的两个警卫似乎知道我是谁，来这儿干什么。事实上，这里的每个人都用一种嘲讽的眼神死死地盯着我，我也用轻蔑回敬他们。

终于来到万斯上将的办公室门前，我先在外面的走廊里练了一会儿敬礼，模仿着电影里士兵的动作。接着深深吸了一口气,把手按在嵌在墙里的扫描板上。办公室的大门叮的一声打开了。踌躇半晌,我才迈步走了进去,大门在我背后悄无声息地关上。

万斯上将坐在办公桌后面,见我走进来,他就站了起来。我立即停下脚步,尽管刚刚在走廊里排练过,可我敬礼的姿势还是那么业余。

令我吃惊的是,上将居然也站直身体向我回敬了一个军礼。他紧绷的右手飞快地举到眉毛旁,随后又像挥刀般放了下来。这时,我注意到了他右胯上别着的武器,那是一把老式的九毫米口径贝雷塔手枪。我敢肯定,他先前在会议厅的时候并没有带着这把枪。

我放下右手,仍旧保持立正的姿势。我尽力躲避着上将的目光——虽然他只有一只真眼,要躲开却是出人意料地困难。上将一言不发,我意识到他是想让我先开口。

"扎克·莱特曼中尉,"我清清嗓子说道,"奉命报到……长官。"

"稍息,中尉。"上将回答,他的声音听上去异常平静,"坐吧。"

他回到办公桌后面的金属座椅旁。桌上的几台电脑显示屏围成一个半圆,坐下的时候,他伸手关上了其中的一台。就在显示屏变暗之前,我偷瞄见了上面的内容——最上方是我领取EDA身份牌时拍摄的大头照,下面还有我高中年鉴里的照片和一大堆文字——都是我的个人信息,包括我在学校里的所有记录。很显然,在我走进他的办公室之前,上将正在浏览我的整个人生——也许他毫不在意我知道这一点。

"你的第一天实在是非比寻常啊,莱特曼先生。你是EDA历史上第一位入伍不到一小时就要上军事法庭的新兵。"上将笑着说道,"你或许已经刷新了吉尼斯世界纪录,就是不知道明天之后,这个纪录还在不在。"

"上将,长官……我完全不知道自己做错了什么。"我说,这基本上是实话,"我只不过想在那架敌机进入基地内部自爆前阻止它!你认为我该怎么做呢?"

"我要你服从命令,中尉。"上将回答,我终于在他的声音里听出了一丝怒火。他在电脑上按了一下,显示屏又亮了起来,点了几下鼠标之后,我的"拦截者"无人机出现在了屏幕上。它正在急速向下俯冲,追逐着进入发射管道的最后一架天刃战机,通信器中传来了上将的大喊:"我命令你们停火并脱离战斗!不要试图跟随敌机进入发射管道!重复一遍,停火并脱离!"

"喂,你跳过了前面我威风八面的镜头。"我抗议道,"我们能看一会儿前面的内容吗?就算背景介绍,行吗?"

上将没理我。影片切换,天刃战机已经穿过管道进入了机库,我的无人机紧随其后,还在向它开火。看到这里,上将暂停了影片的播放。

"中尉,我发布那个命令是有理由的。"他平静地说道,"假如你服从命令停止追击,自动安全屏障就会把发射管道的两头封锁起来,敌机就飞不进去了。就像这样,看见了吗?"

上将指着另一台显示屏上的线框动画。屏幕上,一架天刃战机正在靠近发射管道的出口,但是就在它刚要进入管道的时候,一块厚重的圆盘猛地封住了管道出口。敌机躲闪不及,直接撞了上去,屏幕上出现了一个虚拟的火球。

"但是,这并没有发生,不是吗?"上将说道,"由于你不顾我的命令,继续近距离追击敌机,你的无人机里的敌我识别装置就让安全屏障失效了,那架天刃战机便飞了进去。多亏了你,它才能突破我们的防御系统进入机库,并且迅速引爆了反应堆核心。"

他点击了播放键,影片继续。我默默地看着天刃战机完成自毁程序,引爆了反应堆核心。

"干得好,'钢铁猎犬'。"上将嘲弄地鼓起掌来,"基地居然奇迹般地无人丧生,不过我们损失了五百多架崭新的ADI-88'拦截者'无人机。"

这么多啊,我脸上抽搐了一下。

"我比其他飞行员击落的敌机都要多。"我说道。

"是的,"他回道,"但是,你这个小小的纰漏所造成的损失,比敌人整个偷袭行动造成的损失还要多。"

他冲我皱了皱眉,"你到底是哪一边的?"

我没有回答。他声音中透出的那种平静的失望,听上去比《全金属外壳》①式的大声训斥更让我不安。"我们花费了无数金钱,用了许多年才造出了这些无人机。"他说道,"但这还不仅仅是钱的问题。对于人类来说,它们是无价之宝,我们已经没有时间再生产这么多无人机了。"

"但是,长官……我怎么知道管道里会有什么安全屏障?"我说道,"那在游戏从没有出现过。在游戏里,苏布鲁凯人从来没有把无人机送到EDA基地的发射管道里去过。"

"那是因为我们觉得敌人的无人机绝没有机会通过发射管道里的安全屏障。"他叹了口气说道,"显然,没人想到我们自己的飞行员会蠢到追着即将自爆的敌机,飞进我们的无人机机库。"

---

①描写越战的美国电影,其中的军士长经常训斥、羞辱新兵。

"把整件事都怪罪在我身上，这不公平。"我反驳道，"我从来没有真正打过仗——我也从来不想打仗！你们把我带到这里，还告诉我，我们被外星人侵略了。十分钟之后，这个该死的基地就真的遭遇袭击了！我还是个高中生！我现在应该在学校里！"

上将点点头，举起双手示意我冷静下来。

"你说得对，我要为此道歉。这不是你的错，"他假笑道，"不完全是。"

他的话把我给噎住了，我不知道该怎样回应。

"EDA知道使用电子游戏作为训练平民的唯一手段，是十分冒险的，但情况就是这样，我们别无选择。只有这个办法才能在不为人知的情况下，迅速找到数百万个普通人并把他们训练成无人兵器的操作员。你今天不服从命令的行为以及所造成的灾难，就是把情绪不稳定、不守纪律的平民送上前线的必然结果。然而，你是我们最具天赋的飞行员之一，因此就你的情况来看，应该是优点大于缺点的。"他发出了一声充满疲惫的叹息，"很显然，实际情况并不是这么回事。"

他停顿了一下，似乎要给我反驳的机会，但我没有张嘴。

"你在《无敌舰队》里贸然行事，是不会造成什么实际后果的。游戏会给你看一段能跳过的过场动画，你的玩家排名会下降几位。"他前倾着身体，说道，"但是，情况改变了，这已经不再是游戏了。我们承受不起你所犯的那种错误，懂了吗？"

"所以，你要把我送上军事法庭了吗？"

"当然不是，"万斯回答道，"我们还需要你，中尉。一旦木卫二舰队到达，我们就需要地球上每个健全的人类都拿起武器，帮助我们对抗侵略。就算那样也许还不够。"

他望向安装在墙上的倒数时钟，我也跟着看了过去，还有7

小时02分11秒。我低头看着自己的Q通,上面的倒计时也一秒不差。很难相信,刚才的偷袭和战斗只进行了不到一个小时。这么想的时候,倒计时又少了几秒。

"不过,这个警告是第一次,也是最后一次。"上将说道,"你再搞砸一次……我就让你到香港去开装着玩具狗的运输机。"

我惊讶地看着他。他也盯着我看了几秒钟,随后露出一个几乎察觉不到的微笑。我猛然意识自己正在和谁说话——万斯上将就是"蝰蛇",《无敌舰队》里排名第四的飞行员,比"罗斯塔姆"要高一位。"蝰蛇"也是电影《壮志凌云》里的一个角色,他刚才那句话就是"蝰蛇"的一句台词。

我终于知道原来"蝰蛇"就是万斯上将。这个微小的细节在《无敌舰队》的故事情节中还从未披露过——这些情节现在似乎已经和现实混在一起了。

上将脸上的笑容已经不见了,他等着我给他一个答复。

"我们明白情况了,是吗,孩子?"

听到上将的用词,我皱了皱眉。

"是的,长官。"我紧咬牙关说道,"但我不是你的孩子。"

他又盯着我看了一会儿,笑着点头说道:"我知道,你是泽维尔·莱特曼的孩子。"

我们四目相对。

"你和他长得像极了。"上将平和地说道,"你操纵无人机的时候也和他像极了。"

我感到一阵晕眩,办公室的一切围着我转得越来越快。

"你以前认识我父亲?"我吃力地说。

"我现在还认识他。"上将指着自己的Q通,说道,"你来之前,我还在和莱特曼将军通话呢。我们自然要谈起你。"

他的话语如同雪崩，砸得我晕头转向。

从小，我幻想过无数荒谬的剧情——父亲是装死的；他失忆了；被 CIA 绑架了；被洗脑了，成了杰森·伯恩[1]那样的杀手。然而这些终究是幻想。和上将说话之前，我从未真正怀疑过他的死有什么问题。

"我父亲死了。"我低声说道，"他都没活过我的第一个生日。"

"你的父亲还活着，"上将抚摸着自己右脸上那道凹凸不平的疤痕，"我欠他一条命，他救过我们所有人。"

我的大脑还在抗拒着他的话。这一定是假的。我父亲不仅活着，还当上了地球防卫联盟的将军？还是个拯救过世界的战斗英雄？

我刚张开嘴，万斯上将似乎就知道我想问什么了。

"EDA 在招募你父亲的时候，伪造了他的死亡。我们早期招募的所有人员都被迫和他们的过去一刀两断。在他们离开家人去拯救世界的同时，作为回报，EDA 承诺会在经济上资助他们的家庭。"

那么说父亲是自愿抛弃我们的了？他怎么能——

万斯上将再次打断了我的思绪，"尽量不要生你父亲的气。他那么做是为了要保护你，保护这个世界。也不要感到自怨自艾，并不是只有你一家为此做出了牺牲。"他低头看了看左手上的结婚戒指，"相信我，扎克。你父亲从来没有忘记过你。说实在的，他经常对我们哭诉，说他有多想你。"他打量了我一下后，继续说道，"虽然你没有发现，但他在几年前就开始间接介入你的生活了。"

---

[1]《谍影重重》系列电影中的男主角，是一个被洗脑的杀手。

"自从你在《无敌舰队》第一次上线，莱特曼将军就开始关注你的训练情况。"万斯说道，"他几乎参加了你所有的训练任务。他是《无敌舰队》里排名最高的飞行员，呼号是——"

"'红牛仔'！"我脱口而出，"我父亲就是'红男爵'？"

上将点了点头。

"他在这里吗？"我望了望身后，仿佛他随时都会走进办公室。"我什么时候能见到他？"我跳了起来，"我想和他谈谈，就现在！"

"冷静，中尉。"上将说道，"将军目前并不在水晶宫。"

他翻开办公桌上的一个塑料文件夹，抽出一张纸递给我。这是一张普通的商务便签，打印在地球防卫联盟的信签纸上。我的全名、军衔和其他重要资料整齐地排列在开头，下面是一些我不认识的缩写。最底下是上将的名字和签名。

"这是什么？"我一边问，一边试着弄懂那些缩写的含义。

"给你的任务，"他说，"还有分配给你的工作地点。这份文件的数码副本会发送到你的Q通。"

我抬头看着他，"我不能留在这里了？"

他摇了摇头，"就现在，水晶宫的大多数人员已经被分配到其他基地去了。很显然，这个基地的位置对敌人来说已经不是什么秘密了——也许它们还知道其他基地的方位。再说了，你也知道，这里剩下的无人机几乎都报废了。"

我依然盯着那张纸，想看出我会被送到哪里去——终于，我发现在靠近抬头的地方印着一行字。工作地点：MBA①。

"不会吧。你难道要把我送到月球基地阿尔法去？"

他点了点头。

———————
①月球基地"阿尔法"的缩写。

"那也是真的吗?"我问道,"EDA真的在月球背面的环形山里造了一个秘密基地?就像游戏里那样?"

"是的,莱特曼。"他回答道,"就像游戏里那样。你要学着接受这些事实。"

放在桌上的Q通震动了起来,他低头看了看,随后转过椅子,查看身后那一排显示器。

"我们就到此为止吧,中尉。"他指着门口说道,"拿上你的制服和命令,立即去航天飞机发射区报到。"

我一动不动地盯着他。

"见到我父亲之前,我哪儿也不去,长官。"

"你是文盲吗,中尉?"他说道,"他就是你的新任指挥官。"

我把视线移回到手中的文件上,就在工作地点的下面印着:指挥官莱特曼将军。

"等你抵达月球背面,代我向你的父亲问好。"万斯上将的声音忽然变得有些遥远,"告诉他,我们扯平了。"

Q通把我带到了基地未受损的第四层。我走出电梯,来到新兵就职中心。这是一个铺着地毯的大房间,无数个办公隔间把这里隔得像个迷宫,门前排满了等待分配的新士兵,让人想起波特兰的车管局。不过感谢上帝,这里队伍的移动快多了。当我走到队伍最前面的时候,一个穿着制服的技术人员再次扫描了我的视网膜。接着,他从身后的架子上拿出一套崭新的EDA飞行员制服和一双深灰色鞋底的黑色跑鞋,鞋上配有尼龙搭扣,不过看不到任何生产商的标记。两件套的EDA制服是深蓝色的,上身的拉链夹克从肩膀到袖子都镶着金线。我的姓名和军衔被缝在夹克的左胸袋上,下面绣着地球防卫联盟的标记。

我排队走向一排毗连的更衣室,找了一个空闲的隔间开始脱衣服。我把平民服装塞进了背包,穿上EDA的制服——就像量身定做的一样合身。

穿戴整齐之后,我才敢转过脸来看镜子。童子军以后,我再也没有穿过制服,我有点儿担心这套制服会很傻。不过,镜子里自己的侧面看上去利落极了,正像一个即将开始冒险的年轻无畏的太空英雄。然后,我意识到这多多少少就是新工作的真实写照。

我凝视着镜子中的脸庞,看到了一种恐惧和兴奋交织的陌生表情。

我又一次拉了拉制服,抓起背包退出更衣室,感觉自己好像比进来的时候高了几英寸。Q通上又出现了一条曲折的路线,带着我避开受损的区域迂回前进。

来到航天飞机发射区,我惊讶地发现除了跑道上有一些岩石碎屑之外,这里几乎没有受到爆炸——也就是我闯下的祸——的影响。

几架EDA航天飞机停在椭圆形跑道周围写着编号的停机坪上,一路走去,看见了命令上指定的那架。它的舱门敞开着,里面已经有几个乘客等待起飞。

"看看你,"背后传来一个女人的声音,"不只是一个军官,还成了一个绅士!"

我转过身就看见了莱克斯,她也穿着EDA制服,站得笔挺。这套制服仿佛是为了强调她美妙的身材而裁剪出来的。

"那么,"她问道,"你觉得我看上去怎么样?"

我觉得你绝对是我的梦中情人,但我可能再也见不到你了。我在脑袋里想,不过实在是说不出口。于是我向前迈出一步,立正,飞快地向她敬了个礼。

"扎克·莱特曼中尉,"我说道,"向你报到,长官!"

"亚力克西斯·拉金中尉,"她回敬了一个礼,说道,"准备拯救世界!"

我放下手,向后退了一步,"你看上去棒极了,中尉。"

"谢谢,中尉。你看上去也不那么寒酸了。"她看了看我的肩章,"这就是说,上将决定放过你这个不听指挥的家伙,不送你上军事法庭了?"

我点点头,"他给了我一个警告。"

她摇着头说道:"明白了吧？你明显是受到特殊照顾了。"她捅了我一下,继续说道,"你老爸是个议员还是黑帮老大什么的?"

我不知该怎么回答,只能扯开话题,"他们要把你送到哪里去?"我问道。

"'蓝宝石',"她答道,"这是另一个基地的代号,位置在蒙大拿州比林斯的郊外。你去哪儿?"

我给她看万斯上将给我的打印件。她只用了一小会儿就找到了我的目的地,瞪大了眼睛看着我。

"月球基地'阿尔法'?"她问道,"它真的存在?"

"显然是的。"

她厌恶地把那张纸塞回我手上,"一群混蛋! 我驻扎在该死的蒙大拿,你却要去月球。真是不公平。"她又恶作剧地捅了我一下,"或许我也应该像你一样违抗命令。"

我知道她在开玩笑,因此没有接口,两人一阵尴尬的沉默。

莱克斯把Q通从手腕解了下来,"把手伸出来。"

我照她说的做了。她用自己的Q通碰了一下我的,两台设备都"哔"地响了一声。

"现在我们有了对方的号码,能保持联系了。"她指着 Q 通上的倒数时钟,笑道,"我们大概还能联系六小时四十三分钟,没什么大不了的。"

"谢谢你。"我看到她的名字出现在了我的 Q 通上,旁边就是倒数时钟。

"哇,你人缘不错啊。"莱克斯看着自己 Q 通的显示屏,点击了几下,把显示屏翻过来朝着我。我看见了自己的通讯录,上面有三个名字:阿伦·达尔、亚力克西斯·拉金、雷·哈巴肖。接着,她又点击了音乐键,我看到了自己的音乐不知怎么也被拷贝到了她的设备里。

"嘿,你是怎么弄的?"我装模作样地伸手去抢她的 Q 通,她一把就夺了回去。

"他们黑了我的手机,我感到很生气,因此我决定也要侵入他们的设备。没想到这么容易就成功了。"她笑道,"Q 通的硬件可能采用了部分外星技术,但里面的软件显然是人类开发的——都是像我一样劳累过度、报酬过低的程序员。因此这些软件处处都有偷工减料的痕迹。文件共享系统里的安全协议简直形同虚设,我只用了五分钟就把它给破解了。"

她一手把 Q 通甩到背后,另一只手毫不费力地接住了它,在这个过程中,她的眼睛始终盯在我身上。随后她面朝我举起了 Q 通。

"公共电话网的接口还没有打开,我还不能给奶奶打电话。"她说道,"不管怎样,我已经知道如何获取 Q 通网络里的管理员权限。我能把另一台 Q 通里的数据全部复制到我的设备中,只要呼叫或碰一下就行了。联系人、短信、电子邮件,所有的东西。"

"但是,为什么软件里会有复制别人资料的功能呢?"

"你说为什么呢? 当然是老大哥①想要彻底监视我们每个人。"她抓过我的Q通,"拿来,我把你的也破解了吧。"

我看着她的手指在触摸屏幕的虚拟键盘上跳动。

"你知道吗? 你真是太棒了。"我脱口说出心中所想。原本这种恭维话我是说不出口的,但最近有人告诉我世界即将毁灭,不说就没机会了。

她的脸红了,不过依然盯着我的Q通屏幕。

"好了,"她调皮地翻了个白眼,"伙计,这句话可不像是从你嘴里说出来的。"

我笑着向她靠近了一步,她没有后退。

"听着,"我说,"我知道我们刚认识不久,我只是想说,我多么希望我们早就认识,而不是在这种情况下……"

她认真听着,随后就笑了,"别多愁善感了,小娘炮。"她退了一步,"再见啦。"

她转身好像要离开——但忽然脚跟一扭,又转了回来,抓住我的衣领深深一吻。这次是结结实实地吻在我的嘴唇上,连舌头都用上了。直到我们喘不上气,嘴唇才分开,莱克斯又给我一个深情的拥抱。随后,她退了一步,用大拇指朝背后那架孤零零的航天飞机指了指。

"那是我的航班,"我说道,"我想他们应该在等我了。"

"是啊,我们都该走了。"

"是的,我们是该出发了。"

不过,我们俩谁都没动。

"祝你好运,莱克斯。"我最后说道。

①科幻小说《1984》中的极权阶层,监视着其他所有人。

"好好收拾他们，扎克。"她咧嘴笑道，"从月球背面给我打电话。你要是看见霸天虎或者纳粹秘密基地，一定要告诉我。"

"一定会的。"

我们再次互相敬礼。她提起新发的EDA背包，向着自己的航天飞机走去。我望着她的背影，直到她走进机舱，舱门关闭。几秒之后，飞机腾空而起，向上穿过了巨型防爆门之间的缝隙——这两扇大门已经过度变形，无法完全打开了。

接着，飞机调整角度，飞离了我的视线。

我做了一个深呼气，把背包往肩上一扛，走向了自己的航天飞机，心里盘算着究竟要多久才能飞到月球。

第十四章

走近航天飞机,敞开的舱门里传来一阵喧哗。

"为什么大家都理所当然地认为'红牛仔'是个男人?"一个带有浓重"冰血暴"口音①的女声问道,"依我看,这是不折不扣的性别歧视。"

"是啊,"另一个年轻一些的女声插话,"男人们也许认为'红男爵夫人'才更适合女人。"

女声大笑了起来。我在离航天飞机不远的地方停下了脚步,装模作样地蹲下来调整运动鞋上的尼龙带,以便继续偷听机舱里的谈话。

"所以认为'红牛仔'是男人,是因为'红五星'就是男人。"一个男人的声音辩驳道,"很抱歉地告诉你们,'红男爵'也是男人,'小牛''笨鹅''冰人'②——历史上所有的王牌飞行员都是男人。"作为西北太平洋地区的人,我觉得这口音应该来自东海岸什么地方。

①指的是电影《冰血暴》中,美国东南部乡下口音。
②以上这些呼号都是现实或者电影中的王牌飞行员。

　　"你知道这些都是虚构的角色，是吧?"[①]年轻女人的声音盖过了男人的笑声，"顺便说一下，女性战斗飞行员在一百多年前就出现了。我曾在学校写过一篇关于女飞行员的报告。一战期间，有一位名叫玛丽·马文特的女飞行员在法国参加了空战。二战中，苏联也出现了大批女飞行员。20世纪70年代起，美国空军也开始招募女性战斗飞行员了。"

　　过了好一阵，男人的声音才再次响起，听上去有点儿恼怒，"好吧，随便你怎么说。"

　　这话引来了一阵更高分贝的笑声，还有一些零星的掌声。我觉得自己该出场了，便站起身来，登上了舱门下的伸缩式阶梯。

　　我的出现让机舱里的四个人立刻停止了说笑，转过头来望着我。我在舱门口尴尬地站了一会儿，让他们打量个够，同时回瞪着他们。

　　他们都和我一样，穿着崭新的EDA飞行员制服。在我的左手边，坐着一个美丽的中年女人，她一头黑发，皮肤被晒成了深棕色，制服的姓名牌上写着"韦恩中尉"。她右边的位子空着，左边则坐着一个胡子拉碴的壮汉，正用怀疑的眼神看着我。大汉的对面是一个黑人少女，看上去可能还没有到开车的年龄。一个年轻的东方小伙坐在少女身边，看起来也就二十出头。其他人制服上的EDA标志下面绣着星条旗，只有他绣的是一面中国国旗，就连"地球防卫联盟"几个字也是中文的。

　　我估摸着大家互相打量得差不多了，于是把背包往头顶上的行李架上一扔，坐到了中年妇女身旁的空位上。四个人中只

　　[①]这里可能是作者搞错了，"红男爵"确有其人，他是一战中最著名的德国王牌飞行员。

有她朝我笑着。

"你好，"我伸出手，"我叫扎克·莱特曼，来自俄勒冈州的波特兰。"虽然还没有从登机前的眩晕中恢复过来，但我仍然记得要把家乡比弗顿说成波特兰，这样才不像个乡巴佬，才不用忍受关于比弗顿的笑话。

"欢迎登机，扎克。"她紧紧地握住我的手，"我叫黛比·韦恩。"她的举止和说话的腔调让我觉得她是个老师。

"很高兴见到你，黛比。"

"就算在目前这么可怕的情况下，我也很高兴见到你。"她的脸上露出了焦虑不安的笑容，我也回以微笑。

"这是米洛。"她指着左边的络腮胡大汉说道。那家伙依旧气势汹汹地盯着我，他的制服上缝着"多布森中尉"。

"你好啊，米洛。"我边打招呼，边伸出手去，"一切都好吗?"

他看着我的手，一言不发，我只得耸了耸肩，把手收了回来。

"噢，别理他，他是费城来的。"黛比好像是在为他的粗鲁行为开脱。随后，她朝对面的女孩点点头，说道："扎克，这是莱拉。莱拉，这是扎克。"

"没人叫我莱拉的。"女孩回答道，"其他人都叫我'火迪'，那也是我在《无敌舰队》里的呼号。"

我们握了握手，我正要告诉她我认得她的呼号，一旁的小伙子咳嗽了一声。他的制服上缝着"陈中尉"。

"这是陈江，你一定听过他的呼号——'疯鸡'。"火迪介绍道，"他是中国人，英语说得不太好。"

陈江微笑着和我握了手。红色的长发遮住了他的半边脸，不过这个发型看上去还挺适合他的。他低头看着自己右腕上的Q通，上面有一行中文。那一定是火迪刚才说的话的译文，他看完之后，又给了我一个疲惫的笑容。

"你……好……"他用浓重的中国口音说道，"很高兴……见到……你。"

"我也很高兴，"我放慢语速，"我很熟悉你的呼号，'疯鸡'。你的也是，火迪。我们一起做过许多任务。很荣幸能见到你们本人。"我站起身，再次伸出手来说道，"我叫扎克，呼号是'钢铁猎犬'。"

听到我的呼号，小舱室里的紧张气氛瞬间消失了。他们四个人看上去都放松了许多。特别是米洛，他破天荒地冲我笑了笑。

"你就是'钢铁猎犬'！"火迪赞赏地笑道，"终于见到你本人了。伙计，你他妈可是个传奇人物啊！"

火迪大爆粗口的时候，我看见黛比皱了皱眉。

"'钢铁猎犬'？"陈江抬着眉毛重复道，这个词他念得十分标准。

我点了点头，他一下子跳起来握住我的手，用中文激动地说着些什么。英语翻译随即显示在了我的Q通上——那是一连串恭维话，我再三致谢。他终于放开我的手，冷静下来，我们俩重新坐下。

"你的呼号是什么，黛比？"我问道。尽管我基本已经猜到了，不过还是要确认一下。

她伸出一只手放在胸前，点头说道："'原子妈妈'，愿为你效劳。你懂的，谐音'原子弹'。"她神经质地笑着。

"是的，女士，我们懂。"米洛用那双布满血丝的眼睛朝黛比翻了个白眼。

"让我猜猜，"我指着他说道，"你一定是'库什大师5000'，对吗？"

他笑了，看上去很高兴，"如假包换。"

"库什大师5000"，讨厌他的人叫他"KM5K"。在"混乱地带"的玩家论坛上，他以不停地自吹自擂（有些话会无意中令人发笑）和满嘴脏话而闻名。他的论坛头像是一片彩色的大麻叶。他还喜欢在游戏公共频道里以极快的语速解说战斗，就像杰克·伯顿的电台广播那样。我通常都把他设置成静音，不过我还是能认出他的费城口音和那种狂妄自大的腔调。不管别人喜不喜欢，他一直乐此不疲。

知道了他们的呼号之后，我升起一种奇怪的感觉，好像身处一群老朋友之中——至少可以说是熟悉的盟友："原子妈妈"、火迪、"疯鸡"和"库什大师5000"。过去几年里，我每天都会看到这些名字。他们一直都排在《无敌舰队》玩家的前十位——一开始都排在我的前面，后来逐渐被我超过。昨天晚上我还查过排名，火迪紧跟在我身后，排在第七位，"疯鸡"在第八位，"原子妈妈"第九位，"库什大师5000"第十位。

"对不起，刚才我有点儿失态了。"米洛说道，并郑重其事地伸出手来和我碰了一下拳头，"我以为你是'红牛仔'，或者其他排名前五的混蛋呢。"

陈江看了翻译之后，就对着自己的Q通咕哝了一句中文。设备即刻就把这句话译成英语播了出来。

"我也是这么想的。"Q通用的是一种电脑合成男声，听上去就像史蒂芬·霍金。

我忽然想，霍金是否也参与了EDA的隐瞒计划？尼尔·德格拉斯·泰森[1]呢？既然卡尔·萨根能参与其中，那其他杰出的科学家应该也知道这个秘密。这个问题和其他那些未解的谜团一

---

[1]美国著名天体物理学家。

样,萦绕在我的脑海中。在这种疯狂的时候思考这些问题,让我有一种度日如年的感觉。

"我也不喜欢'红牛仔'。"陈江的翻译软件继续发出那种平板的语调,"他是个彻头彻尾的王八蛋。"

火迪笑着学翻译软件的声音说话,两手做着机器人的动作。"没错!"她拖长音调说道,"'红男爵'就是个王八蛋!"

大家都笑了,但我感到如坐针毡。所幸,他们对我老爸的肆意谩骂没过一会儿就被打断了。通向驾驶舱的舱门被打开,一个机器人步兵从里面走出来,发出一阵哐当声。它的头部从中间分成两半,展开后并成了一台高清显示屏。屏幕上所显示的是机器人操作员的即时影像,他是一个中年EDA军官,留着一撇山姆·艾利奥特①式的漂亮小胡子。

"欢迎登机,"他说道,"我是今天的飞行员,梅多斯上尉。"

做完自我介绍,他的声音立即被至少两种语言,还有各种口音的问题给淹没了。我也有许多问题想问他,不过他的机器人已经举起了一只手,示意我们安静下来。一分钟之后,大家才一同闭上了嘴。

"我没有权限回答大家的问题。"他说,"等你们到了月球基地,指挥官就会对当前的情况作一个简要的说明。如果你们还有问题,而且这些问题不涉及机密的话,你们都可以在Q通的'新手指南'中找到答案。明白了吗?"

大家一边点头,一边看自己的Q通。

"很好,"见到我们默认了,上尉继续说道,"几分钟之后,我们就要出发了。但在起飞之前,我接到通知,有人想来向你们告别。"

---

①美国男演员。

机器人移到打开的舱门旁，一个有些眼熟的红发中年男子走进了狭小拥挤的机舱。他用新闻照片式的笑容向每个人点头致意。

"费恩·阿波加斯特？"几个人同时说道。

"正是在下。"他有点儿气喘吁吁地说，"我是一路从指挥中心跑到这儿来的，我不想错过和大家见面的机会。"他轮流和我们每个人握手，"长期以来，你们五个一直是'混乱地带'计划的骄傲。事实上，正是你们的天赋和奉献，帮助我们说服了那些高层的大人物，我们的平民训练计划才得以在全球范围内实施。我要向你们表示衷心的感谢！"

我在照片上和电视里多次见过这位"混乱地带"的创始人，不过他本人比我预想中的要矮一些。他最后一个和我握手，我们四目相对时，他歪着脑袋打量起我来。

"你是扎克·莱特曼，对吗？"他端详着我的脸，"著名的'钢铁猎犬'？"

我点点头。他看了看其他人，又朝我腼腆地笑了笑。

"听着，中尉。我希望万斯上将没有对你过于严厉。你不可能知道无人机发射管道里配备有安全屏障。敌人进攻我们月球基地的时候从来没有用过那种战术，所以在《无敌舰队》的训练任务里也没有那样的情形。"他耸了耸肩，说道，"我想这就叫边打边学吧。"

我环视了一下机舱，身边的每个人都惊讶地瞪大了眼睛。

"那是你干的？"米洛笑道，"你就是那个追着天刃战机进入机库的自杀笨蛋？"

我点了点头。

大家陷入了一片异常尴尬的沉默中，随后，阿波加斯特拍了拍手。

"好了,我知道你们就要出发去 MBA 了,我不耽误你们的时间。"他说道,"我只是想来对各位表示感谢,对你们的英勇——"

"打断一下,长官。"米洛用他那浓重的费城口音说道,"'红牛'仔究竟在哪里?你知道的,就是'红男爵'。他是全世界最好的《无敌舰队》玩家,不是吗?为什么他不在这里呢?难道你们没有招募他吗?"

阿波加斯特瞄了我一眼,然后看着米洛说道:"'红牛仔'几十年前就加入我们了。他是我们最功勋卓著的飞行员。"

说完这句话,阿波加斯特审视着我的反应。其他人则都露出了讶异的表情。

"那么他到底在哪儿呢?"米洛问道,"或者应该说'她'?"他朝火迪和黛比露出了一个妥协的笑容。

阿波加斯特点头说道:"'红牛仔'是泽维尔·莱特曼将军的呼号。"

他们四个同时转过头来看我胸前的姓名牌,然后又瞪着我看了几秒钟。就在我不知道说些什么的时候,黛比终于打破了沉默。

"是你的亲戚吗,扎克?"她轻声问道。

我看了看阿波加斯特,他看上去似乎很想听听我的回答。

"他是我父亲,"我回答道,"不过我从来没有见过他。我一直以为,他在我还是个婴儿的时候就死了。我刚知道 EDA 招募了他,伪造了他的死亡。"

他们继续无声地瞪着我,试着消化我说的话——除了陈江,他还在看 Q 通上的译文。几秒之后,他抬起头来,发出了一长串口哨声。

"现在去月球基地是你第一次和他见面?"黛比问道。

我又点了点头。

"上帝啊!"米洛摇着头说道,"我还以为我今天的经历已经够离奇了。"

我转向阿波加斯特,"你认识他吗?"

"不算很熟,几年前我曾短暂地与莱特曼将军共事过,那是我的荣幸。他是《无敌舰队》的主要军事顾问之一。"他看了看我的脸,继续说道,"你长得和他太像了。"

我点头回复道:"这句话我听过好多次了。"

就在这时,航天飞机里传来一阵低沉的轰鸣声,引擎开始发动了。阿波加斯特站起身来,笨拙地向我们大家敬了个礼。

"再次感谢你们所做的贡献,"他说,"祝你们好运!"

我们还没来得及回礼,他就匆匆出了舱门。他走之后,梅多斯上尉的机器人就按下了舱壁上的一个红色按钮。航天飞机的舱门"呲"地合了起来,这声音立刻被引擎的轰鸣声盖过了。

"新兵们,系好安全带。"梅多斯的声音从通信器里传来,"我们就要起飞了。"

我拉出安全带,笨手笨脚地扣上搭扣,把带子紧紧地绑在自己胸前。等大家都扣紧安全带,机器人向我们竖起了大拇指。

"去月球基地'阿尔法'的旅途大约需要四十分钟。"他说道,"一旦飞出大气层,航天飞机的速度就会变得极快。如果在路途中遇到任何威胁,大家可以用你的Q通来控制一台安装在机身下面的全向激光炮塔。不过目前来看,我们的路线平安无事,相信会十分顺利。你们只需坐着,好好享受这次旅程吧。"

机器人走回了驾驶舱,舱门关闭之前,我看见它插上了充电器。我转头看向其他人,发现大家还盯着我。黛比和火迪迅速移开了目光,而米洛和陈江则毫不忌讳,仿佛我的头上长了一根闪闪发光的独角。虽然我尽量不去注意他们,但后来,瞪视变得忍无可忍,我缓慢地竖起了右手的中指。他们这才发觉这样不对,不情愿地朝其他方向看去。

我拿出Q通拨打妈妈的手机,还是打不通。显示屏上弹出一条提示,说现在仍然无法接入民用电话网络。

我叹了口气,把Q通戴回到了手腕上。

几分钟之后,我们起飞了。和上次一样,即使在穿越大气层、脱离地球引力的时候,飞行依然平稳。窗外的天空渐渐从淡蓝变为了一片漆黑。

这次到达黑暗边缘之后,航天飞机没有掉头下降,而是继续向前,向太空飞去。和上次一样,机舱中的重力自始至终没有任何改变。不管速度多快,我闭上眼睛之后也感觉不到一丁点儿的移动。短短几分钟,我已经能看见圆形的地球,这是我从记事起就梦想看到的画面。

我望着机身下那个美丽的蓝白色星球,这是我所珍爱的家园。我在云层气旋的夹缝中搜寻了一阵,便发现了北美洲的海岸线,接着又隐隐约约地看到了波特兰的入海口。我这才明白自己离家有多远,而这个距离每分每秒都在增加着。

"那就是我们为之奋战的理由。"我想,"那就是他们要从我们手里夺走的东西。"

我把脸贴在舷窗上,极力伸长脖子望向前方。那里有一个灰白的星球,在远方的黑暗中显得十分明亮。之前我一直相信,自从1972年最后一次阿波罗任务之后,就再没有人类踏足月球。如今,我正乘坐着一架利用外星技术逆向设计的航天飞机朝它飞去,还会在那里见到从未谋面的父亲。他现在是什么样子?他见到我会说什么?我该怎么回答?

我注意到坐在对面的黛比正低着头,双手放在大腿上。她双目紧闭,嘴里在默念着什么。

"你在干吗呢?"米洛好奇地问。

黛比默念了一声"阿门"之后,睁开双眼看着米洛。

"显而易见,我在祈祷,米洛。"她说道。

"你在祈祷?"米洛的声音里充满讥讽,"向谁祈祷?"

黛比难以置信地凝视着他,"当然是向耶稣基督,我们的主和救主。"

"噢,当然了。"米洛笑着说道,"我只有一个问题,虔诚的女士——《圣经》中耶稣警告过我们外星人的侵略吗?"他扫视机舱,寻求其他人的支持,"我一定是错过那一段了。"

黛比愤怒地瞪着他。米洛的问题让她有点慌乱,她张着嘴,不知如何回答。

然而,火迪却开了口。

"'第五位天使吹号,'"她一边背诵,一边用眼睛紧盯着米洛,"'我就看见一个星从天落到地上,有无底坑的钥匙赐给它。他开了无底坑,便有烟从坑里往上冒,好像大火炉的烟。日头和天空,都因这烟昏暗了。'"

"什么坑?"米洛问道,笑容从他脸上消失了,"你在说什么呢,小姑娘?"

从小家人就告诉我,宗教和神话并没有什么区别,不过火迪的这番话还是让我毛骨悚然。她背诵的这段话唤起了我脑海里依然鲜活的回忆——在敌人的枪林弹雨之下,水晶宫的防爆大门弯曲变形,冲天大火和烟尘不断从里面冒出来。

"'又拜那龙,因为他将自己的权柄给了兽。也拜兽说,谁能比这兽,谁能与他交战呢。'"

背完之后,大家盯着她看了一会儿。接着黛比开始鼓掌,我和陈江也紧随其后。火迪脸红了,低头看着自己的脚。

"我的叔叔富兰克林喜欢引用《圣经》。"她耸了耸肩,说道,"我还不会走路就听着他背《启示录》了。"

"好了,我提议不要再背《圣经》了。"米洛举起右手,"刚才那两段话把我吓得不轻。"

黛比点头说道:"我想大家都已经很紧张了,现在引用《启示录》确实不是个好主意。"

火迪用失望的眼神看着米洛和黛比,她接着背诵道:"'没有勇气打这一仗的人,那就随他去吧。我们发给他通行证,并把沿途所需的路费放进他的钱袋——我们不愿和这样一个人死在一块儿,他竟然害怕和大伙儿一起捐躯。'"①

米洛和黛比瞪着火迪看了好一会儿。

"你这孩子到底是怎么回事?"米洛终于开口问道。

火迪又耸了耸肩,"富兰克林叔叔比引用《圣经》更喜欢的,就是引用莎士比亚。"她兀自笑着,"我看过无数遍布拉纳②和泽菲雷里③的电影,每句台词都烂熟于心。"

陈江在自己的Q通上打了几个字,随后把它举到火迪的面前。

"你很聪明,你的记忆力也很惊人。"电脑合成的声音说道。

就算是通过电脑说出赞扬,也让火迪红了脸。她低声说道:

①这一段是莎士比亚剧作《亨利五世》中的台词。
②英国演员、导演,导演并出演过大量莎士比亚的作品。
③意大利导演、编剧,改编并拍摄了许多莎士比亚的戏剧。

"谢谢!"火迪和陈江对视了一眼,尽管语言不通,但他似乎听懂了。

"你多大了,火迪?"黛比问道,她显然想转移话题。

"下周十六岁。"火迪回答道,"不过我还没考到驾照。"

"听口音,你是从新奥尔良来的吧。"黛比学着南方口音,说道。

火迪点了点头,"我住在第九区,我的呼号就是这么来的。'火迪'就是我们说的'伙计',指的是住在同一区的人。"她解释道,"我还是个婴儿的时候,父母就管我叫火迪了。学校有几个男孩经常用这个名字来捉弄我,所以我小时候并不喜欢这个外号。后来我狠狠揍了他们一顿,那些杂种就不敢拿我的名字开玩笑了。"

听她用甜美的少女声音说着脏话,我和米洛忍不住大笑。不过,黛比似乎被吓坏了。

"莱拉!"她皱着眉说道,"宝贝,注意你的用词! 你的父母不会让你那样说话的,是吗?"

火迪把双臂抱在胸前,"以前确实不让,不过我还很小的时候,他们就死在那场飓风①里了,现在我他妈想说什么就说什么。"

"啊哟!"米洛轻声嘀咕着。

"可怜的孩子,"黛比尴尬地说道,"对不起,我不知道。"

火迪把脸转了过去,黛比则局促地沉默着。米洛跳出来打破了僵局。

"嘿,"他冲我点着头,说道,"扎克也以为他爸爸死了,事实却不是那样。说不定你爸妈也还活着?"

---

①这里应该指的是2005年的卡特里娜飓风。

火迪朝他看了一眼,慢慢地摇了摇头。

"他们都淹死了。"她说,"我亲眼见到了他们的尸体。"

她没有说下去。米洛也不知该如何接口。火迪转过头去望着窗外,我看着她,想起了万斯上将让我不要自怨自艾。

"你呢,黛比?"我不顾一切地想要转移话题,"你是从哪里来的?"

"明尼苏达的德卢斯。"她向我报以感激的笑容,"我是学校里的图书管理员。我有三个十岁出头的儿子,老大十五岁。"说到这里,她的笑容逐渐淡了下去,"我甚至都没有机会和他们道别。EDA让我给妹妹发了个信息,请她把孩子们接走。很显然,我无法告诉她为什么要那么做。"

"你的丈夫不能照顾孩子吗?"火迪问道。

黛比扫了一眼左手的结婚戒指,笑着迎上了火迪的目光。"亲爱的,这恐怕做不到。霍华德去年因心脏病去世了。"

现在轮到火迪尴尬不已了,"对不起。"

"没关系,我的孩子们都很坚强。我相信他们一定会挺过来的。我只希望——"她的声音有点哽咽,不过还是继续说了下去,"稍后给他们打电话的时候,他们能理解我离开的原因。"

"他们会明白的。"我尽量使自己的语气听上去足够坚定,"你的儿子们也玩游戏吧?"

她点点头,"我每天晚上玩《无敌舰队》的时候,他们就在一起玩《大地》。"她答道,"我们的电脑都放在客厅里,挨在一起。"

"那么说,你的儿子们也将和我们并肩作战,"我笑着对她说,"是吗?"

黛比一面点头,一面用袖子擦着泪水。

"是的,"她说,"我都忘了。"

"真他妈太好了！"米洛大喊道，"'原子妈妈'的儿子们将为我们清扫战场。"他笑着对黛比说，"那些外星王八蛋输定了。"

令我惊讶的是，黛比居然没有理会米洛的脏话，还朝他笑了笑。我开始对米洛有点儿刮目相看了。不知为何，他那种洛奇·巴尔波亚①式的说话方式让他的自大听起来有点儿讨人喜欢。

陈江刚在Q通上看完了所有的对话，使劲儿点着头附和米洛。接着，他对着设备说了一段话。

"我知道我的朋友和家人会和我们并肩战斗的。"翻译软件终于说出了一句连贯的话，"那对我来说是一种安慰。"

"谢谢你，陈。也谢谢你，米洛。你说得对，这确实是一种安慰。"她紧握着双手，"不过，我还是为我的家人和大家担忧。我从没想到这种事真的会发生，这真是场噩梦。"

"我不这样认为，"米洛靠在椅背上，说道，"对我来说，这更像是美梦成真。"

黛比瞪着他，问道："你疯了吗？你怎么能那样想？"

米洛耸了耸肩，"昨天我还住在肮脏的地下室里，干着一份无聊透顶的办公室工作。"他望着窗外，继续说道，"看看我现在的样子！我成了一名地球防卫联盟的军官，正在去往月球的路上。我要从外星人手里拯救地球！"他转过头来，对黛比说道，"你说，今天是不是历史上最伟大的一天？"

"因为我们都会被杀的，笨蛋！"黛比有点儿歇斯底里地大声叫道，"你到底有没有注意听上将的讲话？你有没有看到外星舰队的规模？我们简直就是以卵击石！"

米洛看上去被吓了一大跳。"我可能是没有注意听讲。"在黛比死死地注视之下，他补充道，"我患有注意力缺陷障碍！会议

_____

①《洛奇》系列电影中的男主角。

太长我就会心不在焉!"我头一次从他的声音中听出了一丝惊恐,"我们的胜算真有那么小吗? 上将可没说——"

"没说什么?"黛比打断了他的话,"我们注定要失败? 难道非要他大声说出来不可吗?"她转头看着窗外,"他不需要说出来的,这是明摆着的事。我们这些人居然是联盟最大的希望,这难道还不够令人绝望吗? 我们只不过是一群沉迷于游戏的怪胎,我们不是战士。"

"我们是战士! 你还记得吗? 刚才我们已经全都入伍了。"米洛对黛比摇着头,说道,"振作一点儿,女士。你能乐观一点儿吗? 还没到结束呢。我们还有机会!"

黛比盯着他看了一会儿,随后说道:"米洛,你难道还不明白吗? 几小时后战争就将开始,无论哪方取得胜利,都会有成千上万的人死去。"

米洛不屑地挥着手,"噢,鼓起勇气吧! 如果他们有游戏里一半那么简单,我们就能好好地教训那些木二人了。"

"木卫二人,米洛。"我纠正道,"木、卫、二,不是木二。"

"你想他妈怎么叫都行,懂吗?"

"我不想争论,但我同意米洛的看法。既然我们能在游戏里打败他们,那么在现实中我们也能做到。"火迪期盼地看着我们三个,"毕竟,我们是精英中的精英,对吗?"

Q通刚翻译完,陈江就立刻跳了起来,高举着一只拳头,大叫道:"对!"接着,他又用中文张牙舞爪地喊了一句:"胜利!"

他的Q通即刻就用合成英语把这句话给播了出来:"胜利!"

火迪也举起拳头,用同样的音量跟着陈江大喊:"胜利!"

"太好了!"米洛用食指和小指做出摇滚手势,声嘶力竭地叫道,"胜利!"

黛比瞥了我一眼，想知道我会不会加入他们。我心里确实是赞成她的悲观论点。不过此时此刻，也许只有盲目的乐观才能振奋士气——包括我自己。

我像其他人一样举起拳头，随后鼓足力量大喊道："胜利！"我用手肘轻轻地推了推黛比，她妥协地叹了口气。

"胜利！"她附和着，学着大家的样子举起拳头。

陈江笑着探出身体，掌心向下伸开右手。火迪把手叠在他的手背上，接着是米洛、黛比和我。我们五个人一起再次大叫道："胜利！"

不一会儿，机舱内的广播传来了梅多斯上尉的声音，宣布我们终于要在月球基地"阿尔法"降落了。这似乎让大家清醒了过来，迅速抽回了自己的手。

航天飞机猛地来了个急转，舷窗外的景色立刻变成了坑坑洼洼的月球表面。我们已经进入了月球轨道。绕到月球背面之前，我瞥见了著名的第谷环形山。月亮永远只用一面朝着地球，因此这是我们第一次亲眼看见月球的背面。这里有一些小面积的深色区域，看上去就像地表被烧焦后留下的痕迹。不过这里并没有月球正面那样的大块深色，也就是被称为"月海"的低洼平原。月球背面无论从颜色还是外观上看，都要比正面规整得多，看起来也更乏味。

驶过这片坑洼的不毛之地时，我的脑海里却闪现出了战后地球上的景象。这场战争也会让我们的星球变得死寂荒凉，没有鲜活的生命和斑斓的色彩，海洋被完全蒸发，大气层也将消失，大城市变成了一个个巨大的撞击坑，就像现在的月球。美丽的地球表面将被战火烧得焦黑。

我甩了甩头，用手揉着自己的眼睛，重新打起精神审视眼前的月球。

太阳低垂,环形山的影子在崎岖的地面上越拉越长,像一根根弯曲的黑色手指。远处,一座宏伟的碗形环形山进入了我的视线,熟悉的景色让我寒毛直竖。我认得这个地方,这就是达代罗斯环形山脉,月球基地"阿尔法"的隐藏之处。我知道那就是我们的目的地,直到此刻,亲眼所见之下,我才完全相信了它的存在。

山脉由三座环形山组成,最大的叫达代罗斯,旁边紧挨两座较小的环形山——达代罗斯B和达代罗斯C。三座山环环相连,从上面看下去,有几分像怀表。达代罗斯B是表面上方的旋钮,而达代罗斯C就是表链上的小圆环。在周围几千座环形山中,达代罗斯显得十分突出。即使从远处看,也能看出三个圆环之中明显的人造建筑的轮廓。

中间最大的一座被磨成了完美的碗形,被整个改建成了射电望远镜的碟形天线。它的设计和波多黎各山区的阿雷西博望远镜差不多,不过面积要大几百倍。两个较小的环形山里都有一栋金属球形建筑,就像玻璃小酒杯里放着个高尔夫球。外层覆盖着加厚的金属板,表面被漆成了和月球表面相同的灰色。

"月球基地'阿尔法'!"陈江大喊,随后他又指着那些建筑,用中文激动地说着些什么。其他人也伸长了脖子,从自己面前的窗户向外张望。第一眼看见基地的时候,每个人都止不住惊叹。

"它在那里!"火迪在座位上蹦着,"它真的在那里!它是真的!"

月球基地"阿尔法"对于我们所有人来说都是熟悉的地方。玩《无敌舰队》的时候,我们每个人都从那里飞进飞出过无数次。航天飞机沿着与游戏里相同的航线接近基地,这让我产生了一种奇怪的熟悉感。

靠近基地的时候,球形建筑上的穹顶像橘子一样裂开,分成了几瓣,中间出现了一个足够航天飞机通过的入口。刚一飞进去,装甲穹顶就在我们头顶上合了起来。这个穹顶其实是一道巨大的气闸,用于密封整个机库。它的设计让我想起了《2001:太空漫游》中虚构的克拉维斯基地。现在,我想知道EDA有没有从斯坦利·库布里克①的电影里借鉴什么。毕竟,比这奇怪得多的事也被我们遇上了,而且现在的情况也够奇怪了。

片刻之后,我们的航天飞机就在机库着陆了。引擎停止,机舱里瞬间变得鸦雀无声。其他人都把脸贴在舷窗上,我却没有。我呆坐在椅子上,又期待又害怕,感到全身阵阵发麻。

梅多斯的机器人从驾驶舱里走了出来,按了机舱壁上的一个绿色按钮。我们座椅周围的安全护栏缩回了顶棚,舱门"呲"的一声打开了。

火迪迅速解开安全带,第一个跳下座位,双脚刚刚碰到地面就跑了出去。

"我们真的在月亮上,太难以置信了!"她用孩子般的好奇声音说道,张开双臂跨出了舱门。看着她冲出去,我发现她跑动的时候并没有向上弹跳——像登月影像中"阿波罗号"的宇航员那样——说明这里的引力以某种方式改造过,和地球上差不多。

陈江也挣扎着解开安全带,跟跟跄跄地跟着火迪跑了出去。米洛花了一点儿时间才解放了自己,他也激动地冲出舱门,笑得像个圣诞节早晨的孩子。机舱只剩下我和黛比,她解开安全带的搭扣,把椅子转过来面向我。

①美国著名电影导演,《2001:太空漫游》就是他的作品。

"准备好到外面去了吗,扎克?"

我点点头,不过随后又摇了摇头。

"我的一生都在幻想着这一刻。"我对她说,"现在却怕得走不动。"

"你会好起来的。"她说,"他可能和你一样紧张,甚至比你更紧张。"

梅多斯的机器人把脑袋探进机舱,上面的显示屏又打开了。梅多斯通过屏幕向黛比笑了一下,接着转过头来对我说:"将军在外面的机库等着你,中尉。"他又对黛比说:"他命令我护送你和其他新成员去指挥中心,让他和中尉独处一会儿。稍后他们会到那里和你们会合。"

"好的。"黛比站起身来。她将了将我前额上的头发,抱着我的肩膀,笑着说道:"一会儿再见,好吗?"

我点点头,"谢谢你,黛比。"

她跟着梅多斯的机器人走出了机舱,离开之前,她又给我一个温柔的笑容。

我独自在机舱里坐了一会儿,鼓起全身的勇气。随后我用大拇指摁开了安全带的搭扣,缓缓站起来。

我终于迈出机舱,而他就在那里,等着我。

第十五章

　　他离我只有几码远,穿着和我一样的制服,站得笔挺。我的父亲,泽维尔·尤利西斯·莱特曼,他活着,呼吸着。笑着。

　　他冲我笑着——就像另一个我,只不过面容苍老了一些。眼前这个男人说不定是未来的自己,穿越时空来警告我今后的命运。

　　眼角的余光处,我看见梅多斯的机器人护送着黛比穿过两扇装甲门,去了机库的另一头。陈江、米洛和火迪在通道等她,旁边站着另一个我不认识的 EDA 军官,胸前绣着一面日本国旗。所有人都注视着我们,直到大门重重地合上。沉闷的声音回响在空荡荡的机库中。

　　我对周围的环境和他们的离开都不太记得了,我的全部注意力都在父亲身上。整个青春期,父亲的缺席都影响着我,可如今他却活生生地站在我的面前,奇迹般地"复活"了。我发觉自己一直盯着他眉毛上的一滴汗,汗珠从他的脸颊旁淌了下来,仿佛只有这样的细节才能证明这一切是真的。这让我想起了老版《全面回忆》中的场景——这部电影的录像带正是父亲留下的。

我们俩长久地互相打量着。我仔细端详父亲脸上的每个细节，熟悉了他的外貌之后，我立刻发现了他想要掩饰的恐惧。

他看上去比我想象中要老一些——不过这或许是因为我从来没有见过他十九岁以后的样子。在我的部分潜意识里，我希望见到他的时候，他还是年轻的样子。也许EDA用液态二氧化碳把他冻了起来，或者用光速旅行来使他保持青春，为战争做好准备。但我可没那份运气。他和我妈一样大，现在应该三十七岁了——但和妈妈不一样的是，他看上去至少比实际年龄要大十岁，而不是年轻十岁。他的身材保持得很好，但一头黑发中已经出现了丝丝灰白，和我一样的蓝眼睛旁边也布满了沟壑纵横的鱼尾纹。他给人一种身心交瘁的感觉。如果我能活到他这个年纪，是不是也会变成这个样子？

正在我胡思乱想的时候，他向我走来，越走越近，接着突然张开双臂抱住了我。

我心中的防线瞬间崩溃，积压已久的情感喷涌而出。我把脸埋在他的胸前，长期蛰伏在大脑里的记忆苏醒了——我还是个婴儿的时候，父亲抱着我的感觉。在他永远从我的生活里消失之前，这可能是他最后一次抱我时留下的记忆。

不对，并不是永远，我提醒着自己。现在他回来了。

"见到你，我真是太高兴了，扎克。"他用颤抖的语调低声说道，"我很抱歉离开了你和你母亲。我从未想到自己会离开那么久。"

他说的每一个字都让我心潮起伏，我感到心脏仿佛要炸开了。以前我总是幻想他还活着，幻想他见到我之后会说的话。如今，他一口气把这些话都说了出来，而我手足无措，不知该如何回应。我的一部分依然还认为这是在梦里，只一点差错，我就会在最不想醒来的时候睁开眼睛。

我努力想着说些什么，告诉他我一生都在梦想这个时刻，但我仍然发不出任何声音。父亲似乎把我的沉默当成了一种负面信号。他放开我，向后退了一步。接着他开始端详我的脸，想从我茫然的表情中读出一些什么。

"我等了整整十八年，就想把这些话亲口告诉你，扎克。"他喃喃说道，"这些话已经在我脑海中练习了无数遍。希望我没有说错什么，但愿我没有搞砸。"

可笑的是，我希望此刻妈妈能在这里，这样她就能把我介绍给这个长着熟悉面孔的陌生人了。

"你没有。"尽管轻得几乎听不见，但我终于说出了一句话。随后我清了清嗓子，继续说了下去："你没有搞砸，"我小心翼翼地说道，"见到你，我也很高兴。"

父亲长长地出了一口气。

"我不确定你是否愿意见我，你的话让我很欣慰。"他紧张地笑道，"你完全有权生气，我知道你脾气很大，所以——"

我脸上的笑容消失了，他立刻停下了话头，脸部肌肉开始抽搐，眉毛也拧在了一起——我说了什么傻话而后悔不已的时候，也是这副表情。

"你怎么知道我'脾气很大'呢？"我问道，声音随着怒火变高。父亲听出了我话语中的嘲讽，不由自主地笑了笑。但他的笑容对我来说毫无意义，他的这种反应只让我更加气愤。刚见到他时的激动和兴奋在几秒钟里消失得无影无踪。"你凭什么认为你了解我？"

"很对不起，扎克。"他说道，"作为你的新任指挥官，我仔细研究过你的 EDA 入伍资料，那里面有你所有的学校档案和犯罪记录。"

"我猜,那里面还有我的心理评估报告。"

他点点头,"对于每个潜在的人选,EDA都会尽力查明他们的所有情况。"

"我的入伍资料中,有没有提到我的情绪问题可能和父亲的死有关?因为我十个月大的时候,他就死在大粪厂的爆炸事故中了。"

这个问题显然刺痛了他,但我还是忍不住在伤口上再撒一把盐。

"你有没有想过,得知父亲那样死去,对于我来说是一种什么感觉?"我问道,"对镇上的其他人又是什么样的感觉?你是存心想要毁了我的生活吗?你他妈的就不能假装死于车祸之类的吗?"

他张口结舌,过了一阵之后才重新说话。

"儿子,我没有选择啊。要让尸体无法辨认,必须得是一场爆炸。他们才能把一个身份不明的尸体埋进我的墓地里。"他看着我的眼睛,"对不起。那时我也还是个孩子。我还没有真的了解自己同意了什么,又放弃了什么。"

我们俩默默地对视了一会儿。父亲的Q通响了。他低头瞄了一眼,皱了皱眉,抬起头来对我说道:"我们要去指挥中心了,我要给你和其他新兵开个简报会。不过我们还会有时间独处的,对吗?"

我无声地点了点头。我已经等了那么久——难道我还能拒绝吗?

父亲从口袋里掏出了一个小巧的银色物件,塞到我手里,"拿着,这是给你的。"

我凑近一看，这是一个USB闪存盘，上面印着EDA的标记。

"里面是什么？"

"大部分都是信，我到这里来之后，每天都给你和你妈妈写一封信。"我注意到他说话的时候，两条腿不停地交换着重心——我紧张的时候也是这样。"我希望这些信能帮你明白我为什么会做出那样的决定。它们会告诉你，从那时起我活得有多么痛苦。"他耸了耸肩，继续躲避着我的目光，"抱歉，信实在是太多了——你可能没时间全部看完。"

他声音发颤，转过脸去，不让我看到他的表情。我看了看手里的U盘，然后紧紧攥起了拳头。这小小的东西里储存着如此多的珍贵内容，想到这点就让我心烦意乱。

父亲抬起Q通在触摸屏上按了几下。随着一阵铿锵的金属声，航天飞机下面的行李舱门打开了，露出方形的集装箱。他又对着Q通输入了一连串的命令，旁边充电架上的四个机器人步兵解开了充电器排成一列纵队。其中三个开始把集装箱搬下飞机，第四个则爬到机舱里去拿我们的背包。

"准备好了吗，中尉？"父亲问道，冲着出口点了点头。

"准备好了，长官。"我把U盘塞进了制服的胸袋里，免得弄丢了。然后，我们俩肩并肩地朝机库出口走去。直到这时，我才终于开始注意周围的情况。

看到月球基地"阿尔法"的机库就令我激动不已。装甲穹顶四周的传送带上挂满了熠熠生辉的"拦截者"无人机，就像速射机枪的子弹等待着被发射到太空。我意识到，这些就是我们将要操纵的无人机。五个半小时后敌人将到达这里，而我们就要用这些无人机与他们交战了。

这一刻，我感觉自己像卢克·天行者在雅文战役之前，审视着装满了 A、Y 和 X 战机的机库；又像是阿波罗上尉[1]在卡拉狄加号的飞行甲板上，爬进他的蝮蛇战机驾驶舱；也像安德·维京[2]走进了战斗学校；亚历克斯·罗根穿着星际联邦制服，瞪大眼睛看着满机库的刚星战机。

然而，这里可不是幻想出来的。我也不是巴克·罗杰斯[3]、飞侠哥顿[4]、安德·维京或者其他虚构人物。这是现实，我的现实。我，扎克利·尤利西斯·莱特曼，来自俄勒冈州比弗顿的十八岁青年，地球防卫联盟的新人，在月球背面刚和失散已久的父亲重逢。如今，我们父子就要为了阻止地球毁灭和人类灭绝，参加一场不可能赢的战斗。

如果这一切都是一场梦，我也不想醒来。

但是就算是梦，也很快就要结束了——手腕上的计时器一秒不差地倒数着，精确地显示着梦醒的时刻。

到达出口，父亲直接穿过敞开的气密门，走进了一条月球地表下面的管状通道。如果这儿的布局和《无敌舰队》一样的话，这条通道就会通向邻近的达代罗斯 B 环形山，基地的其他部分就在那里。

我在出口前停下了脚步，转身再次扫视机库中停放着的数千架拦截者。机库的那头是自动化无人机组装车间，里面的纳米机器人正在一刻不停地工作着——如果万斯上将所说的外星舰队到达时间是对的，它们或许永远完不成手中的任务了。我又想起在水晶宫犯下的重大错误，想到那些损失的无人机，我羞愧不已。

---

①科幻电视剧《太空堡垒卡拉狄加》的主角之一。

②小说《安德的游戏》的主人公。

③早期科幻小说中的太空英雄，最早出现在 1928 年的《惊奇故事》杂志上。

④科幻漫画中的人物，最早出现在 1934 年。

但我又想起EDA给我们看的影片中的最后一个镜头,木卫二舰队在它们的冰冻卫星周围排成巨大的圆环,现在,那些致命的武器正朝着地球前进。

父亲见我站在机库犹豫不前,回头问道:"你怎么了,扎克?"

这话问得太傻,我爆发出一阵大笑。

"我怎么了?"我重复道,"哎呀,让我想想……"

"我们要赶紧行动,中尉。"他说,"没多少时间了。"

我依旧纹丝不动,父亲只得在一边等着。

我审视着他的脸,随后问了一个我一直想问的问题:"等全部舰队到达地球,我们的情况到底有多糟?"

"糟得无法想象。"他立即回答道,话语中甚至没有一丝犹豫。他那种漫不经心的语调又一次触怒了我。

"那为什么你还要带我到这里来? 是想在我们惨死之前,来一场父子团圆?"我用大拇指指着航天飞机,"如果我们真的是毫无胜算,那你最好现在就给我说清楚。我宁愿飞回地球和妈妈死在一起。她现在正孤身一人,你明白吗?"

父亲看上去像是被我捅了一刀,我也感到一阵后悔——同时混杂着些许扭曲的满足感。能伤到他的感情,让我感觉不错——他的抉择对我的生活造成了无法挽回的破坏,我要报复。

过了一阵,父亲才回答了我的问题,声音变得冷酷无情。

"我并没有带你到这里来,中尉。你是自愿加入地球防卫联盟的,你不能因为害怕就逃回家。相信我。"

"我并不害怕。"我的谎言一眼就被看穿了。

"如果真不害怕,那你就是个傻蛋。不过我知道,你不可能不害怕的。"他看着我的眼睛说道,"我半辈子都在和他们作战,扎克,可我还是吓坏了。我一直活在等待的恐惧中,现在这一天真的来了。"

"这些话一点儿都没有安慰作用。"我告诉他。

"我知道,中尉。我也知道根据上将的报告和那些影像,我们似乎毫无机会。但请相信我,儿子,对于我们的形势,还有敌人的情况,很多事情你还不知道。"

他转头看向身后,出口的大门上装着一台大型监视摄像头,正在缓慢地前后摆动着。他又回过头来,我第一次在他的眼神里察觉到了一丝骚动。我一直担心自己喜欢乱来的个性是从他那里遗传来的。

"我们不能在这里谈论这件事,"他放低声音说道,"不过事情并不像看上去的那么绝望,扎克,我向你保证。"他给了我一个充满希望的笑容,"你能到这里来,我感到非常欣慰,我需要你的帮助。"

虽然我有些不以为然,可我还是靠近他,问道:"帮什么?"

"帮我拯救世界,儿子。"父亲说道,"你能做到吗?"

我挺了挺身子,这时我才注意到我们俩几乎一样高。

"是的,将军。"我答道,"我肯定能做到。"

父亲的脸上立刻泛起了骄傲的神色。这让我感到兴奋。

"我盼着你这么回答呢。"他拍了拍我的后背,说道,"跟我来。"

他一溜小跑穿过了机库的出口。

我悄悄地又瞄了一眼机库里那些闪闪发光的无人机。接着,转过身追上了父亲的脚步——虽然我不清楚他究竟要带我去哪里。

莱特曼将军领着我穿过月球基地"阿尔法"错综复杂的走

廊。走廊里铺着地毯，灯光暗淡。我不停地咬着嘴唇，一阵阵的疼痛不断证明自己是清醒的，这一切都是真实的。

走过一条迂回的路线，我们来到指挥楼层，我被眼前既熟悉又陌生的环境给惊呆了。这里和《无敌舰队》里的虚拟场景一模一样。

我向父亲提到，基地的某些外部设计看上去像是借鉴了电影《2001：太空漫游》里的克拉维斯基地。他毫不忌讳地承认了这一点。

"这个基地的设计和建造是在极其匆忙的情况下完成的，因此工程师们借鉴了很多既有的设计。"他边走边解释道，"和很多人一样，他们剽窃了赛得·米德①和拉尔夫·莫卡里②的东西，还抄袭了其他设计师的概念。"他笑了笑，"维修楼层的走廊简直就像是从《异形》里搬来的，你看了就知道了。"

听了这些话，我突然发觉基地里到处都有各种科幻作品的痕迹。所有的设计都线条明快而且符合人体工学，还有点儿复古未来主义的味道，不过大多数都是徒有其表的玩意儿。

基地里还到处张贴着老摇滚乐队和老电影的海报，不过我敢肯定这些都是这儿的住客们干的好事——走廊的一面墙上还用涂鸦喷漆写着："这蛋糕是个谎言"。③

一条走廊上挂满了照片，照片上的人有男有女，都穿着EDA的飞行员制服。从他们的发型来看，这些照片的时间跨度至少有四十年。每张照片下面都有一块小小的铭牌，上面写着名字和两个日期，日期旁标注着"地球防卫联盟服役日期"，还写着

①美国著名科幻设计大师、插画艺术家。曾参与过《星际迷航》《银翼杀手》《异形》等许多电影的拍摄。

②美国著名科幻画大师，《星球大战》的概念画师。

③游戏《传送门》中的一句台词，这款游戏于2007年上市。

"为全人类做出了巨大牺牲"。

"这些人都在这里服役过吗?"我问父亲。

他点头,"他们都死在这里了,因公殉职。"

"可他们都是无人机驾驶员,不是吗?"我问道,"那怎么会死呢?"

"他们是在敌人进攻这个基地时牺牲的,"就在我要追问下去时,他说道,"我会在作战会议里详细解释。"

走廊尽头,父亲引着我走进了一部高速电梯。几秒钟后,电梯就把我们带到了月球地下一英里多深的指挥楼层。随后,父亲又带我穿过了几间山洞一样的房间,这些房间都是在月球岩层中凿出来的,里面装着冷核聚变发电机、生命保障系统、3D打印机和一台巨型地心引力发生器。

"不知道这些大家伙是怎么运作的,"我父亲坦白道,"我甚至不知道怎么用它们。不过我也不需要知道,基地里的所有系统都是完全自动化的。所有的维护保养工作也是由机器人来完成的,操作员们在地球上控制着这些机器人。"

走过用玻璃墙围起来的医疗中心,我又见到了同样的情况——里面的工作人员全是机器人。主治医生是一个经过特殊配置的ATHID,它有一双多关节的类人手,可以由地球上外科医生远程遥控。

"几年前,伦敦的一名医生通过机器人切除了我的阑尾。"他说道,"手术过程堪称完美。"

居住区也在这一层,由五十间模块化宿舍组成,每间宿舍可以住两个人。

"目前只有三个房间有人住,所以你们每个人都能单独住一间。"他指着门上标着"A7"的房间说道,"这就是你的房间,门上的生物锁里已经输入了你的信息，你的行李也应该送到了。"

我举起Q通，看了看上面的倒数计时。

"何必还要多此一举给我分配个房间呢？"我问道，"几个小时之后，敌人的先头部队就要到了——我应该没时间打个盹了吧。"

"没时间了，"他笑着说，"不过以后你可能会想有个属于自己的私人空间，在那里可以给你妈打个电话。"

我盯着他的眼睛，问道："你想过要给她打电话吗？"

他摇了摇头，"我觉得那不是个好主意。"他说道，"一旦知道我没有死，还抛弃了你们俩，她不会再想和我说话的。"

"她当然想和你说话！如果她发现你还没死，她会高兴坏了的。"接着我脱口而出，"就和我一样。"

他端详着我的脸，问道："你真是这么想的吗？"

"千真万确，"我一边在心里说服着自己，一边回答道，"她一直就没有从失去你的痛苦中解脱出来。在你之后，她从未爱过任何人。她就是这么对我说的。"

父亲猛地把头别了过去，随后传来了一阵轻微的呜咽——听上去就像受伤的动物被困在陷阱之中发出的呜咽。他一时说不出话来，我只得扯开话题，问道："哪个是你的房间？"

他指了指走廊尽头的第一扇门，门上标着"A1"。

"不过那里并不是本次参观的一部分。"他试图把我带往相反的方向。

"就看一眼，"我坚持着说道，"行吗，长官？"

"那里真没什么好看的。"他拦在我和那扇门之间。

从他的反应来看，那里面一定有很多可看的东西——这更坚定了我要看一眼的决心。我没有后退。对峙了几十秒后，将军终于让步了,按下掌纹开了门。我绕过他挤进房间,他的脸已经因尴尬而涨得通红。

门对面,我和妈妈的照片贴满了一堵墙,其中还有我每本小学年鉴里的大头照。一张妈妈穿着护士制服的照片挂在他的床头,这一定是从医院的网站上弄来的。其他三面墙上都空无一物。

我还想再仔细看看,他一下把我推了出来,随即锁上了门。

"赶快走吧,"他尽力掩饰着狼狈,"时间不多了。"

第十六章

另一部高速电梯把我们带到了地下更深处。嵌在墙上的屏幕显示着基地的三维地图，可以看出，我们已经到了基地的最下层，也就是达代罗斯环形山中蛋形建筑的底部。电梯门打开，面前是一条铺着蓝色地毯的狭窄走廊，走廊的尽头是两扇装甲滑动门，门上整齐地印着"无人机控制中心"。门上方的墙上还用涂鸦喷漆写着几个花体字——"雷电堡"。

大门在我们面前滑开，我跟着父亲走进了一间巨大的圆形房间，水泥穹顶被刷成了亮蓝色，就像是电影特效中用的蓝幕。

"欢迎来到月球基地'阿尔法'无人机控制中心。"父亲张开双臂，说道，"我们把它称作雷电堡。"

"为什么要叫这个名字？"

"因为它的穹顶就像是电影《疯狂的麦克斯勇破雷电堡》里的场景一样。"他向上指着，说道，"再说，'雷电堡'听上去比'无人机控制中心'要酷多了。"

房间中央的升降平台上安装着一张指挥官坐的转椅，椅子的扶手上配备了按照人体工程学设计的曲面触摸屏。平台周围环绕着十个沉入石质地面的椭圆形地坑,每个坑里安放着一台独立的无人机控制舱。和我们在水晶宫里使用过的多用途控制舱不同,这里的控制舱是"拦截者"专用的。每个控制舱都被直接模拟成了 ADI-88"拦截者"的驾驶舱——飞行员座椅、飞行控制杆以及一排排熟悉的控制面板和指示灯。在座椅上坐稳之后,头顶上的驾驶舱盖就变成了包裹式全景显示屏。

父亲摁下了 Q 通上的一个按钮,我们头顶上亮蓝色的穹顶就像一台高清电视那样打开了,月球基地周围三百六十度的景色全部呈现在我们的面前。仿佛我们是站在基地顶端的瞭望平台上,而不是深入月球地下的坚固地堡之中。

父亲带着我穿过控制中心,我看见脚下的四个控制舱里已经有人了。黛比、米洛、火迪和陈江就坐在里面,正在虚拟训练程序中测试新设备。

之前那个日本 EDA 军官正站在指挥控制台旁,身边还有一个我没见过的军官,那是个身材高大、皮肤黝黑的男人。两人的年纪看上去和我父亲差不多,脸上也带着和他一样经过战争洗礼的坚毅神色。他们走过来打招呼的时候,我瞄了一眼领章,发现他们两个都是少校。

"扎克,来见见我的两个老朋友。"父亲说道,"桥本真少校和格拉汉姆·福格少校。"

"莱特曼先生,你好。"[①]桥本少校说道。我向他敬了个礼,他却回了我一个深深的鞠躬。"真高兴终于见到你了。这些年来,你父亲一直在唠叨你的事。"他笑道,"我耳朵都快起茧子了。"

"对不起。"我不知还能说些什么。

桥本盯着我的脸看了一会儿,接着看向我父亲,又再看回

①原文中这句话是日语。

我，好像在比较我们俩的容貌，这让我有点儿毛骨悚然。

"我的上帝啊！"他吹着口哨说道："你简直就是你老爸的翻版。"

他用手肘捅了我一下，坏笑着说道："我深表同情，孩子！"

他被自己的笑话逗得乐不可支，父亲用抱歉的目光看了我一眼——小时候我朋友在我家打破什么东西时，我也是这么看妈妈的。但我还是礼貌地陪着桥本笑了一会儿，随后转过身来和福格少校握手，他大概是月球上最高的人了。

"非常荣幸见到你，莱特曼中尉。"他用浓重的英国口音大声说道，"欢迎来到月球基地'阿尔法'！"

我这才看见他制服上绣着的米字旗，还注意到他的 EDA 标志里的"防卫"这个词的拼法和我们不一样。①

"基地原本只有你们三个人吗？"我问道，"怎么没见其他人？"

"只有我们三个，"桥本回答道，"补给飞船一个月来两次，其他时候就只有我们三个人。当然不能算上那些机器人。"

格拉汉姆点点头，"为了确保所有的设备正常工作，原来有几十个人驻扎在这里。"他说道，"不过，在 Q 通上线之后，几乎所有的工作都可以靠远程遥控来完成了。因此联盟就只留下了我们几个必要的骨干人员。"

"以前还有另外几个飞行员，"父亲补充道，"万斯上将也在这里待过，不过现在只剩我们了。"

"三个火枪手，"格拉汉姆笑着说道，"我们就是那三个幸运的家伙。"

墙边放着一张折叠木桌和三把金属折叠椅。桌子上摆满了

---

①"防卫"这个词的美国拼法是"defense"，而英国拼法是"defence"。

各种《龙与地下城》的规则书、棋盘和几十个多边形的骰子。

"我们每周有四五个晚上都玩《龙与地下城》。"格拉汉姆见到我望向那张桌子,解释道,"打发时间而已。一般都是由桥本做地下城主。我的角色是二十七级的精灵弓箭手。"

"你干吗不把角色卡拿给他看看,格拉汉姆?"桥本说道,"他会大吃一惊的。"

格拉汉姆没理会他,继续热情地笑着,领着我在控制中心里闲逛,就像是一个炫耀自己卧室的孩子。不远处,我看见了一套架子鼓、两把电吉他、三支麦克风以及一堆扩音器。我饶有兴趣地走过去。

"你们还在这里组了个乐队?"我问道。

"是的。"格拉汉姆自豪地说道,"名字叫'战斗主教'。这个名字是——"

"埃米利奥·艾斯特维兹①主演的一部短片?"我接着他的话说了下去,"这部短片收录在恐怖片合集《噩梦》里。"

父亲和他的两个伙伴惊喜地看着我,三人脸上都露出了笑容。

我回以微笑,冲着父亲点了点头,"我是在你的旧录像带里找到这部片子的。它——"

我忽然意识到自己暴露了藏在心底的感情,急忙止住了话头。不过他们三个都没有注意,还在为我知道乐队名字的出处而开心。

"我喜欢这个孩子,泽维尔。"桥本说道。

我父亲点头说道:"我也是。"

"范·海伦乐队②的曲子我们弹得还不错。"格拉汉姆继续说

———
①美国演员、导演、编剧。
②美国著名摇滚乐队,从20世纪70年代活跃至今。

道,"也许以后我们可以为你们表演一段?"

"当然了,"我含糊地说道,"那太好了。"

我偷眼朝父亲望去,他正低头看着地面,难堪地摇着头。"我告诉你,格拉汉姆,我们不会为他们演奏的。"他喃喃说道,"外星人还有几个小时就要来了,还记得吗?"

"那更要最后嗨一曲了。"格拉汉姆两只手都做出了摇滚的手势。

我走近离我最近的无人机控制舱,朝里面窥探。舱里的显示屏上贴着一张"故障中"的条子。

"这个控制舱怎么了?"我问道。

"格拉汉姆把无糖可乐洒在里面了,"桥本说道,"这让我们损失了几百万。"

"别想把那个屎盆子扣在我头上,"格拉汉姆抱怨道,"是你把拖鞋到处乱踢,我才会滑倒的。那几百万得你赔,桥本。"

格拉汉姆笑了起来。但当我也跟着他笑了起来的时候,他却怒气冲冲地瞪着我。

"这他妈有什么可笑的,小子?"他说,"我只不过烧坏了一个控制舱——这跟你捅的娄子可没法比! 那对我们造成的损失简直无法用数字来衡量!"

桥本也点了点头,他们俩对我怒视了几秒钟之后,终于忍不住笑了出来。

"我是开玩笑的,伙计。"格拉汉姆继续笑个不停,"你追着天刃战机进入机库的视频,我今天已经看了不下五十遍了。真是太有趣了!"

桥本摇着头说道:"'蝰蛇'怎么会放过你的?"

"或许他知道我们都快死了,惩罚我也没用了?"

父亲朝我皱了皱眉，看上去想要张嘴说些什么，不过桥本马上就扯开了话题。

"要吃点儿什么吗，中尉？"他问道，"你喜欢吃的零食都列在EDA档案里，所以我们每种都备了一些。你喜欢吃'幸运符'牌麦圈，对吗？干吃，不放牛奶？我们为你准备了几盒，看见了吗？"

他指着对面的一个控制舱，舱门旁的柜子像弹药箱一样，堆着五六盒我最喜欢的早餐麦圈。其他新兵的控制舱周围也堆放着许多零食和饮料。米洛的身旁放着玉米片、牛肉干和一大堆无糖激浪汽水。火迪的是奇多芝士条和一排两升瓶装的夏威夷果汁，黛比的是一堆彩虹糖，而陈江的则是银色罐子装着的奇力能量饮料。

"为什么我们喜欢的零食也会写在EDA档案里？"我问桥本。

格拉汉姆接过话："EDA了解所有人的所有情况，孩子。"他说道，"相信我，你在玩《无敌舰队》和《大地》的时候，游戏记录下的可不仅是你对食物和饮料的偏爱，还有你的脉搏、血压、汗液的成分——和EDA比起来，CIA[①]和NSA[②]都是小儿科。"

"这可好，"我说道，"政府监视着所有人的日常生活，不过至少还能吃到最喜欢的零食，也算是不幸中的万幸吧。"

没有想到，父亲居然对我说的话报以微笑。这时，其他几个新兵从控制舱里爬了出来，父亲就走上前去向他们一一问好。看着父亲走近，陈江立刻就来了个立正，其他人也慌张地学着他的样子。

"稍息，新兵们。"父亲边走边说，"欢迎来到月球基地'阿尔

①"美国中央情报局"的缩写。
②"美国国家安全局"的缩写。

219

法'。我是泽维尔·莱特曼将军,你们的指挥官。很抱歉让你们久等了。"

他扫视着每一张面孔,等待回应,但我的那几个新朋友都张口结舌。父亲走到米洛面前,米洛笑得就像见到了自己崇拜已久的电影明星,先前对他的鄙视全都不见了。

"你是米洛·多布森,对吗?呼号'库什大师5000'?"

米洛微微点了点头,全身僵硬,像一个得了动脉瘤的病人。

"见到你很荣幸,多布森中尉。"父亲转向其他人,"见到你们很荣幸,火迪、'疯鸡'、'原子妈妈'。"父亲逐个与他们握了手,然后冲我点了点头,"当然了,还有'钢铁猎犬'。你们五个是我见到过的最有天赋的飞行员。能得到你们的协助,我们感到很幸运。"

他们四个都笑了起来,脸上洋溢着自豪的神情——我的脸上应该也有一点儿。

"谢谢你,长官!"陈江小心翼翼地看完Q通上的翻译之后说道。

"谢谢你,将军!"米洛终于从麻痹中恢复了过来,"我的天啊!'红牛仔'居然亲口夸奖了我!你才是首屈一指的,长官!这些年来,我一直在学习你的飞行技术——我们都是。"

我父亲似乎被夸得有些尴尬。

"你们过奖了。"他指着自己的两个同伴说道,"桥本和格拉汉姆也经常参加你们模拟训练。我相信你们一定知道他们的呼号,桥本是'大天才',格拉汉姆是——"

"我的呼号是'长指甲',"格拉汉姆急忙接了下去,"这两个呼号我们并不常用。"

"我们喜欢叫他'莱姆',"桥本说道,"那是'英国佬'的简称。①他讨厌我们这么叫他。"

格拉汉姆点头说道："我确实不喜欢。"

听到他们的呼号，我们都笑了。"大天才"和"长指甲"是排行榜前五位里的中流砥柱。自从游戏发布，他们俩就一直处在第二和第三位，仅次于"红牛仔"。

"冒昧地问一句，莱特曼将军，你们打算什么时候告诉我们EDA派我们来的真正原因？"黛比用眼角的余光扫视着桥本和格拉汉姆，"为什么我们不在地球上和其他新兵待在一起？"

我父亲和他的两个伙伴交换了一个古怪的笑容，随后对黛比说道："我正准备说这个。"

格拉汉姆笑着指了指我们身后的一排皮质座椅，"你们最好坐下来听。"说着，他带头坐了下来。米洛和黛比也跟着坐下了，而陈江、火迪和我没有动。

父亲朝着穹顶上的屏幕摆了摆手，影像立即变了。原本的月球表面的实时录像变成了电脑绘制的三维太阳系，前景是自转的地球和围绕地球缓慢旋转着的月球，远处的同心圆是其他行星的运行轨道。他又做了一个手势，行星的运行速度加快了，成了围着太阳转的几辆赛车，在不同的赛道上飞驰。

"上次会议有一件事情没有告诉你们——这并不是木卫二人第一次攻击地球。"将军说道，"准确地说，在过去的四十年中，它们已经发起了三十七次进攻。"

在穹顶屏幕上，太阳系如同钟表般转动着，木星和地球来到了一年中最接近的位置。随后，木卫二也公转到了最靠近地球的地方，画面停止了。

"每过398.9天，就会发生被称为'木星冲日'的天文现象。"

① 桥本把"英国佬"(limey)简称为"莱姆"(limes)。

将军解释道，"这时，木星、地球和太阳会排成一条直线，而木星和太阳位于这条线的两头，这就是木卫二最接近我们的时候。自从第一次和他们接触之后，木卫二就趁这个时候派遣一小队飞船，到地球上监视我们，探测我们的防御系统，掠夺研究样本。"

他点击了一下自己的Q通显示屏，穹顶上出现了一幅月球基地"阿尔法"的图像，这是一张俯视图，能清楚地看到整个基地嵌在达代罗斯环形山中。

"自从木卫二人在地球开展侦察任务，EDA就决定要在月球背面建立一个秘密防御基地。"将军说道，"这个基地原本打算用作远距离监视和通信的前哨站。但在1988年基地建成之后，由于月球上出现了这个永久性的人类居住点，敌人的战略也随之改变了。之后的一个木星冲日，木卫二人没有直接派侦察飞船去地球，而是来到了这里，并对月球基地'阿尔法'发动了攻击。"

穹顶屏幕上开始播放一段视频，月球外群星闪烁的夜空中，一大群排列整齐的天刃战机向着嵌在环形山中的月球基地飞来。"拦截者"无人机从基地机库起飞迎击，一场大规模空战开始了。

"我们竭尽全力击退他们，最后只能算是勉强成功。"他说道，"我们花了整整一年时间才完全修复了他们所造成的破坏。接下来的那次木星冲日，木卫二人又对我们发动了进攻，为了对付有所增强的防御力量，进攻舰队也变得更加庞大。我们又一次惨胜。"

"之后的每一年，同样的战斗不断地重复着。"格拉汉姆说道。

"他们每年都派出更多的无人机来袭击我们的基地。"桥本说，"我们也不断加强着基地的防卫力量，以应对他们的下一次进攻。"

父亲点头说道："军事竞赛持续了几十年，直到去年木卫二人改变了游戏规则。他们推出了一种全新的武器——你们已经在《无敌舰队》的任务中遇到过了。'毁灭者'。"

几个新兵同时发出了一声呻吟。大屏幕上，一群敌机排着完美的队形，向月球基地"阿尔法"冲来，这个画面立刻让我想起了游戏《太空侵略者》。

一个旋转的十二面体线框图出现在屏幕一侧，我立即感到脖子后面的汗毛立了起来。

"'毁灭者'似乎要依附在其他大型天体上才能发挥其功能，比如一颗行星或是一颗卫星。"一段动画展示了一个旋转的金属十二面体降落在地球上，随后把红色的能量束射入地核。"这种武器能利用行星的磁场来产生一个球状能量场，从而破坏行星上所有的量子通信。"

"所有的EDA无人兵器都安装有备用的无线电遥控设备。"桥本补充道，"但不幸的是，'毁灭者'也能干扰无线电传输，所以这些设备也瘫痪了。"

大屏幕上，绿色线框的"毁灭者"发出了一个由红色能量束组成的透明球体，这个球体越过大气层，包住了整个地球——EDA的无人机不断从天空坠向地面。然而，月球背面的EDA秘密基地还在"毁灭者"的影响范围之外。

"只有发射端和接收端都在'毁灭者'产生的球状能量场之内，量子通信才会遭到破坏。"将军说道，"无人兵器或操作员，只要有一个在'毁灭者'的能量场之外，它们之间的量子连接就不会受到干扰。如果敌人成功地用毁灭者链接了地球磁场，EDA

驻扎在月球上的人员——也就是我们——还是能继续控制地球上的无人兵器进行战斗,反之亦然。"

父亲挥了挥手,大屏幕上的线框图消失了,变成了先前的视频。敌机簇拥着一个巨大的玛瑙色十二面体,就像天空中的一颗旋转着的深色多面体宝石。十二面体的棱角处不停地变换颜色,从深黑到鲜艳的红色。

"上次木星冲日的时候,木卫二人在进攻之前启动了'毁灭者'。它连上了月球的磁场,这个磁场相对地球来说要弱许多。"

他的话音刚落,屏幕上的十二面体就向月球核心发射出了红色的能量束。随后在它周围出现了一个球状能量场,直径迅速扩大。在很短的时间里就覆盖了大部分的月球表面,包括月球基地"阿尔法"。从之前会议的简介来看,它所覆盖的月球表面和月球内在磁场的分布正好吻合。

"'毁灭者'一启动,整个基地的无人机控制舱就全部失效了。"我父亲解释道,"不过,由于地球处于能量场之外,从地球上远程遥控的无人机反而没有受影响。"

桥本把另一张图像放到了大屏幕上,画面中月球的背面被"毁灭者"的能量场完全覆盖了。不过能量场虽大,但还不足以同时包裹地球和月球。

"敌人的无人机没有受到能量场影响也是这个道理。"父亲继续说道,"它们的操作员都在木卫二上,与能量场天各一方。"

桥本接着说道:"基地里有些备用的有线内网,因此我们还能用月球表面的地对空炮来抵挡一阵。还有一些备用的无人兵器也是有线遥控的,不会受到'毁灭者'的影响。"

在视频中,敌人的天刃和飞龙战机发射出雨点般密集的激光和离子束,基地表面的防空炮则在不断还击。地面上,几十台有线控制的机器人步兵和机甲也在努力保卫着基地,每台后面都拖着一条光缆,这大大地限制了它们的灵活度、作战效率和作战半径。

"EDA从地球上派来了几队援兵,"他解释道,"在他们的帮助之下,我们最终摧毁了那艘'毁灭者'。但是,基地遭到的破坏也很严重,我们差点儿就全军覆没。"

"现实中的'毁灭者'和游戏中的一样难摧毁吗?"陈江通过Q通问道。

桥本、格拉汉姆和我父亲一起点了点头。

"那你们是怎么把它干掉的?"我问。

桥本和格拉汉姆都笑了起来,似乎正在等着这个问题。

"'团结才能把事情干好。'"桥本神秘地笑道。

格拉汉姆接着说道:"'团结才能把它干掉。'"

他们看上去还想再背几句歌词,我父亲微微摇了摇头,他们俩立刻闭上了嘴。

"有些人认为我们不过是运气好。"父亲看着桥本说道,"就我个人而言,我觉得是木卫二人让我们摧毁了'毁灭者'。"

"为什么他们要这么做?"黛比问道。

"问得好,"父亲说道,"看了这段视频后,你们自己再作判断吧。"

他再一次点击Q通,大屏幕上开始播放另一段粗糙的影像。

"这段视频是由月球基地'阿尔法'表面的一台监控摄像头所拍摄的。"桥本说道,"时间是在进攻开始之后二十三分钟左右,'毁灭者'依然干扰着所有的量子和无线电通信。到了这个时候,基地表面的防御已经所剩无几了。"

大屏幕上,背景中的月球基地冒着滚滚浓烟,上面爬满了蜘蛛般的外星机器人,正试图用激光割开基地表面的装甲防护层。前景是巨大的十二面体"毁灭者",在月球上空高速旋转着,红色的能量束连接着月球的磁场。在天鹅绒般深紫色的天空中,数百架"拦截者"无人机正在从不同角度向它攻击。

"你们应该还记得,在游戏中,'毁灭者'只有一个弱点。"桥本说道,"大量的激光和离子束会使它的护盾失效,但'毁灭者'的能量核心是如此巨大,所以它的护盾恢复速度比其他无人兵器都要快得多。在护盾完全恢复之前,我们只有三秒钟的时间。"

"三秒钟之内是无法摧毁它的,"米洛说道,"至少在游戏中是这样。所以从未有人击落过'毁灭者'。就算是排名前五的'飞行马戏团'也不行。"

"快看!"桥本指着屏幕叫道,"拯救我们的英雄来了。"

一台孤零零的机甲出现在屏幕上,在月球表面大踏步前进,毫无畏惧地冲向"毁灭者"下面那条炫目的红色能量束。

"那是老'蝰蛇'万斯!"格拉汉姆满怀敬佩地说道,"好好看着!"

"万斯上将操纵着那台机甲?"火迪问道。

"是的,"父亲回答道,"不过那时候,他还只是个普通的将军。他曾经是月球基地'阿尔法'的指挥官。他被提升为上将之后,我接替了他的位置。这次晋升多少是由于他的英勇行为。"

"'蝰蛇'以前总是那么疯狂,"桥本补充道,"那家伙无所畏惧。"

"我相信他现在还是那样。"父亲平静地说道,眼睛依旧盯着大屏幕。

大家专注地看着这段无声的视频,看着万斯将军朝着"毁灭者"冲过去。我们都想知道接下来的情况。

"他是怎么操纵那台机甲的,'毁灭者'不是还在工作吗?"我一边认真看着视频,一边问道,"有线机甲不可能移动得那么快,不是吗?"

"你说得没错。对于万斯那样的人来说,有线机甲实在是太慢了,太容易被攻击。"父亲冲着屏幕点了点头,"他就在机甲里面。机甲的躯干里有一个驾驶舱,就在能量核心的上方——万斯正准备把它过载引爆,你看。"

万斯的机甲已经到了离能量束一臂之遥的地方,忽然之间,机甲猛地倒在地上,就像一个巨型布娃娃,激起了一片尘土。

"他在机甲里面就启动了自爆程序?"米洛难以置信地问道,"这老头难道想找死?"

桥本和格拉汉姆点了点头,随后桥本指着我父亲说道:"我以前一直觉得万斯和莱特曼将军都想找死。"

我向上指着屏幕说:"他没时间弹射了。"

父亲点点头,说道:"万斯的逃生弹射系统已经在冲锋时撞坏了。他被困在那个定时炸弹里面了。"

自爆程序还有七秒钟,我在心中倒数着。然而刚数到五,画面下方就出现了另外两台机甲。它们冒着枪林弹雨,飞快地朝着万斯的方向跑去。接着,万斯的通信器里传来一首熟悉的经典摇滚歌曲——我曾在父亲的《游戏奇兵》里听过——拉姆杰姆乐队的《黑贝蒂》。

"'黑贝蒂'如今已经成了'毁灭者'的外号了。"桥本对着屏幕上的十二面体说道。

我继续盯着屏幕。两台泰坦机甲以一种奇怪的同步动作跳跃着冲向倒地不起的万斯,就像两个表演花样游泳的运动员。

它们总能巧妙地躲开敌人的炮火，以完美的"之"字形路线向前推进，在四处飞溅的石块和尘土之间穿行。

桥本暂停了影像，"你的父亲同时操纵着这两台机甲。他自己在左边的那台里，通过一根钛加固光缆遥控右边那台。"

"桥本知道我在哪台机甲里。"父亲紧盯着屏幕说，"十分钟前，是他帮我把两台机甲连在一起的。"

桥本按下播放键，我的目光又回到了屏幕上。父亲控制的两台机甲一面前进，一面玩命地向"毁灭者"的护盾发射离子炮和激光炮，它们从"毁灭者"的下面冲了过去，来到万斯身边。

父亲乘坐的那台机甲把关着万斯的逃生舱扯了出来，像拿橄榄球一样夹在自己的手臂下面。

接着，父亲炸断了连接着两台机甲的加固光缆，又把万斯倒在地上的机甲像推铅球一样投向了护盾中的"毁灭者"。

同时，他迅速操纵机甲朝着反方向来了个飞跃，把万斯的逃生舱用力扔了出去。片刻之后，他自己的逃生舱也弹了出来。两个逃生舱都飞到了画面之外，万斯的机甲终于完成了七秒倒数，剧烈地爆炸了。两秒之后，父亲的另一台机甲也跟着引爆——真是一套完美的组合拳。这几乎是一个不可能完成的任务，就像篮球比赛中穿越全场的三分绝杀。

然而，"毁灭者"的粉碎不只是靠这套组合拳。两台机甲相继爆炸之前，"毁灭者"的护盾突然失效了，这个十二面体的巨型能量核心需要三秒钟时间重启护盾。就在这金子般的三秒钟，两台机甲一个接一个地被引爆了。

第一次爆炸的冲击波被"毁灭者"那钻石般坚硬的身体给吸收了，巨大的热量使十二面体的表面变成了岩浆般的橘红色。第二次爆炸才彻底破坏了"毁灭者"被削弱的装甲，炸毁了整个十二面体。

格拉汉姆和桥本开始鼓起掌来。我有种感觉,他们一定经常观看这段视频,而且每次看完之后都会鼓掌。火迪、米洛、黛比和陈江也跟着拍起了手,但我依旧紧盯着大屏幕。

"我们还能再看一遍吗?"我问道,"这次用慢动作看?"

桥本点了点头,又把视频放了一遍。然后在大家的要求下,他又重放了几遍。每看一遍,这段视频都变得更加激动人心,也更令人不安。父亲确实完成了这个成功概率几乎为零的壮举。只要"毁灭者"的护盾早半秒或晚半秒失效,他的行动就会失败。从视频的计时里可以看出,护盾失效的时间比平时多了那么零点几秒——就是这零点几秒成就了我父亲所创造的奇迹。

"这次他们派来了几艘'毁灭者'?"米洛有点胆怯地问道,"你刚才的讲话里没有提到这一点。"

"三艘,"父亲答道,"每一波攻击都有一艘。"

"三艘!"米洛重复道,"我们不可能连着摧毁三艘'毁灭者'——更不用说是在枪林弹雨中了。"

父亲点着头说道:"是的,不得不说这次我们取胜的概率极小。不过我们还有一张王牌没用——'破冰者'。"

"不是说'破冰者'任务已经失败了吗?"黛比说道,"它在融穿苏布鲁凯星冰层之前就被摧毁了——我是说木卫二。"

"那天晚上,你们护航的那艘'破冰者'确实是被摧毁了。"父亲说道,"不过我们还有一个应急计划。EDA希望能在木卫二舰队出发之前破坏它们的指挥中心,不过我们知道这么做的成功率极低。因此我们建造了第二艘'破冰者',它被隐藏在木星轨道上一个被挖空的小行星里,以便躲开木卫二人的侦察。等他们的舰队出发,木卫二就成了不设防的星球,我们就启动了第二艘'破冰者'。它已经在驶向木卫二的路上了。"

"'破冰者'什么时候能开到?"

"差不多在敌人第二波攻击到达地球的时候。"

"要是我们撑不过第一波攻击呢?"黛比问道。

"那有没有'破冰者'就无所谓了。"桥本回答道,"所以我们必须要顶住!那样我们也许就能一劳永逸地终止这场战争。"

我在等着格拉汉姆和父亲说些附和的话,但他们俩都一言不发。

"有谁饿了吗?"父亲举起Q通说道,"我刚接到通知,餐厅机器人已经准备好晚饭了。"

"感谢上帝!"米洛已经朝着门口走去,"我刚才还担心我最后的晚餐只有芝士条和沙士汽水呢。我们快去吧!"

火迪和黛比点头同意,而陈江还在听着Q通里的翻译。

"我没什么胃口。"我说道。如果我要死了,我想把妈妈做的早饭当成最后一餐——而不是月球基地用微波炉做出来的索尔斯伯利牛肉饼。

父亲点了点头,和桥本领着其他人走向控制室的出口。格拉汉姆看见我落在后面,走过来用一条胳膊搂住了我的脖子。

"相信我,看见那些食物你就会改变主意的。"他说,"他们用你们乘坐的航天飞机给我们送来了五道菜的大餐。"

"为什么?"黛比问道,"因为这也许是我们的最后一餐吗?"

"可能吧,"格拉汉姆一面冲我坏笑,一面加快脚步朝出口走去,"我也想做个饱死鬼。"

第十七章

　　基地的餐厅是一个长方形房间,里面有四张拉丝不锈钢的圆桌,桌子四周是固定在地板上的配套长凳。餐厅的一面墙上嵌着几台模块化食物饮料分配机,还有几台微波炉——但据我判断,没有科幻小说中的那些食品复制机。对面墙上则是一扇巨大的弧形玻璃窗,透过它可以看到达代罗斯环形山下叹为观止的美景,就像另一种色调的大峡谷。

　　正如格拉汉姆所说,桌子上已经摆满了精美的菜肴等着我们享用——这些食物简直可以办几次感恩节晚宴了。一张钢制桌子上铺着丝绸桌布,摆着八套餐具——银质刀叉和上好的骨瓷餐具。桌旁恭敬地站着四个机器人服务生。每人的胸前还贴着一套纸质的晚礼服。

　　我在父亲和米洛中间的最后一个空位上坐了下来。格拉汉姆坐在黛比身边,从他们的肢体语言中,我发现他们俩被对方深深迷住了。米洛也注意到了这点,他翻着白眼用手肘轻轻地推了我一下,又冲着那两个人努了努嘴。接着,陈江和火迪也发现了,两人交换了一个鬼鬼祟祟的眼神。

"真是太好了，"米洛嘟囔道，"我一直以为到这里是来参加伟大的太空冒险，没想到却客串了一把《星际爱航：下一代》①。"

"调整航向……向着爱情前进！"桥本说道，他把帕特里克·斯图尔特②的腔调学得惟妙惟肖，米洛和我实在忍不住，大声笑了出来。

大家传递着桌子上的食物——除了黛比，她低头做起了祷告，没有立刻开动。我们尴尬地愣了一会儿，随后一起低着头等她。

尽管面前全是诱人的菜肴，我还是提不起胃口。但这奇异的一天似乎让其他人都饥肠辘辘，迫不及待地狼吞虎咽起来。我用眼睛的余光瞄着父亲，他正机械地往嘴里塞着食物，低头躲避着我的目光。

最后是陈江打破了沉默。

"我的手机还是不能用。"他通过 Q 通里的翻译软件说道，"到底要什么时候才能和我的家人通话呢？"

父亲看了看 Q 通上的时间。

"敌人的先头部队到达前一个小时，"他说，"世界各国的领袖将对人民公布这个消息。之后你们就可以打电话回家了。不过恐怕说不了多长时间。"

"为什么 EDA 要等到最后一刻才把外星侵略的事情告诉大家呢？"火迪问道，"那样的话，全世界对敌人的进攻完全没有准备时间啊。"

"全世界早就开始准备了。"父亲回答道。

桥本也点了点头，"今天全球各大新闻已经报道了出现在世

---

①这个名字是用科幻电视剧《星际迷航：下一代》改的。
②美国演员，在《星际迷航：下一代》中扮演皮卡德舰长。

界各地的EDA航天飞机,大众已经开始恐慌了。媒体整天都在分析这些视频,他们已经联想到了'混乱地带'的游戏。全世界都想知道这到底是怎么一回事。"

父亲摇了摇头,"不能过早地告诉他们,"他说,"一旦人们全部知道了外星侵略的真相,世界就会陷入混乱,人类文明将不攻自破。"

格拉汉姆用一种嘲弄的口吻说道:"EDA知道,只有当人们来不及逃跑的时候,才会挺身而出保卫自己的家园。"

我看着父亲,他飞快地瞄了我一眼,随即转向黛比——她正低着头,注视着Q通上的倒数时钟。时钟下面是她用作背景的一张照片,照片上阳光明媚,三个黑发男孩把下巴撑在游泳池的边沿上,对着镜头笑着。

"好漂亮的男孩。"格拉汉姆说道。

"谢谢你,我很担心他们。"黛比用手指遮住了显示屏上的倒数时钟,仍旧盯着照片上的孩子。

"你们两个怎么样?"她问桥本和格拉汉姆,"EDA允许你们联系自己的家人吗?"

"实际上,这件事让我有点儿紧张。"格拉汉姆答道,"我妈妈还活着,不过她以为我20世纪90年代就死了。我父亲是在我加入EDA前去世的,家里只有她一个人——我离开以后,她一直孤单一人。EDA会在经济上资助她,但是情感上怎么办?"

格拉汉姆用力眨了几下眼睛,声音有点儿哽咽。

"我希望她还认识我,但愿她见到我的时候不会突发心脏病——还有就是,希望我的地址不要吓到她。"他摇着头继续说道,"她如今已经是六十多岁的老太太了。"

我倒是不太担心我妈会有什么过激反应。面对危机,她一向都沉着冷静。她处理危机的能力很强。不过，如果她得知爸爸还活着——那可能就完全是另外一回事了。

"桥本，你呢?"黛比轻声问道，"你还有什么家人吗?"

桥本的笑容黯了下来，"很不幸，我的父母在几年前就去世了，就在我的服役期刚到一半的时候。我都没机会和他们说再见，那段时间我十分抑郁。"接着他又变得高兴起来，伸出胳膊搂了一下我父亲，又在他背上拍了几下，"不过那个时候，我的好朋友泽维尔已经经历过同样的事了，是他帮助我挺了过来。他也曾痛失双亲——"

桥本突然停了下来，紧张地瞄了一眼我和父亲，而父亲却依旧目不转睛地盯着桌布。

"不管怎样，"桥本继续说了下去，"现在我的心中只感到欣慰，他们能在平静中度过一生，不用为了即将发生的灾难而担惊受怕了。"

除了我父亲，其他人都对桥本的话点了点头。父亲仍旧呆若木鸡地坐着。桥本也注意到了这点，转过头来对我说道:"你怎么样，扎克? 没问题吧?"

我点点头，随即又摇了摇头，然后又摇着头耸了耸肩。

"别太担心了，"桥本阴险地朝我笑了笑，"将军的讲话里还忘了提起一件事。我们还有一件秘密武器——史上最厉害的无人机飞行员。"他用大拇指指着我父亲，"你知道你老爸曾经击落过三百多架敌机吗? 他一直保持着 EDA 的记录。"

"你父亲还被三位不同的总统授予过荣誉勋章。"桥本说，"这你一定不知道吧? 他实在是太谦虚了，连自己的儿子都不告诉。"

"真的吗?"我问他，"三枚荣誉勋章?"

我父亲点了点头,忸怩地闭上了眼睛——我受到赞扬的时候也会这么做。

"那些都是秘密颁发的。"父亲说道,"没人知道它们的存在。"

"我知道了,"我说,"以后妈妈也会知道的,只要我还有机会告诉她。"

他对我露出一丝微笑,随即又垂下了眼帘。

妈妈会为他感到骄傲的,不过那还不够,爸爸应该清楚这一点。每当我提到妈妈的时候,他的脸上都会浮现出沮丧。父亲和我都明白,因为他抛弃了我们,所有的崇高动机和英勇献身大概都不足以换来妈妈的原谅——更不用说她的理解了。至少在如此有限的时间里很难做到。就连我都还不确定自己是否已经原谅了父亲。

我瞥了他一眼。我知道他不会给妈妈打电话的,如果有必要的话,我会帮他打个电话给妈妈。不知道在消失了十七年之后,他该对妈妈说些什么——前提是她愿意听。我也不知道自己该对妈妈说些什么,即使今天一早我还见过她。不过我必须试一试。

火迪已经吃饱喝足了,她站起来走到玻璃窗边,盯着远处巨大的碟形天线看了一会儿。"那个东西叫什么来着?"火迪问道。

"那是达代罗斯观测台,"桥本略带自豪地说道,"它是人类建造的最大的射电望远镜。"

"我们用它来和外星人对话?"火迪问。

"这个环形山靠近月球背面的中心,可以完全屏蔽来自地球的各种电波干扰。所以这个地方就成了接收和发送无线电信号的最佳地点,这里发出的信号不会像地球发出的那样,总是受到各方面的监听。"桥本叹了一口气，"遗憾的是，木卫二根本就不想和我们对话。"

"EDA计划的第一步，"格拉汉姆说道，"就是在美国国内组建了一个名为'停战委员会'的特别工作组，由一群顶尖科学家组成，其中就有卡尔·萨根——"

"我也曾想过这件事，"我打断了他，"他们是怎么说服卡尔·萨根保守木卫二人的秘密的？"

"卡尔清楚，这样的消息会造成全球性恐慌，进而瓦解整个文明。"我父亲说道，"EDA以给他拨款为条件，换取他保守这个秘密。他用EDA的资金来对全世界进行科普教育，让所有人做好迎接地外文明的准备。他的系列电视纪录片《宇宙》就是用这笔资金拍摄的。"

"可惜的是，萨根博士在木卫二事件升级之前就去世了。"桥本说道。

"在他去世之后，'停战委员会'一直致力于和平谈判。"格拉汉姆补充道，"但是那些'乌贼'从未给过我们任何答复。"

"'乌贼'？"我问道，"我以为我们对木卫二人的生物特征一无所知呢。"

"那只不过是官方的说辞。"格拉汉姆神秘地说道，"请相信我，伙计。他们就是乌贼。上头知道许多敌人的情况，比他们告诉我们的要多得多——他们一向如此。"他的目光转向桥本和父亲，接着又回到我身上。

"你在说什么呢？"米洛问道，"是木二人毫无理由地向我们宣战！"

米洛每次都把"木卫二人"说成"木二人"，大家已经懒得再纠正他了。

"那也是官方说辞。"格拉汉姆说道,"但这说得通吗? 想想吧,假如木卫二人在十年、二十年甚至三十年前向我们发起进攻,我们用什么来抵挡?"

我瞬间坐直了身体,向父亲看去。他一直紧盯着格拉汉姆。

"几十年以前,我们甚至还无法抵御一颗小行星或是一场流星雨,更别说是拥有超先进武器和科技的外星种族了。"格拉汉姆继续说道,"他们从一开始就占据了上风,为什么那个时候不进攻呢? 相反,他们几乎是把技术拱手相让,还给了我们足够的时间进行逆向研究。随后又给了我们更多的时间来建造成堆的无人兵器,让我们有能力与他们对抗。"

我曾经在EDA会议上提出过同样的疑问,现在从格拉汉姆的嘴里说出来显得更加让人忧心忡忡。

"他们所有的飞船和无人兵器都是在木卫二的轨道上建造的,就在伽利略①的眼皮底下! 他们不可能不知道我们在监视。他们想让我们看到那一切! 就像是他们一年到头都在为我们循环播放一部名为《外星制造原理》②的纪录片。"

格拉汉姆注意到桥本用食指在太阳穴旁做着发疯的手势,接着又向他竖起了中指。

"木卫二人主动向我们宣战,但却有意放慢节奏,没有一股脑儿地把我们赶尽杀绝。这是为什么呢? 为什么年复一年地只派几艘侦察飞船来研究我们、分解我们的牲畜、攻击我们月球上的秘密基地?"他小声地说道,"对月球基地的进攻都是小打小闹。在每年一度的木星冲日,他们从未真正想要摧毁整个基地,

---

①这里指的是伽利略发明的望远镜。
②《外星制造原理》是探索频道的王牌纪录片,专门介绍各种产品的生产过程。

也没打算杀死我们所有人。好像是在证明他们能够毁灭整个基地，却又不那么做。这又是为什么呢？"

桥本打断了格拉汉姆的长篇大论，"你就这样让他在新兵面前胡言乱语吗？"他问我父亲，"我们马上就要应对攻击了，这会打击他们的士气的！"

我们几个新兵似乎已经被格拉汉姆弄得心神不宁了，但我的不安还有另一层原因。虽然他的每句话都和我的怀疑不谋而合，我却并不想听这些。桥本说得对：在生死攸关的战斗前几个小时，为了一些空泛而无法解答的问题而惶恐是毫无意义的——甚至是有害的。

"你没法儿不那么想，伙计！"格拉汉姆反驳道，"我有几个可靠的消息来源，20世纪80年代后期，有一艘外星侦察飞船坠落在佛罗里达，不过那不是一架无人机。他们在里面找到了两个死去的木卫二飞行员，尸体就在一个透明的加压驾驶舱中。据说他们还被冷冻在赖特-帕特森空军基地地下五英里的地堡中。"

"他只是在重复一些已经过时的传闻。"桥本说道，"都是一些在联盟里流传已久的小道消息。这些消息没有任何确凿的证据！"

"你知道这些不只是传闻，桥本！"格拉汉姆说道，"'混乱地带'公司为什么要把游戏中的苏布鲁凯人设计成水生生物？因为他们知道木卫二人的样子，老兄！"他转过头来对着我和其他新兵说道："苏布鲁凯人的首领就是依照木卫二人的样貌做的，只是画得更吓人一些罢了。"

"他们成功了，"黛比说道，"每当我忘了跳过片头，不小心看到苏布鲁凯首领的样子，我晚上就会做噩梦。"

"我再说一次,格拉汉姆就是在放屁。"桥本对我们说道,"我们完全不清楚木卫二是头足类动物还是其他什么东西。那只不过是基于他们的栖息地所做的猜测。实际上,我们甚至不知道他们是不是碳基生命,又是不是木卫二上的原生生物。"他笑着对黛比说道,"别担心,苏布鲁凯首领是虚构的。他是'混乱地带'的创作,反派需要有一张可憎的面孔让大家有兴趣奋起反抗,就像是'无情的明①''达斯·维德''佐德将军②',还有——"

"我明白了,"黛比摇着头说道,"在某种情况下,不知道他们长什么样才是更可怕的。"

火迪和米洛都点了点头。我再一次望向父亲,没想到他正看着我的脸,仿佛想看出我对这些话的反应。

"你相信这些传闻吗,将军?"黛比问我父亲。他犹豫了片刻,看了格拉汉姆一眼,"我不是格拉汉姆那样的阴谋论者,也不同意桥本那么直接的否定。"他瞄了我一眼,"我们几个——包括万斯上将——都曾经争论过这个问题。对于这点少得可怜的信息,我们的看法完全不同。"他微微笑了笑,"我想这就是人类的本性吧。"

"你并没有回答我的问题,将军。"火迪指出,"你到底怎么想?"

"说吧,将军。"桥本有点儿挖苦地说,"为什么不老实说出来呢?把你的'理论'告诉你儿子吧。在敌人进攻开始之前,你的话一定会让大家士气高涨的!"

桥本说完,重重地把银质餐具放回盘子,起身走出了餐厅。我父亲一直盯着他的背影。

---

①《飞侠哥顿》中的反派。

②《超人》中的反派。

格拉汉姆耸了耸肩,继续津津有味地吃东西。"关于这个话题,我们三个人已经争论好几年了。"他说道,"看来,我们的分歧今天要到头了。"

"桥本只是压力太大了。"父亲说道,"大家的压力都很大。"

"他的话是什么意思?"我问道,"你的理论是什么?"

父亲长长地叹了一口气,大家都紧紧地盯着他——包括格拉汉姆。

"几乎所有的 EDA 指挥官都同意格拉汉姆的看法。木卫二人在过去四十二年里的行为和战术使我们产生了很多疑问——至少从人类的角度来看是这样的。"父亲说,"对他们行为的理解我们每个人都不一样。大多数高层——例如万斯上将——自从木卫二人向我们发动进攻,就不再费心与他们沟通了。"

"就是这样!"我说道,"是他们向我们宣战的。"

"是的。"父亲说道,"但木卫二人现在才向我们发动大规模进攻,是不是有什么我们无法查明的潜在动机呢? 也许我们误解了他们的行为? 或者是他们误解了我们?"

"有他妈什么可误解的?"我脱口而出,"他们要把我们赶尽杀绝,在我们出生之前就许下了那样的诺言。谈判期早就过了。难道你不这么想吗?"

父亲耸了耸肩,似乎被我逼入了绝境。"我不知道,儿子。"他答道,"也许吧。"

我站了起来。

"也许? 你说也许?"

"冷静一点,扎克。"父亲说道,"让我们再好好谈谈——"

"我已经听够了,将军!"我激动地说,"桥本是对的。你应该鼓舞我们的士气,带领我们冲锋陷阵! 而不是把自己的恐惧灌输给我们!"

我的指责让父亲的脸涨得通红,五官痛苦地扭曲着。我不想看到他这副样子,于是转身背对着他。

随后,我大步走出了餐厅,始终没有回头。

几分钟后,我停下脚步,这才发现自己迷路了。我在Q通上调出了基地的互动地图,找到了离我最近的高速电梯,乘电梯来到居住层,回到了生活区。我走到自己的房间门口,把手掌按在门边的扫描器上,门打开了。跨过门槛,室内的灯随即亮了起来。

房间内部看上去很像"星舰学院"①的宿舍。这是一个对称布局的双人房,两边各有一架双层床。床的上层是一个透明的隔音卧舱,只要点一个按钮,卧舱就会变得全黑,从而保护客人的隐私。每套床都配有扶梯、梳妆台和制服衣柜,床顶上的天花板还嵌着一台平板电视。床的下层安置了一台电脑和一张固定在地板上的转椅。我的背包就放在转椅旁边。

我在电脑前坐了下来,一体式显示屏立即亮了,壁纸是EDA的标志,桌面上还有几个程序图标。

我拿出父亲给我的U盘,插了进去。

我屏住呼吸,看着文件清单跳出来。U盘里有数千个文本文件和几十个视频文件,它们的文件名都差不多:以"亲爱的扎克"开头,后面跟着表示日期的六位数字。第一个文件被命名为"亲爱的扎克100900.txt"。这是2000年10月9日写的,正是在他假死之后没几天。

---

①全称为"星际舰队学院",出现在《星际迷航》系列中。

亲爱的扎克：

我不知道该怎么写这封信。过去几天里发生了许多事，大部分都像是在做梦。

我是在月亮上给你写信。这是真的，孩子。你老爸上月球了！

他们告诉你们母子我死在污水厂爆炸中，这不是真的。政府伪造了我的死亡，他们需要我的协助来对抗外星人的侵略。我知道，这听上去荒谬绝伦，就像廉价科幻小说或者晚场电影中的情节。但是，那些情节并不是凭空想象的！《星球大战》《星际迷航》——所有的科幻电影、小说、电视剧和我玩了十几年的电子游戏——都是为了让世人为真正的外星侵略做好准备。虽然我也还在消化这些不可思议的事情，但我知道这是真的，我已经亲眼见到了证据。

我们还不知道侵略何时来临，所以我也无法确定要离开你们多久。也许只有几个月，也许要等上几年。还有一个可能，就是我会死在月球上。假如我真的死在这里，我可不想让你一辈子以为自己的老爸是个没出息的下水道管工，没干过任何大事就死在一场愚蠢的事故里了。

我希望你知道我的真实身份，以及我所经历的一切。最重要的是，我希望你明白，离开你和你妈对我来说是多么艰难的抉择；让你们俩以为我死了，我的心里有多痛苦。要知道，如果有其他选择的话，我是绝不会离开你们的。

政府承诺，会在我离开时照顾好我的家庭。他们为那次事故开设了虚假的赔偿基金，因此你和你妈不用再担心钱的问题了。你们的生活一定会比我在的时候宽裕许多，不用靠我那份下水道工的微薄工资勉强度日了。我知道这些钱无法弥补我的离开给你们带来的痛苦,但起码能让我好受一点儿。

我真的很想念你们,不过我得承认,这里的一切实在是叹为观止。虽然一直以来我都觉得自己是注定要干大事的,但我擅长的只有玩电子游戏,连我自己也认为那是毫无用处的爱好。然而事实证明,我和我热爱的游戏并不是无用的。这就是我命中要做的大事,只是我现在才察觉到罢了。

如今,我的存在已经成了一件需要严格保守的秘密,所以我连生日贺卡也不能给你寄了。不过,我还是会一有时间就给你写信的,我会好好保存这些信,直到我们见面的那一天再亲手交给你。我也会给你妈妈写信的。虽然才离开几天,我已经每时每刻都在思念你们了。

希望你们一切都好,希望我的葬礼不会让你妈妈和你太过伤心。尽管你还不到一岁,不会记得现在所发生的事,不过这件事对你妈来说一定会刻骨铭心的。一想到她今后的日子将会是多么艰辛,我就痛不欲生。当然,我确实已经死了,否则怎么会在月亮上呢。

无论如何,我保证只要有时间就给你写信。我会告诉你这里发生的每一件事。但是现在,我要去保卫地球了。

爱你的,

泽维尔(你老爸)

我贪婪地读着父亲的信,一封接一封。

虽然我已经从他的旧日记里拼凑出了整个故事,不过他早年的那些信还是填补了一些遗失的细节。信里,父亲详细描述了被EDA招募之前,他是如何一步步地揭开这个巨大的阴谋的。他的确在家乡的游戏厅里见到了那台奇特的《法厄同》街机。后来才知道，EDA 就是用那个型号的街机招募了桥本、格拉汉姆和万斯上将。

应招加入 EDA 之后，他长久以来的疑惑终于得到了证实——EDA 从他还在读小学的时候就关注他了。自从父亲把用宝丽来相机拍的最高分照片寄到动视游戏公司，他就在 EDA 监视名单上名列前茅了。然而，由于父亲的初步心理评估出现了"令人不安的结果"，EDA 并没有把他列入第一批招募的名单。所以直到他十九岁当了父亲之后，EDA 才把他招到麾下。一天午休，两个黑衣人把父亲从工作岗位上带走了，把他带到了一处秘密设施，为他播放了 EDA 早期的介绍影片，还给了他选择权——加入 EDA，用他的游戏天赋拯救全人类；或是"在下水道里爬一辈子，直到外星人出现，摧毁地球，杀死你的妻子和孩子，还有你挚爱着的每一个人"。

我该怎么选择呢，扎克？我不想离开你们，但我更不想无所事事地等着灾难的降临。因此尽管我知道可能再也见不到你们了，我还是同意加入 EDA。假如我因为保护你们和整个地球死去，那我的死还是值得的。

父亲把以后的日子称为"囚禁"。

我打开的每封信里，父亲都在一遍遍地道歉，因为错过我的生日或圣诞节而悔恨。对他而言，我的童年和青少年中发生的每一件大事都是一把双刃剑。即使相距万里，看着我逐渐长大也给他带来了许多欢乐。不过，这些欢乐总是伴随着无尽的苦涩，他感到自己错过了我生命中的每一秒，他更清楚我因为没有父亲所遭受的痛苦。

　　他还写到，EDA每个月都会给他送来我母亲和我的最新情况。他像盼望节日一样盼着这个时候。平时，只要家乡的报纸或学校网站上出现一丁点儿关于我们的新闻，他就会到网络上搜罗相关信息。每得到一张我的新照片，他就会在信里没完没了地描述我的容貌细节，一遍又一遍地唠叨着我的成长，唠叨他对我和我母亲越来越深的思念。

　　他还在信中讲了月球基地"阿尔法"精英飞行员的日常。描写了每年木星冲日时的战斗细节，还有对胜利的渴望，以及对即将到来的战争的恐惧。这让我想到，终日笼罩在战争的阴影下对他来说是多么可怕。他知道人类的终结正在一分一秒地逼来，他背负着这个沉重的包袱度过了整个青年时代。

　　之后的一封信中，他承认自己已经不再惧怕外星侵略了。"如今我盼着战争快点儿开始，"他写道，"因为不管战争的结果怎样，我的痛苦和因禁都会结束。"

　　他还写道："对你和你母亲的想念快让我崩溃了。"

　　十几封信之后，他写道："我再也不能忍受了。"

　　另一封信里提到，有一段时间，他曾经"失去了理智"。他们对他进行了抗抑郁治疗。病情愈发严重之后，他甚至被注射了镇静剂。后来，他还通过可视电话，一周两次接受来自地球的心理治疗。

　　EDA不断地给他颁发勋章，但他对这些荣誉已经毫无感觉了。他只想回家，却不能那么去做。他的工作就是确保在战争结束之后，人类还能保有自己的家园。除此之外，他还知道EDA是不会让他回家的，因为他已经不止一次问过他们了。他们告诉他，他是人类的宝贵资产，世界需要他留在这里。后来，他转而恳求EDA给他放几个小时的假，这样他就能去看望一下自己为之奋战的家人。他们又告诉他,这样做的风险实在太大,如果有人知道他还活着,特别是他的家人,他这些年来的辛勤工作和奉献都将受到威胁。

我清楚没有父亲陪伴的成长有多困苦。但现在我才知道,这些年来的分离对他的伤害更胜。在过去的十七年里,我和妈妈在城郊过着悠闲的生活,享受着家庭和朋友的温暖,而父亲却一个人待在月球背面与世隔绝,想着所爱的人会一个个忘记自己。

最后,我终于经不住好奇心,跳过日记翻到父亲为我拍下的视频,双击了日期最近的文件,那是几天前录制的。时间戳上显示的是月球基地"阿尔法"时间深夜两点。

父亲坐在一个昏暗的大房间里——比他的宿舍要大许多。这个地方我显然还没有参观过。他胡子拉碴的面庞离Q通只有几英寸远,充满血丝的双眼占据了一大半屏幕。他坐在黑暗中,对着Q通的摄像头喃喃自语,像一个胡言乱语的精神病人——简直和电影《十二只猴子》里的布拉德·皮特没什么两样。

"有件事我必须要做,"他说道,"在和你见面之前,我不能告诉你是什么事。但我不知道万斯会不会同意把你派到我的身边来。要是他不答应,有些事我一定要让你知道。"

他凝视着镜头看了好一会儿,仿佛在思考如何措辞。

"是不是弄清外星人的真正动机才能打败他们?"他耸了耸肩,看向一边,"或者至少是活下来?目前,我觉得人类最好的情况就是得以存活。"他的目光回到镜头,"我希望你看到这里时,能够明白我的意思——如果你看到了的话。儿子,请原谅我所做的一切。不管别人怎么议论我、怎么评价我的行为,我都想让你知道,我只不过是做了必须要做的事——保护你和你的母亲,还有地球上的每一个人。请相信我,我之所以这么做,是因为我没有其他的选择。如果你能活着看到这条消息,你就会明白我的决定是对的。"

他充满期望地盯着镜头,好像在等人回答。接着,他点了一下屏幕,画面消失了。

我拔出U盘,放进制服口袋,弯下腰拿起了我的EDA背包。我的旧帆布背包和我爸的旧夹克一起,都被塞在这个新背包里。我把背包往肩上一抢,走出了宿舍大门。

我沿着空荡荡的走廊走到父亲的房间门口。刚靠近门上的视网膜扫描器,房门就自动打开了。父亲坐在房间角落的椅子上,穿戴着和家里那套一样的《无敌舰队》"拦截者"控制系统。他戴着虚拟现实眼镜和降噪耳机,完全没有察觉到我。他不断呼叫着桥本和米洛的呼号,我知道他们是在玩《无敌舰队》的训练任务。每当他把一架敌机轰成碎片的时候,还会喊出"红牛仔"的口头禅。

"不用谢。不用谢。噢,你也不用谢了。"

我重重地咳嗽了一声。听到声音,他把眼镜和耳机脱了下来。

我拿出他的U盘,他点了点头,站起身来。随后,他回头看了一眼我们旁边的一个监视摄像头,转过来对我说:"走吧,我知道有个可以私下谈谈的地方。"

第十八章

　　父亲带着我穿过迷宫般的昏暗走廊,乘上一部高速电梯,来到最顶层。电梯外,两扇大门通向基地的观测平台。我这才注意到观测平台上的透明穹顶和雷电堡顶上拱形屏幕的尺寸完全相同,看出去的视角也一模一样。我环视一周,发现在穹顶的金属框架上安装着一套摄像头阵列,能够用高分辨率拍摄周围三百六十度的画面,并发送到月球岩层下面雷电堡的拱形屏幕上显示出来。

　　我们无暇停步欣赏周围的美景,我跟着父亲穿过观测平台,来到了对面的电梯。这电梯门并没有像其他的一样自动打开。父亲翻开了门边的一块嵌板,露出一个数字键盘。他凭着记忆按下了一长串密码,电梯门随即打开。这部电梯的控制面板上只有一个按钮,父亲摁下之后,一个向下的箭头亮了起来。电梯载着我们猛地下降,速度实在太快了,我的双脚似乎已经离地了。电梯门再次打开,我们来到了一条狭窄的工作隧道,周围是各种线路和金属管道。父亲向隧道的深处快步走去,我几乎要小跑才能跟上他。隧道很长,向下倾斜的角度也很大。

　　来到隧道的另一头,父亲用密码打开了头顶一个圆形舱盖。我们顺着一道金属梯子向上爬行了一段,在一个巨大的圆形房间下面冒出了头。这个房间也有一个透明的穹顶,能看到四周环形山的迷人景色。右边还能看到整个月球基地"阿尔法"——那是一个巨大的金属球稳稳地放在高脚杯一样的达代罗斯环形山中,坐落在口沿上方,而我们目前正在环形下的岩层中。

　　"欢迎来到达代罗斯观测台,"父亲说道,"抱歉让你看到这么多灰尘和垃圾——清洁机器人是不来这里的。他们二十多年前就关闭了这个观测站,整个区域都是禁止入内的。"

　　我盯着窗外荒凉的月球表面看了一会儿,无论朝哪个方向看去,都是无边的黑色地平线。眼前的景色让我忽然明白,这里才是真正的与世隔绝。难怪父亲和他的朋友们多多少少都有点儿古怪。在这种地方孤独了这么多年,要是其他人可能早就疯了。

　　"你说这里是禁止入内的?"

　　"曾经是,"父亲说道,"应该说现在还是。不过我找到了打开电源和生命保障系统的办法,而且不会触发任何警报。我把这里所有的窃听器和摄像头都断了线,所以这里是整个基地中为数不多的不会被EDA监控的地方之一。"

　　他朝着身边安全控制台上的话筒大声说了起来。

　　"'打开舱门,哈尔。'"他背诵起了电影台词,"'我说,请打开舱门,哈尔。'"[①]他咧开嘴朝我笑了笑,说道,"看见了吧?这是令人愉快的隐私。"

　　"是的,我们可不能让'老烟鬼'[②]听到我们的谈话。"我嘀咕

[①]这句话是电影《2001：太空漫游》中的台词。
[②]美国科幻电视剧《X档案》中的一个角色。

道。不过父亲没有理会我的话。

"来，"他伸手打开一排开关，整个房间一下子灯火通明，"这就是我想让你看的东西。"

控制室的另一边简直就是杂乱无章的垃圾堆。贴满了手写的字条、图表、草图，地板上也到处堆满了电脑打印出来的资料。看上去就像是某些电视剧里谋杀案侦探的办公室——而剧中的侦探很可能是用几十年的时间追踪一个连环杀手，并且除了他自己，没人相信这个杀手的存在。

我走了过去，穿过这些纸堆，查看父亲的笔记和打印件。

"我知道这些东西像什么。"他说道，仿佛能看穿我的心思，"就像《美丽心灵》里罗素·克劳的车库，对吗？"

"更像超级大反派的巢穴。"我胡乱地摁着面前的一排按钮，"哪个才是自毁键呢？"

"就是你按的第一个。"父亲指着一个没有标签的红色按钮说道。

我相信了他的话，惊恐地瞪大了眼睛。

"好啊！"他坏笑着说，"骗到你了，儿子。"

"行，确实骗到我了。"我说，"这些都是你弄的？"

父亲点了点头，"我从没给桥本或格拉汉姆看过这些东西。桥本根本就不相信我的理论。而格拉汉姆——格拉汉姆不是一个合格的阴谋论者，我要用科学的方法来解释一切。"他盯着我的眼睛说道，"不过从你在餐厅说的那些话来看，你应该不想听这些吧？"

我摇了摇头，迎上他的目光，"你和格拉汉姆提到的那些问题，我也都曾经问过自己。我只是觉得……目前知道答案也没有意义。"

"告诉我吧。"我说。

他点点头,深深地吸了一口气。

"你知道费恩·阿波加斯特吧。"这不是一个问题,但我依然点了点头。

"'混乱地带'的挂名创始人?"我想起在水晶宫和阿波加斯特的短暂会面——好像已经是上辈子的事了,"他怎么样?"

"他和'混乱地带'团队在开发《大地》和《无敌舰队》的时候,我是他们的主要军事顾问。所有的早期资料片也是在我的指导下设计的。"我在他的声音里听出了些许自豪,"我一直梦想着要以游戏设计为毕生职业,所以你可以想象有机会参与游戏设计时我是什么感觉,更何况这游戏是用来拯救世界的。

"我和阿波加斯特合作了几个月的时间。我们并没有真正见过面,只是一星期开几次视频会议。他的工作就是创造出能够训练普通大众对抗木卫二侵略者的游戏,因此在游戏里,敌人的飞船、武器、战术和策略都必须尽量逼真。为了做到这一点,上头允许阿波加斯特无限查阅EDA拥有的木卫二人资料——他能看到第一次接触以来,地球人所了解到的一切。"

他重重地叹了口气,"我设法从他那里弄到了一些绝密资料。"

"怎么弄的?"我问道,"你在这里,而他在地球上。"

"他连上了我们的网络。"父亲说道,"以便随时和我分享《大地》和《无敌舰队》的新测试版本。于是我就能进入他的电脑,查看木卫二人的研究档案——里面有海量的绝密资料,都是这些年来我们之间的交流情况。这些资料直接证明了一些我十年前就产生的想法。"

我点点头,尽力掩饰内心的紧张。

"快说来听听。"我说道。

"好的,"他又做了个深呼吸,"你听好了。"

"第一次接触以来,外星人一直在拦截我们的电视信号。他们从我们的电影和电视剧中剪辑了一些片段,然后再传回给我们。这种传送一年进行一次,就在木星冲日之前。"父亲对我说,"不过,只有极少数人看到传送的内容。"

他指着屏幕,"现在我也要给你看看。"

外星人剪辑的视频依次出现在显示屏上——每一段中都包含了某种形式的人际冲突。我看到了大量二战新闻影片的片段,还有二战以后一些主要战争的照片和影像。然而,这些真实战争的镜头中还夹杂着许多老电影和电视剧中的片段。似乎木卫二人无法分清现实和虚构的东西。否则就是他们有意把两者结合起来,试图表达某种观点。

更奇怪的是,我还瞥见了一些科幻电影中的镜头——都是关于怀有敌意的外星侵略者的。就在短短的几秒钟时间里,出现了《星际迷航》和《星球大战》的大杂烩,还混合了新老版本的《世界大战》《地球停转之日》《V星入侵》,甚至还有《地球战场》①——上帝保佑我们。讲述友好外星人的电影一部也没有入选,例如《E.T.》《外星恋》《地球回音》或者《家有阿福》。

"看看其他的吧。"随着父亲的话,一连串图片在屏幕上闪过。科幻电影史上各种外星侵略者如同马戏团的动物巡演一样依次出现——异形、铁血战士、三尖树、变形金刚——凡是你能想到的都有。

"从这些图片以及它们编排的方式来看,我觉得其中一定包

---

①这部电影讲述的是公元3000年,强大的外星人成为地球的主宰,原有的地球人都已沦为奴隶。是科幻电影史上著名的大烂片。

含着某种信息,儿子。"他说,"一种有意隐藏的信息。这就像是
——就像他们举着一面镜子,让我们就可以从他们的角度来审
视自己。"

忽然,屏幕上快速闪过的图片变成了一系列两三秒长的视
频片段,都是科幻大片里的精彩镜头,其中包括了《独立日》《世
界末日》和《天地大冲撞》。这些影片大多讲述了人类团结一心,
从致命的彗星、小行星还有各种外星侵略中存活下来、拯救地球
的故事。

"我认为,木卫二人自从第一次接触之后,就开始研究地球
人和地球上的流行文化。"父亲用手梳理着头发说道,"他们看了
地球人制作的所有关于外星人入侵的科幻电影和电视剧。他们
意识到外星人入侵已经成为地球人最可怕的噩梦之一,于是他
们决定让这个噩梦变为现实,策划一次意料之中的外星侵略,巨
型星舰、太空格斗、杀手机器人——应有尽有!"

父亲凝视着我,等着我发表意见,但我一时语塞,半晌说不
出话来。我的眼睛依然盯着显示屏,新的影像不断播放。我看
见了《怪形前传》《地球停转之日》《世界大战》三部电影重拍版的
剧照和老电影《飞碟入侵地球》的片段。

"每一大段影像结束之后,都会播放我们非常熟悉的一段曲
子。"父亲点击着Q通说道,"这五个音符让我更加坚信,木卫二
人传来的东西里一定包含着某种信息。"

Q通里传出了约翰·威廉姆斯为电影《第三类接触》所做的
插曲《自然信号》中开头的五个音符。在影片末尾,政府的键盘
手就是用这五个音符,开启了与外星人的交流过程。

啦-噜-啦-吧-吧!

几个音符以极快的速度循环播放着,听上去像一台老式的

按键电话机。父亲按下了静音,转过头来看我的反应。听到这五个音符,让我觉得有点儿头晕。我一直不喜欢这部电影——也许是因为在影片结束的时候,主角罗伊·尼尔利毫无眷恋地离开了自己的家人。这正好触到了我的痛处。

我看完了影像,听完了音乐,等着父亲说下去。

"好了。"他靠近一些说道,"首先,想想所有事件发生的顺序,再想想第一次接触是怎么会失败的。是木卫二人导演了整出戏——他们始终在诱导我们、玩弄我们。"他眯起了眼睛,"为什么要在木卫二表面布置一个巨大的'乩'字——这只能是一个陷阱,而我们就像该死的阿克巴上将[1]那样,径直走了进去!"

要是在其他场合,我早就笑得合不拢嘴了。但事到如今,我实在笑不出来。

"于是,"他接着说道,"我们发现了地外文明令人不安的记号——他们知道我们的科技水平已经可以发射探测器到太阳系外围,所以把这个记号放在我们找得到的地方——有点儿像《2001:太空漫游》中,月球上的黑色石板,不是吗?"

我点了点头——不是我同意他的说法,而是表示我知道这个情节。我本来想告诉他,我已经读过他收藏的那本阿瑟·克拉克的短篇小说《哨兵》了,《2001:太空漫游》中远古外星人遗迹的情节正是源于这部小说——但在内心深处,我怀疑父亲是不是有点儿验证性偏见[2]或者观察性偏见[3],或是我在心理学课上学过的其他什么偏见。也许他所发现的阴谋事实上并不存在。

不过,也许就是那么回事。

---

[1]《星球大战》中的人物。
[2]指无论合乎事实与否,偏好支持自己的成见、猜想的倾向。
[3]指当我们观察到一件事情之后,会突然觉得这件事情发生的频率增加了。

"木卫二人知道我们一定会去调查记号的来历,我们的探测器一到木卫二,他们就立即宣战,还说要把我们彻底铲除。根据官方的说法,外星人从未给过我们解释的机会,也没有回应过我们谈判的请求。尽管一直都拥有把我们赶尽杀绝的手段,可是却没有立刻那么做。他们并没有展开大规模攻击,反而把我们引入了某种古怪的军备竞赛之中。随后,他们让我们逐渐缩小了科技水平上的差距,经过整整四十二年才决定发起进攻。这是为什么呢?他们的行为完全不合逻辑——除非他们是在试探我们。这是唯一合理的解释。"

"我们现在并不是在谈论瓦肯人①。"我提醒他,"你不能用人类的逻辑来解释外星人的行为,不是吗?他的行为不需要符合我们的逻辑,他们的文明和动机也许……超出了人类的理解范围。"

父亲摇了摇头。

"当人类遭到愚弄的时候,我们总会有所察觉的。"他说,"那些外星人如此诱导我们肯定是有他们的理由的——可能是为了看看我们的反应。把我们放在一个特定的情况下,看看我们这个物种如何共同应对。"

"就像一次试验?"

他点点头,随后突然安静地坐了下来,就像是一个刚对陪审团做完结案陈词的律师。他看着我,双眼兴奋地转动,显然在等我说话,密切关注着我的反应。

"你认为他们在我们身上做的是什么试验?看我们会恐慌到什么程度?测试一下杀死或者奴役我们的困难度?"

"我不知道,儿子。"父亲的表情和声音依旧平静,"也许他们

①《星际迷航》中的一种外星人,以信仰逻辑推理、摒弃感情而闻名。

想看看地球人遇到另外一个智能物种时会有什么反应，如果那个物种带有威胁性，又会怎么办。这是科幻小说中常用的桥段，外星人露面的时候，总要拿人类做试验。《地球停转之日》《异乡异客》《穿上航天服去旅行》，还有《星际迷航》的许多集里都出现过这样的情节。木卫二人可能有一百万种不同的动机。在八十年代重拍版的《阴阳魔界》中就有一集，名字叫《战争天才》——"

我举起手，打断了他。

"将军，但现在发生的事可不是科幻小说。"在这场对话中，我才是那个成年人，而父亲却像一个充满幻想、蛮不讲理的青涩少年，"这也不是《阴阳魔界》，这是真实的现实生活，你还记得吗？"

"俗话说，生活模仿艺术，也许这些外星人也在模仿我们的艺术呢。"他笑着对我说，"你觉得这里的一切像现实生活吗？你难道不觉得我们面对的这些事简直就像是一本小说或是一部电影吗？而且戏剧效果也恰到好处？"

他举起靠在墙上的一块大白板，让我能更清楚地看到上面两幅草图。白板左边画的是《星球大战》中的死星，而右边则是十二面体的"毁灭者"。草图周围都标满了箭头和注释，很明显，他在拿这两者做比较。但我很难信服，我不能把小命押在老爸的笔记上。

"拿'毁灭者'举个例子吧，"父亲说道，"为什么我们能轻易消灭其他的无人兵器，摧毁它却这么难呢？他们为什么不把其他的无人兵器也设计得坚不可摧呢？因为'毁灭者'是这个阶段的BOSS，这就是原因！"

他指向白板，继续说道："'毁灭者'就是木卫二版的死星——极其庞大而且难以摧毁的末日武器，不过它有一个小小的致命缺陷,就像阿喀琉斯的脚跟①,从这里入手就能毁掉它。"他凝视着我的双眼,"就像是他们故意这么设计的——至少有一个操作员必须牺牲自己来摧毁它。护盾失效时间只有短短几秒——配合完美的话,刚好够两次反应堆爆炸!如果不是有意的,为什么要这么设计呢?"

我点头承认道:"我也这么想过。"

"没有哪个设计师或工程师会允许武器中出现如此显而易见的缺陷。"他说道,"'毁灭者'更像是游戏开发者鼓捣出来的东西,想要在关底给玩家增加点难度——一个需要重大牺牲才能消灭的老怪。于是他们派出了一艘'毁灭者'——只有一艘——来攻击这个基地,而不是去攻击地球。为什么呢?因为他们想让我们看看'毁灭者'是如何运作的!然后还让我们摧毁它!或许这也是试验的一部分——用来查明人类是否愿意牺牲自己来拯救同类,看看我们这个物种是否像在书本、电影和游戏中讲述的那样英勇。"他站起身来开始踱步,而且越走越快,"他们是不是在测试我们,想看看人类有没有坚定的信念和勇气,是否像自己想的那样高尚而无私?"

"但是,外星人怎么会知道万斯的英勇行为呢?"我问道,"他们如何了解EDA军官在战争中的表现?"

父亲咬了咬下嘴唇,随后抬起了手腕上的Q通。

"想想看吧。Q通技术是从哪里来的?"

我摇着头,不想听他接下来的话。

"这是木卫二人的技术,直到现在,我们依然不明白它的原理。据我们所知,他们可能正在利用这项技术监听我们。"他揉

①阿喀琉斯是史诗《伊利亚特》中的英雄,唯一的弱点在脚跟,后被特洛伊王子帕里斯一箭射中脚跟而死。

着太阳穴说道，"EDA的秘密基地遍布全球，在今天上午的进攻中，他们偏偏选择了我们招募新兵精英的水晶宫。你认为这仅仅是巧合吗？"

他突然沉默下来，双眼紧盯着我。我觉得头晕目眩，在一张皮椅上坐了下来。

"为什么你要告诉我这一切？"我问道。

他皱了皱眉，似乎对我的问题有些失望。

"因为你是我的儿子，"他答道，"也许我只想听听你的意见。"

"哪方面的意见，将军？"

"你觉得我们该怎么办？"他说道，"不理会那些不合情理的外星行径，任由EDA向他们发射'破冰者'？难道我们真的要对地球人遇见的第一个智慧物种实施种族灭绝？"

"可是，是他们先要灭绝我们的啊！"我大叫道，"我们别无选择，只能被迫反击！"

"我相信我们是有选择的，儿子。我认为这恰恰是他们正在做的——给我们提供另一个选择。我们可以出击，这样一来，他们就一定会毁灭我们。"父亲说道，"或者，我们可以用理智想想这一切，然后赌一把，阻止'破冰者'发射。"

"但如果判断错误，等舰队到达地球的时候，我们岂不是毫无还手之力？"

"如果要灭绝人类，他们早在几十年前就可以那样做了。"他说，"第一次试图与他们接触的时候，他们已经拥有了毁灭地球的能力。我们感觉能打败他们，但这只不过是错觉。我们一直都有这种错觉。"

看我不说话，他拍了拍我的肩膀。

"其他人不知道这些信息,所以他们不能像你、我一样推理思考,扎克。我觉得我们俩能在此相聚一定是有原因的。我们的选择将会决定人类的命运。"他笑了,"或许这就是天意吧。"

我凝视着他的双眼。他正在向我诉说着真相——至少是他眼中的真相。我对父亲的话深信不疑。对着一张酷似自己的脸,根本不可能装得无动于衷。

"这就是你为什么没有参加第一次'破冰者'任务吧?"我问道,"上将不让你去,对吗? 他认为你会蓄意破坏那次行动?"

父亲点头,"他很了解我,我们是很老的朋友了。"

"你把自己的推论告诉万斯上将了?"我问,"他不相信?"

"阿奇①是个可敬的好人,他无所畏惧。但这家伙实在是毫无想象力,他也没看过多少科幻小说。"父亲笑道,"就拿他的呼号'蝰蛇'来说吧,那是他从汤姆·斯凯里特②那里借来的,《壮志凌云》是他一生中最喜爱的电影。他讨厌科幻小说。我费尽心思也没能说服他去看《星际迷航》《星球大战》《萤火虫》或是《太空堡垒卡拉狄加》!"他使劲地摇着头,"那个混蛋甚至连《E.T.》都不肯看! 我问你,谁不喜欢 E.T. 呢?"

"是啊,那家伙显然信不过。"我喃喃说道。

父亲听出了我话里的讥讽,皱着眉头说道:"我不是那个意思。阿奇是个天生的战士。他相信从进化论角度来看,人类比木卫二人更适合这场战争。因此不管木卫二人的科技比我们先进多少,他都坚信我们能够战胜他们。而我和你一样,是个游戏玩家。当我面对谜题的时候,总会情不自禁地想要解开它。"

他又开始在我面前踱起步来。

---

①阿奇博尔德的昵称。
②美国演员,他在电影《壮志凌云》中扮演的角色的呼号就叫"蝰蛇"。

"我想查明木卫二人究竟是什么,那厚厚的冰层下面到底有什么东西?"他抬起头,仰望着星空说道,"我要知道真相。我要把这个游戏打通。如果可以的话,我还想拯救世界。"

"怎么救?"

"我还不能确定,不过只要有机会,我就会尽力的。所以我首先要把自己的想法解释给你听。这样,如果我今后迫不得已做出什么事来,最起码有你能理解我。"他耸耸肩,说道,"要是我没能在这场战争中幸存,或许你可以替我向你母亲解释……"

他的声音越来越低。我被他的话给吓坏了,无法再继续追问下去。

父亲知道我不会再多说什么了,他伸手按在出口的扫描器上。门"呲"的一声打开了。

"你不能马上消化这一切。"他说,"我会给你点儿时间,让你好好想想。"

他向前走了一步,似乎想要拥抱我,可是我的眼神让他改变了主意。他笑着退了回去。

"我要回雷电堡了,要对每台控制舱再做最后一次系统检查。"他说,"你准备好了就到那里去找我,好吗?"

我点点头,依旧一言不发。他又强装着对我挤出一个笑容,便转身离开了。

他离开后,我独自坐在阴暗的控制室里,思索着父亲刚才对我说的一切。窗外就是人类为了与敌人沟通而建造的巨型射电望远镜。

假如他说的都是对的,那怎么办? 许多年之前,他在那本旧笔记本上写下了关于地球防卫联盟的推论,最初看上去也荒诞不经。

　　我想了一会儿这种可能性,然后再次望了望穹顶外璀璨的星空,想把它全部印在脑海里。随后我转身冲出门外,以最快速度逃离了空无一人的达代罗斯观测站。剩下的时间不多了,我不愿意这样一个人待着。

第十九章

　　高速电梯把带我回到观测平台。刚跨出电梯走到巨型穹顶之下,我就闻到了一股大麻的烟味。我向前走着,烟味越来越浓。我还听到了平克·弗洛伊德乐队的经典专辑《月之暗面》,听着夹杂在旋律中阵阵压抑的笑声。

　　昏暗的灯光下,我看见两个人影四仰八叉地躺在地上。那是桥本和米洛,两人凝视着穹顶外星光熠熠的银河,正在分享一根尺寸超大的大麻烟。音乐声震耳欲聋,以至于他们完全没听见我走近的脚步。我站在一边偷听,他们一面傻笑一面讨论着《超时空要塞》中各自喜爱的剧集。

　　我蹑手蹑脚地走到他们身后,大声叫道:"伙计们,你们在干什么?"

　　桥本惊慌失措地站了起来,看上去有些无地自容。不过米洛倒不怎么在乎。

　　"扎克!"桥本涨红了脸,"我们没听见你走过来——"他用手指着米洛,"我正在……呃,给米洛看我们水栽园里种的东西,呵呵。"

"所以你们就看得这么嗨？还在月球背面听《月之暗面》？"我指着穹顶外环绕着我们的环形山说。

"这是我培育的一个新品种'尤达大师'。"桥本举着那根巨大的烟卷说，"我想帮他缓解一下紧张情绪。"随后，他深深地吸了一大口，"可怜的米洛有点儿紧张过度了，是这样吗？"

"我已经很放松了。"米洛边摇头，边咧着嘴笑道，"扎克，你不知道这该死的玩意儿有多棒！"他费了好大劲才站了起来，然后转身面对我，"桥本告诉我，EDA花了几十年想培育出一种特殊的大麻。它能让人集中精力，还能提高玩游戏的水平！一旦成功，他们将会对政府施压，使它在美国合法化。"米洛举起手，做出了一个胜利的手势。"太好了！大麻也成了战争物资！"他突然开始唱起歌来，桥本也随声附和。

"'他妈的美国。是的，你就是我们的救星！'"[1]

才唱了一句，两人又一起大笑了起来。

"其他人呢？"我问道。

"他们都成双成对约会去了。"米洛大声说道，"火迪和陈江先走，然后黛比和格拉汉姆也偷偷溜了。"

我全然不知道该说什么。

"我不怪他们，"米洛又说道，"我们都面临死亡的威胁。为什么不能放松神经好好爽一下呢？恕我直言。"

"我也是这么想的。"桥本笑着对米洛说道。两人四目相对，过了好一阵，反应慢半拍的我才看明白。

就像我妈一直说的那样，我对同性恋总是后知后觉。

"我们回头见。"我边说边朝门口走去。

"我想——你懂的。"我转过头来说道，"给你们留点儿私密

---

①歌词出自《美国战队：世界警察》原声。

空间。"

桥本见我一下子变得这么狼狈,冲着我笑了笑。

"谢谢你,扎克。"他说道。

"谢谢你了,兄弟!"米洛也笑着大喊道,"我们确实需要一点儿隐私!"

随着通往雷电堡的电梯下降,我不禁想起了莱克斯,不知道她正在做些什么。如今我们天各一方,她会不会也找个英俊的陌生人共度最后时光?

离敌人进攻还有 1 小时 33 分 43 秒。

走进雷电堡时,我以为这里一定没有人。然而一个无人机控制舱打开了,父亲从里面爬了出来。他朝我露出笑容,我却避开他的目光,走到了另一个控制舱旁。刚坐进控制舱,父亲的脑袋就从舱盖旁探了出来。

"对不起,扎克。"他说,"我不该把那些事一下子全都告诉你。你今天已经经历了那么多,实在不应该承受更多的烦忧。"

"我没事。"我说。

"谢谢你听我说话。你是个很好的聆听者,和你妈妈一样。"他移开目光,"我只是——只是想把一切都告诉你,我已经等得太久了……"

他的声音越来越小,我抬头迎上他的目光。

"你不想说些什么吗?"他问道。

"我还在消化你的话呢。"我回答道,"我已经不知道该相信什么了。"

他点了点头。我按键合上了控制舱。舱盖隔开了我们,结束了我们的对话——至少是暂停了。

我坐进虚拟驾驶舱,闭上眼睛,想整理一下混乱的思绪。结果还是一团乱麻。

过了一阵,我听见父亲在向黛比和陈江打招呼,接着是火迪、米洛和桥本,几分钟后,格拉汉姆也走了进来。

倒数时钟上的时间只剩下一小时多一点儿了,我们聚集在指令台前,观看美国总统在她的办公室里向全国人民发表电视讲话。尽管她始终冲着镜头微笑,但眼中的恐惧却显而易见。

"亲爱的同胞们,"她开口说道,"此时此刻,全世界所有国家的领导人都在给他们的国民播放同一段影片。你们马上也会看到这部影片,它会向你们解释全人类正面临的危急处境。"

黛比站在离我不远的地方,眼睛紧盯着Q通的屏幕,焦急地等着和儿子通话。然而,与地球公共电话网通话的功能依旧锁定着。我瞥了一眼陈江、桥本和格拉汉姆,他们都盯着手上的小屏幕——屏幕上,他们各自国家的领袖正在发表类似的讲话。片刻之后,美国总统、中国国家主席、日本和英国的首相的画面都消失了,影片开始,屏幕上现出地球防卫联盟的标志。

"1973年,NASA获得了地外文明的第一份证据。它就在我们的太阳系里。"萨根的画外音开始了讲述,"'先驱者10号'发回了木卫二的近距离影像,木卫二是木星的第四大卫星。"

我们八个人紧紧地靠在一起,把这段影片从头到尾又看了一遍。不过这次,我们知道全人类正在陪着我们一起看。

影片结束,总统们再一次出现在屏幕上,把万斯上将在水晶宫对我们说的话又重复了一遍——对我们来说,那好像已经是很久以前的事了。总统刚说出星舰队侵略地球的坏消息,各个电视频道就开始重播她的讲话,屏幕下方滚动着越来越多令人担忧的新闻,还有普通民众的惊慌失措。

看着屏幕上慌乱的人们,我想起了妈妈和朋友们,还有其他困在地球上的人。

EDA的计划会成功吗?我们的文明会在外星侵略的真相面前崩溃吗?EDA为人民所做的心理准备会如他们所愿,得以应对今天的局势吗?

在恐惧面前,人类是会退缩还是反抗到底?

我注视着屏幕,想知道答案。

桥本调出了全世界几十个电视新闻网的画面,一个挨着一个排在穹顶的大屏幕上,还另从网上找来了许多视频。

我们看到全球各地都在爆发恐慌——人们互相踩踏着冲出体育馆,都市街头到处挤满了濒临崩溃的人群。不过,看起来全世界对这条坏消息的承受能力还算相当不错。目前为止,还没有发生大规模暴动、集体自杀或物资抢劫——除非没人报道这些,也没人把这种视频贴到网上。

几分钟后,刚才还在报道灾难的新闻主播开始用充满信心的声音说出振奋人心的新消息。全世界大多数民众都已经响应了EDA的号召拿起武器,数亿人在EDA的服务器上应征入伍,随后分配到了属于自己的无人兵器。大家表现得团结一致,决定誓死保卫地球。几家电视台播放了这样的画面:人们舍弃了堵在街上的汽车,冲进附近的电器商店、图书馆、咖啡店、网吧和办公大楼,只要有宽带连接的地方就挤满了人。

这是有准备的报道,新闻网络不可能在这么短的时间里收集这么多视频,还剪辑得这么好。也就是说,眼下我们根本无法确定大多数人是否真的加入了EDA,捍卫我们的家园。这一定是EDA干的好事,他们大概说服了新闻媒体,保证人类生存的最好办法就是播放这些善意的谎言。EDA 是对的——如果人们相信全人类已经团结在 EDA 的旗帜下，他们就更愿意参战。

我想起了父亲很久以前在旧日记本里写的那段话：

"假如他们是在我们不知情的情况下，用电子游戏来训练我们的战斗技能呢？就像电影《空手道少年》中，宫城先生让丹尼尔粉刷屋子、打磨家具、给汽车打蜡那样——宫城就是在丹尼尔不知情的情况下教他练武！

如今光打蜡可不行了，这回是全球性的危机啊！"

新闻中间开始不断插播三十秒和六十秒长的"公益广告"，广告的内容是 EDA 的计划介绍，让人们知道怎样利用自己的电脑或移动设备，在线加入地球防卫联盟，从而"帮助保卫地球"！

公益广告中最精彩的一段是这样的：兄妹二人坐在客厅的沙发上，男孩正在大屏电视机上玩《无敌舰队》，而女孩则在用手里的平板玩着《大地》。我们可以看到，妹妹操纵着 ATHID 机器人步兵，哥哥驾驶的是"黄蜂"四轴无人直升机。一台庞大的外星蛇怪机器人正在肆意破坏一片城郊的居民区，兄妹俩正在合力对付它。那台钢铁巨兽忽然跟跄了一下，踏上了街边的一所房子，房子的一角在它巨大的脚掌下化为齑粉。与此同时，兄妹俩所在的客厅墙壁也倒塌了，原来蛇怪踩到的就是他们家的房子。这两个孩子不是在玩游戏——他们是在保卫自己的家园！他们的父母簌簌发抖地躲在沙发后面，看着自己的孩子们与巨大的外星机器人的殊死搏斗。周围邻居所操纵的几百台无人兵器都赶过来帮忙，蛇怪机器人在铺天盖地的炮火攻击下终于被炸成了一团火球。这时，他们的父母也拿出手机操纵无人兵器加入了战斗。这个镜头让我想起了很久以前的一个玩具的广告语:"爸爸妈妈也可以一起玩!"

我看不下去了,于是爬进自己的控制舱,关上舱盖。随后把舱盖调成了不透明,让控制舱就变成我一个人的密室。

我在黑暗中坐了一阵,听着自己的呼吸。然后拿出Q通,放起父亲集锦磁带里的一首老歌。这是平克·弗洛伊德乐队的一首经典摇滚歌曲,我在玩《无敌舰队》的重要任务之前,经常用它来使自己兴奋起来。

我一遍又一遍地听着这首歌,每当放到其中一句歌词的时候,我就会合着口型一起默念:"总有一天,我会把你们打得粉身碎骨。"

离敌人进攻还有1小时。

倒数时钟跳到了一小时零分零秒。这时,大家的Q通一起响了起来。显示屏上的提示告诉我,EDA终于解锁了连接公用电话网络的功能。格拉汉姆、黛比、火迪、米洛和陈江都坐进了各自的控制舱,关上了舱盖。每个人都想在给家人打电话的时候有点儿私人空间。

桥本没有给任何人打电话,他拿起了自己的低音吉他。他抬头望着投影在拱形屏幕上的星空,居然碰巧弹起了我刚才听的那首《总有一天》。接着,我注意到他身前的地板上贴着一张练习曲的清单,都是我父亲集锦磁带里的歌曲。

父亲也坐进了自己的控制舱。我走了过去,发现他正在凝视着Q通上我母亲的联系电话。

"你会给她打电话吗?"我问道,他的身体颤抖了一下。

他摇头说道:"我打算给她发一段视频消息。我已经录了二十三遍了,可怎么也说不好——也许我不该那么挑剔,发一段不那么糟的给她就算了……"

我猛地把Q通从他手里抢过来,随即拨了一个号码。

"你要给你妈打电话?"他紧张得就像个大男孩,"就现在?"

我点了点头。

"我得给她报个平安。"我说道,"在你发送那些疯狂的视频消息之前,我要提前告诉她你还活着——要是她看到你的脸突然出现在手机上,也许会犯心脏病的。"

父亲欣慰地对我笑了笑,但他刚想说些什么,米洛的声音就从附近的控制舱中传来,打断了他的话。米洛爬进控制舱的时候,一定没把舱盖盖紧,他的通话我们能听得一清二楚。

"妈,不会有事的!"米洛说道,"你应该知道他们是用电子游戏来训练飞行员的吧?我就是世界上最棒的《无敌舰队》飞行员之一,因此他们提早就把我招至麾下。你猜猜看还发生了什么事?我现在就驻扎在月亮上!"

"月亮上?这太荒谬了,米洛!别对妈妈说谎!"米洛的妈妈拿着一个硕大的电视机遥控器,"我需要你回来帮我弄弄这台该死的电视。每个频道放的都是一样的节目!"

我偷眼望去,米洛把Q通的摄像头举到高处,旋转着给他妈妈展示了一下雷电堡里的环境和穹顶屏幕上闪耀的群星。米洛的妈妈倒吸了一口凉气,米洛笑着又把摄像头对准了自己的脸。

"没骗你吧。"他说。

他妈妈在极度恐惧中哀号起来。

"他们让你来负责保护我们?现在我知道我们真的要完了!"

"妈,行行好吧。"米洛的声音越来越像一个小男孩,"镇定下来。我会阻止他们的,我保证。别担心了。我不会让你和小基尔戈受到任何伤害的。等这一切都结束之后,你会为我感到骄傲的,等着瞧——"

我还没搞清楚基尔戈究竟是人还是什么宠物,父亲就走过去把米洛的舱盖盖上了。随后走回来,提心吊胆地看着我用他的Q通和妈妈视频通话。

片刻之后,妈妈那张憔悴而又焦虑的面庞出现在Q通上。她显然还在上班,十几个护士都挤在医院病房里看电视。坏消息公布之后,她还是没有离开那些需要她照顾的病人。

"扎克!"妈妈一看见我的脸就大叫了一声。她立刻跑到空荡荡的医院走廊里,把手机举到自己面前,"你没事,亲爱的,感谢上帝! 你确定你没事吧?"

"我很好,妈妈。"我答道,"我是说,除了外星人要来侵略我们之外,我一切都好。"

"你能相信吗? 所有的频道都在说那事!"她把手机靠近自己的脸,"你在哪里? 扎克,我要你马上回家!"

"我不能回家,妈妈。"我说,"地球防卫联盟需要我。"

"你在说些什么?"她的声音听起来有点歇斯底里。

"我入伍了,"我告诉她,"我加入了地球防卫联盟。就在今天早上,他们让我当了飞行员。看见了吗?"

我把Q通放在控制台上,随后退了一步,让她能看见我的整套制服。她顿时语塞。

"亲爱的,你在哪里?"过了一会儿,她终于说出话来。

"我在月球上。"我用摄像头绕着控制中心转了一圈,又给她看了上面的穹顶,"这里是月球背面的秘密基地'阿尔法'。我将在这里打败外星人。"我冲她笑了笑,"我这么些年把时间都花在了游戏上,现在总算派上了用场,不是吗?"

她忍不住哭了出来,不过声音听上去还是那么气势汹汹。

"扎克利·尤利西斯·莱特曼!"她大叫道,手机也猛地颤抖了一下,"我不许你和该死的外星人打架!我要你立刻就回家!"

"妈妈,放心吧。"我安慰地说道,"我不是一个人在这里,好吗?还有另外一件事,我要告诉你。这事一定会让你大吃一惊的,做好准备吧。"

我把老爸拉到了摄像头前,自己则站在他的身后。他的双腿不停地颤抖着,我真怕他会突然昏倒。

"我的上帝啊!"妈妈捂着嘴说道,"泽维尔?是你吗?"

"你好,帕姆①。"父亲用战栗的声音说道,"见到你很……很高兴。"

"这不可能。"我听见妈妈说,"绝对不可能。"

"真的是他,妈妈。他现在是地球防卫联盟的将军了,还是战斗英雄。"我朝着父亲笑了笑,"他被授予过三次荣誉勋章,是吗?"

父亲一言不发,他只是盯着妈妈,眼神像汽车前灯下的一头小鹿。

"泽维尔?"妈妈说道,"真的是你吗?"

"真的是我。"父亲的嗓音有些嘶哑,"对不起,我还活着。我无法告诉你,我有多么想你;我也无法告诉你,留下你一个人把儿子养大,我的心里有多么愧疚。还有其他许多事,我要向你道歉,不过……"

妈妈又哭了起来,父亲的脸也因痛苦而变得扭曲。我转身

_____
①帕米拉的昵称。

离开,直到听不见他们的声音了才停下。我想让他们单独谈谈——也免得自己痛哭流涕。

我环视了一下整个雷电堡,看见桥本正在和米洛说着悄悄话。另一个角落里,格拉汉姆和黛比也在交头接耳说着什么。火迪和陈江则挤在陈江的控制舱里,抓紧最后亲热的机会。

我爬进自己的控制舱,关上舱盖,拿出Q通,闭眼思考该对莱克斯说些什么。

我在短短的联系人清单中点击了她的名字,她的脸立即出现在显示屏上,速度之快让我吓了一跳。

她的名字、军衔和当前位置显示在屏幕的右下角。从这些信息中可以看出,她已经被提升为了上尉,驻扎地点依然是在"蓝宝石"站——位于蒙大拿州比林斯附近的EDA据点。

她坐在一个和我差不多的控制舱里,舱盖被调成了黑色,不过还是看得出她的控制舱是专门用来操纵哨兵机甲、泰坦机甲和机器人步兵这些地面无人兵器的,里面有一对"能量手套",可以直接用自己的双手来控制机器人的双手。

"嗨,你好!我正希望能在世界毁灭之前再见你一次呢。"

"我原本想等到周末的。我可以不显得太猴急。"

"不会,当然不会。"她得意地笑道,"月球上怎么样,中尉?"

"实话实说吗?"

"当然了,"她说道,"撒了谎可能就再也没有机会后悔了。"

"这里真的很可怕。你那里怎么样?"

"也差不多。"她回答道,"不过,人民还没有完全陷入混乱。大多数人还能保持冷静。如果新闻报道的都是真的,全世界就已经准备好战斗了。这真是太不可思议了。"

她的声音里听不出任何希望,但我还不能把第二艘"破冰者"的计划透露给她——更不用说老爸的推论了。我很想听听她的想法，不过时间所剩无几了。

"准备好收拾那些外星人了吗，中尉?"她问道。

"时刻准备着，中尉——对不起，拉金上尉。"我给她敬了个礼——为了再次听到她的笑声，我故意像个傻子一样，把手戳到了自己的眼睛里。

"你怎么这么快就升官啦?"我问道。

"水晶宫战役中的英勇表现。"她说道，"我还保持着地面击毁敌人的最高纪录。再说了，我又没把机库给炸掉。"

"是啊，他们不喜欢炸机库。"

"我有份礼物要送给你。"她用两根拇指在触摸屏上点击着，"这是我玩《大地》的时候最爱听的歌曲播放列表。我喜欢边玩边听摇滚乐。对我的瞄准大有帮助。"

"是的，"我笑道，"我玩的时候也喜欢听摇滚。"

屏幕上弹出"文件传输完毕"的消息——她有办法绕过防护软件，不需要经过我的同意就能把歌曲传到我的设备上。音乐播放器也被打开了，上面排着她的播放列表——我扫了一眼，几乎全是琼·杰特、红心乐队和帕特·班娜塔①的歌。

"这些歌迟早会有用的。"我笑着说道，"谢谢②。"

"不客气③。"

我让她教我怎么绕过防护软件来传送文件。学会之后，我马上就把父亲《游戏奇兵》里的歌都传了过去。

她浏览了一遍，笑着点了点头。

①这三个都是美国著名的女摇滚歌手或女子摇滚乐队。
②原文为西班牙语。
③原文为西班牙语。

"嘿,想听听好消息吗?"她问道。

"好呀,快说吧!"我说道,"我已经很久没有听到好消息了。"

"我想他们会派我帮你们守护月球基地'阿尔法',不过是从'蓝宝石'站里遥控月球上的无人兵器。"她说道,"你知道,前提是他们没有先进攻地球。我一到这里,他们就让我在MBA防卫模拟程序里不断训练。"

我笑了——几秒钟之前,我还想不到会有这样的好事。

"这么说,你会来掩护我喽?"

"只要把你的Q通识别号给我就行。"她点头说道,"我想出了一个办法,能够通过识别号精确地找到你的位置,还能在战斗中辨别出哪架无人机是你操纵的。"

"你什么时候想出这个办法的?"

"我整天都坐在这里,通过模拟程序受训练,顺便摸索Q通网络。"她说,"EDA建立的通信网络其实与传统网络没啥两样,我轻易就能把它攻破——也许他们根本就没在意过网络安全。你的QCLID是什么?"

"我的什么?"

"你的量子通信连接识别号码?"

我盯着显示屏下方的一排图标看了一会儿,耸了耸肩,说道:"我不知道。"

她翻了个白眼,咧嘴说道:"看见显示屏右上方那个齿轮一样的东西了吗? 那就是你的无人机控制舱设置。"

"是的,"我用手指点了一下那个图标,"这个我知道。"

她帮我在设置菜单里找到了一个十二位的数列,这就是她要的识别码,我把号码读了出来。

"好了,"她的手指在触摸屏上飞快地跳动着,"现在我可以随时照看你了。"

"我感觉好多了。"我说出了自己的真实感受。

"这可是我的看家本领。"她朝我抛了个媚眼,看上去就像个电影明星,"在我得到你之前,我要确保你不能有任何闪失。明白了吗,士兵?"

"明白,长官。"我说道,"我会尽力的。"

说完,我又敬了个礼。莱克斯大笑起来——然而片刻之后,笑声变成了抽泣。

"见鬼,扎克,我怕极了。"她紧咬着自己的下嘴唇——我想是在克制发抖吧。

"我也很怕。"我忽然无法直视她的双眸——即使是在显示屏上,"我这一辈子都梦想着和外星侵略者打仗,想来个伟大的冒险。就像在电影里那样,人类总能取得最后的胜利。"

"我觉得外星人应该像《天外魔花》或者《恐怖侵人》①里的豆荚人,"她说道,"那才是侵略地球的好办法。而如今,我们却生活在《独立日》和《环太平洋》里。"

她这番话让我想起了刚才父亲和我说的话,还有他向我灌输的那些理论。他说得到底对不对?"破冰者"究竟会拯救我们,还是会把我们推入万劫不复?

"我不想无缘无故地死去,扎克。"莱克斯的脸上透出一股坚定,"你觉得我们还有机会阻止他们吗? 他们有那么多武器。人类能幸存下来吗?"

我拼命地点着头。

"我们还有机会。我们必须要阻止他们。"我回答得太快了,

---

①这两部电影的内容差不多,后者是前者的重拍版,讲的是豆荚里长出来的外星生物占据人类身体的故事。

"'要么做，要么不做，不存在试试看。'①"

她朝我露出了一个迷人的笑容。

"我很高兴我们能相遇，扎克。"她的十指都扭成了一团，"我只希望……"

"我也是，莱克斯。"

她深深地吸了一口气，"'我不应屈从于恐惧。'"她背诵道，"'恐惧会扼杀心灵。恐惧是带来泯灭的灾星。'"

我边笑边接着她的话背了下去，"'我要面对恐惧。任由它从我身上流过。'"

"'恐惧过后，我会用内心来寻找它的轨迹。'"她继续背诵道，"'恐惧过后，了无痕迹。唯我屹立不倒。'"②

她缓慢地呼着气，随后我们相视一笑。

"倘若今晚世界没有被毁灭，明天我们俩都还活着的话，我就要和你约会。"她说，"一言为定？"

"一言为定。"

离敌人进攻还有14分49秒。

父亲做好了指令台上的准备工作，随后爬进自己的控制舱，我的控制舱就紧挨着他。我们八个各自坐定，看着倒数时钟上最后十五分钟慢慢流逝。

将军看上去还没有从和妻子的谈话中恢复过来。我不想问他和我妈说了些什么。不过我还有些话想对他说，要趁着最后的一点儿时间与他和解。

---

①《星球大战》中尤达大师说的一句台词。
②以上几句话引自著名科幻小说《沙丘》。

　　我爬出控制舱,一手抓起放在地上的 EDA 背包。我把父亲的夹克拿出来递给了他。

　　父亲看到这件夹克,顿时笑得嘴都合不拢了。他翻来覆去地查看着每一个布制徽章。看完之后,他靠过来给了我一个拥抱。

　　"谢谢你。"他说,"不过,你怎么会把这件衣服带在身上呢?"

　　"今天上午,他们来接我的时候,我就穿着这件衣服。"

　　他笑道:"真的吗?"

　　我点点头。他把夹克翻到背后,穿了上去。

　　"依旧合身!"他欣赏着两边袖子上徽章,"我以前经常穿着这件衣服到街机厅去。我觉得它会给我带来好运,还让我看上去像个坏小子。你老爸就是个游戏宅。"他脱下夹克又递给我。

　　"穿在你身上一定更帅。"他说,"让我看看。"

　　我摇头说道:"你赢得了所有这些徽章,理应由你来穿。"

　　他点点头,重新穿上了夹克。

　　"谢谢你,扎克。"

　　"不客气。"

　　我回到自己的控制舱,倒数时钟只剩下五分钟了。

　　四分钟、三分钟、两分钟、一分钟。

　　我刚坐进驾驶座椅,舱盖就自动关闭了。

　　"'下定决心则万事俱备。'"①我听见火迪对着通信器喃喃说道。

　　就在此时,我的 Q 通过无线网络连上了控制舱的音响系统,《游戏奇兵》里的下一首歌从喇叭里喷薄而出,是蝎子乐队的《摇滚如风》。

---

　　①这句话引自莎士比亚的名著《亨利五世》。

前奏是一段暴风骤雨般的吉他演奏，我随着音乐摇晃着脑袋，时钟上最后的几秒钟就此溜走。

倒数时钟终于走到了尽头，刹那间，雷电堡里响起了警报声。显示器上的"紧急警报"指示灯也开始闪烁。

作战显示器亮了起来，我们的遥感探测器侦测到，敌人的先头部队已经通过了火星轨道外侧的小行星带。他们的速度非常快。一马当先的巨球星舰已然靠近了火星，周围环绕着无数架天刃战机。

"他们来了！"米洛对着通信器狂叫，"他们来了！看见了吗？"

"好了，米洛。"黛比回答道，"我们的眼睛没出毛病。我们看得见。"

"好多啊。"火迪说道，"真是太多了。"

"如果拦不住他们的话，几分钟之后他们就会来敲我们的门了。所以大家必须用尽全力，在到达月球之前摧毁他们。"父亲在通信器里命令道，"分配给你们的无人机都已经上线并锁定了！飞行员们，准备发射！"

"狼獾队①，冲啊！"米洛大叫。随后，他又对着通信器发出了一声长啸，这声呐喊居然和蝎子乐队的音乐配合得天衣无缝。

显示器上，地球和敌人先头部队的距离正在迅速缩短，我感到血脉贲张。

"大家保持冷静。"父亲说道，"愿原力与你们同在。"

"愿原力与我们同在。"桥本重复道，声音中丝毫没有嘲笑的意思。

---

①这里指的是美国密歇根大学的体育运动队，下辖27支附属队伍，其中大多数都是全美闻名的劲旅。

"愿原力与我们同在!"其他人都在通信器中回应着这句话,就连陈江也用中文重复了一遍。

陈江话语中透露出来的真挚感染了我,我调节好麦克风的音量,像模像样地学着陈江的发音说了一遍。

陈江哈哈大笑了起来,对着通信器又说了些什么。翻译器出了问题,在我的屏幕上打出了一句不知所云的话:"我们到这里是来杀敌的,还要嚼泡泡糖,我们已经没有泡泡糖了!"

我笑得前仰后合,好一会儿才停下来。几个月前,我在美国文学课上拿到了一本关于南北战争的书,从那本书上我学到了一个词语"黑色幽默"①。那个时候,我觉得这个概念很难有机会在日常生活中体验到。现在,听到陈江用中文说出这句《极度空间》的台词,我似乎听到了一生中最好笑的笑话,也终于明白了什么是"黑色幽默"。

"所有无人机准备发射!"通信器中传来了父亲的声音,"给他们点儿厉害尝尝。"

地球上的飞行员所操纵的无人机已经从机库里蜂拥而出,我们的八架"拦截者"紧随其后。

让我们一起去会会那些外星侵略者吧。

---

① 也被称为"绞刑架下的幽默",是一种用喜剧形式表现悲剧内容的文学方法,一种绝望的幽默。

第二十章

排成箭头队形的"拦截者"无人机编队在火星轨道上遭遇到了木卫二的先头部队，这里恰好是小行星带边缘到地球的中间点。在我的作战显示器上，代表敌人飞船的一大片深绿色三角形放慢了前进的速度，缓慢靠近代表我方无人机的白色三角。

绿色的三角形要比白色的多得多。

然而我们无畏的飞行员依旧操纵着无人机，径直向着敌人冲了过去。进入可视距离之后，父亲一声令下，我们一起猛按制动键，八架无人机同时悬停在太空之中。"敌人在十二点钟方向，"父亲在通信器中说道，"进入射程之后，立即散开迎敌。他们一定也会这么做的。"

飞行员们整齐地回答："随时可以开火！"

敌人就在前方，不计其数的天刃战机在巨球星舰周围组成了一道保护网，一齐向我们猛扑过来。星空在他们的机身上反射出一道道扭曲的光。"毁灭者"依旧躲在巨球星舰的机库中，和它在一起的还有成百上千艘装着地面无人兵器的运输飞船。

"你们好！"我听见老爸在通信器中说道，"我是地球防卫联盟的泽维尔·莱特曼将军。你们这些王八蛋想到哪里去啊?"他停顿了一下,接着说道,"克拉图、巴拉达、尼克图①,伙计们。"

或许也想尝试一下"黑色幽默",他用口哨吹出了《第三类接触》中用来联络外星人的那五个音符。这些音符在木卫二人传来的每段剪辑视频中都能听到。

父亲好心的问候没有得到任何回应。片刻之后,打头的天刃战机进入了我们的射程,他们率先开火了。

双方的队形顿时被打乱,漆黑的太空中布满了红色的激光和蓝色的离子束。

我们的无人机立刻开始还击,不断有敌机在我的周围炸得粉碎,火光照亮了我的机身,看起来就像一场恐怖的灯光秀。一次小型核爆炸把我面前的敌人队伍照得雪亮,仿佛是一颗被点亮灯光的圣诞树,不过这缤纷的光芒只持续了不到一秒钟。

我把瞄准器对准敌人的机群,扣动操纵杆上的扳机,射出一串离子束。敌人的队形实在是太密集了,想不打中都困难。在那一刻,我感到自己如同拥有原力一般所向披靡。

然而,接着就有一大群天刃战机向我猛扑过来,我条件反射地做出躲闪,几乎不用经过大脑——我的脸上露出了微笑,一切都变得豁然开朗,现在面前是真正的敌人。父亲在我脑海中种下的疑惑和不安,还有心中的恐惧,全都烟消云散了。剩下的只有最初的愤怒和眼前明确的目标。

不是你死就是我活。不是征服别人,就是被别人征服。不是生存就是毁灭。

这些都是简单明了的选择。事实上,这些问题的答案早就

---

①这是电影《地球停转之日》中外星人说的一句话,意思是"不要炸飞这个世界"。

根植在人类的思想中了。我现在能想到的唯一一件事就是：现在，为了复仇，为了残垣断壁，为了血色黄昏，冲啊！①

我在敌人机群中横冲直撞，打一枪换一个地方，始终保持在移动中射击。我的平视显示器上布满了不断变换着队形的敌机，不过它们的移动规律还是同《无敌舰队》和《大地》中没什么两样。

我进入了状态，找到了玩《无敌舰队》时那种熟悉的节奏，一切状况都能应付自如。跟着耳机里的音乐，我掌握了敌人的移动规律，他们那种死板的电脑战术使我能预判他们进攻和躲避的路线。我的状态好极了，简直无人能挡。我弹无虚发，而且躲过了所有敌人的炮火。

刹那间，我觉得自己回家了，正坐在房间里玩着《无敌舰队》。

为什么现实中的外星人会和游戏里的采取相同的战术？

这个问题又浮现在我的脑海中。然而我没有继续想下去，而是把精力集中在战斗的快感上。

我们的无人机消耗得很快，但是第一波援军已经抵达了战场。每当一架无人机被击落，它的飞行员就会立刻操纵月球基地里的另一架重新加入战斗。敌人的先头部队依然不断向地球逼近，无人机损失的速度正在不断加快。不过也不是完全没有好事：他们的逼近使我们回到战场的距离变得越来越短。

就算从前事态并没那么清晰，如今我们已经都明白了——我们打的就是一场消耗战。我们根本无法阻挡敌人的先头部队，连一点儿机会都没有。敌人的舰队太庞大了，飞快地吞噬着前进道路上的一切阻碍。

---

①这是电影《指环王》中的一句台词。

我们只能在他们到达地球之前,尽量削弱他们的力量。

我的第一架无人机被干掉时,已经击落了七架敌机。

等待时间漫长得难以忍受。几分钟以后,我操纵着第二架无人机杀回战场,回到正在被敌人不断蚕食的前线。刚要加入战斗,身边一架天刃战机的反应堆就过载自爆了,我的无人机再次被炸成了碎片——这次连一架敌机也没击落。

开着第三架无人机急匆匆地冲出机库时,我的显示器上出现了一条警告,通知我敌人已经接近月球的背面了。

几秒之后,铺天盖地的敌机出现在月球黑色的天空上,向我直冲过来,甚至遮蔽住了远处的地平线。

"敌人的先头部队已经分成了两股,有'毁灭者'的那一队看上去要去地球了!"父亲在通信器中喊道。

"另一半冲着基地来了。"桥本补充道。

我看了看自己的战术显示器——他们是对的。敌人的先头部队像阿米巴虫那样,分裂成了鱼雷状的、数量相同的两股。其中的一群围绕着"毁灭者"十二面体,另一群则向我们袭来。

显示器上,雨点般的绿色三角朝基地发起了猛攻,炮火像火山喷发一样落在我们的头顶上。

"紧急警报!月球基地'阿尔法'遭到攻击!"我的电脑发出警告。

震耳欲聋的警报声在基地内部通信频道中回响着。

"听见敲门声了吗?"格拉汉姆大叫道,"我们的客人来了!他们看上去很生气。看看上面的情况吧!"

我脱下虚拟现实眼镜,点击了 Q 通上的摄像头图标。屏幕上立刻挤满了十几个缩小的视频窗口,每一个都显示着基地里不同摄像头所拍摄到的画面。基地的表面爬满了敌人的机器人，仿佛一座蚁丘被来自另一个世界的某种金属甲虫包围了。在画面的背景中，许多运输飞船不断降落。飞船一落到月球表面就像花朵般展开，数以千计的蜘蛛战士和蛇怪坦克蜂拥而出，加入到进攻基地的队伍之中。

"欢迎仪式启动！"父亲宣布。基地顶上的自动防空炮开始连续向空中发射出一排排弹幕。

天刃战机投下的第一波离子炸弹在基地的防护层上爆炸了，在透明表面上留下了一道道裂痕。从我们头顶上的大屏幕看，反射回去的能量在星空中留下了一条条炫目的光束，甚至照亮了昏暗的雷电堡。随之而来的冲击波让基地和整个月球表面都震动了。

平生经历的第一次月震渐渐平息，我惊慌地想要逃出控制舱，跑到安全的地方——虽然我不知道是哪儿。我极力克制着这种欲望。

和我的恐慌相反，我紧握操纵杆，控制着新的无人机向上爬升。随后加大油门，冲着来势汹汹的天刃机群疯狂射击。其他"拦截者"也跟在我身后，密集地向敌机开火。

我击落了五架敌机，接着是第六架、第七架。战友们都发挥出了自己的最高水平。我听见黛比在通信器中喃喃自语："真是易如反掌。"

就在我把十字线对准下一个目标时，敌人的激光束从各个角度向我射来，我的无人机被炸成了碎片。

我骂骂咧咧地开出另一架，但我还没来得及发射，敌人就炸穿机库外墙冲了进来。

我按下发射键，可是无人机全然没有反应。机库的弹射系统被敌人给炸坏了。机库里堆积如山的无人机在我的周围倒了下来,我的显示器上随即一片雪白。

就在此时,一声巨响从基地表面传来,随之而来的冲击波使得整个雷电堡剧烈地摇晃了起来。

我打开控制舱盖,把头探了出去四处张望。其他人也都一个接一个地站了起来。

"见鬼。"父亲说。我觉得他表现得有点儿过于镇定了。"有个家伙冲进机库里自爆了。整个机库都报废了,里面的无人机也全完了。"

"我们现在该怎么办?"黛比问道。我也想问这个问题,不过她的声音可比我冷静多了。

"EDA正在从地球上派无人机过来。"桥本告诉我们,"不过他们现在都去对付'毁灭者'了。我们大概只能靠自己了。"

他和我父亲对视了一下,随后将军转过头来对我们大喊:"大家回到自己的控制舱,快!桥本会给你们每个人分配一门激光炮塔。要在他们攻入控制中心之前尽量拖延时间!把他们拖住,明白了吗?"

话还没说完,他就跳进了一台ATHID双操作设备,打开电源,把双手伸进能量手套中。周围的显示屏同时亮了起来。

又一次猛烈的大爆炸撼动了雷电堡,我们都连滚带爬地钻回控制舱。坐稳之后,我合上舱盖,一个简单的瞄准界面出现在显示屏上,覆盖在激光炮塔视角的高清图像上。界面中包括了十字线、测距仪和激光能量计。

"不要停!"父亲叫道,"尽量拖延时间!"

我拼命射击,但敌机没完没了地向基地冲来。几分钟之后,不可避免的情况发生了,密集的激光炮打穿了基地的防爆大门。

他们进来了。

"缺口！那里有个缺口！"桥本在通信器中狂叫着,"他们进入基地了！他们已经到了六层和五层,他们就要下来了！大多数都是蜘蛛战士——有几百个,也可能是几千个!"

我们开始操纵基地里的机器人步兵。不知道其他人怎么样,反正我是被打惨了。每次我刚控制一个新的机器人,它就立即被无数的蜘蛛战士撕得粉碎,一个比一个死得快。

"好了,"父亲命令道,"放弃战斗岗位。我们要撤退了,就现在！陈江、火迪、扎克！难道要我过来把你们揪出来吗?我会那么做的！快点,我们要走了!"

我手忙脚乱地爬出控制舱,刚好看到老爸一把拎起火迪的腰,把她从控制舱里拽了出来。他把火迪交给黛比,转身朝陈江的控制舱走去,准备把他也捞出来。这时,陈江像超人一样从控制舱一跃而出,落在将军面前,还向他敬了个礼。

"遵命,长官!"陈江大喊道。

桥本还在控制舱里。我跑过去查看他的显示屏——他正在操纵着一整队机器人步兵,拦住了通往雷电堡的高速电梯井。通过监视摄像头,可以看到一群愤怒的蜘蛛战士正在撞击着电梯外的装甲门。沉闷而重复的撞击声透过墙壁传入雷电堡,在我们的周围回荡着。

见到桥本还不肯离开,米洛也跳回到控制舱大声说道:"桥本和我会挡住它们,你们先走,我们随后赶上来!"

父亲刚想张嘴反对,巨大的爆炸声就把他的话给噎了回去。格拉汉姆一面回头叫着他们俩的名字,一面朝着出口冲去。

"不要浪费时间了,将军。"桥本说道,"光靠自动炮塔是不够的,我和米洛可以抵挡更长时间。要是你现在不走的话,就来不及了!"

"走吧,长官。"米洛大喊道,"我们能行。"

此时,桥本的双手正在他面前一大排触摸屏上不停地拖动,指挥着机器人步兵进攻指定的目标或防守指定的区域。我看得出,他正在竭力利用基地所剩无几的防御力量——与此同时还控制着另外五六个机器人步兵,与其他地球操作员控制的机器人并肩作战,那些操作员的技术可比桥本差远了。

桥本瞥了一眼格拉汉姆,又看了看我父亲,一些不言而喻的东西在三人之间传递着。接着,我父亲点了点头,手指开始飞快地点击面前的指令台。

"我把所有无人控制的炮塔都设置成了自动射击。"他说。随后,他转身朝出口跑去,"其他人都跟我来! 快跑!"

他按了一下手腕上的Q通,出口旁的弧形墙面上打开了一道暗门,露出一条狭窄的楼梯。我们六个沿着楼梯向下跑,这时又响起了一连串的爆炸,整个基地摇摇欲坠。

我们跑出楼梯,来到了一个巨大的正方形房间,地面上嵌着一扇加压舱门。房间的墙壁上挂着一排面具式太空头盔。父亲命令每个人都戴上头盔,他自己率先套上了一个。头盔依着我的脸型自动收紧,从额头到下巴形成了一个气密圈。戴上之后,面具里的平视显示器亮了起来,屏幕上出现了周围的大气读数。颈圈里配备有一个小巧的氧气瓶,氧气的存量也显示在了屏幕上。

格拉汉姆确认每个人都穿戴妥当之后,父亲用掌纹打开了加压舱门。舱门下正是一个管状救生舱的内部,大小和德国大众的迷你面包车差不多,里面安放着十个座位。通过圆形的舷窗,可以看到救生舱被安置在一根地下管道里,就像是枪管中等待射出的一颗子弹。我们全部钻了进去,绑上安全带。父亲拍了一下舱壁上的红色按钮,救生舱猛地被弹射了出去,我们都被压在椅子上动弹不得。

救生舱在黑暗的通道中穿行,通信频道里不时传来米洛和桥本的咒骂声和互相鼓励的叫喊。他们俩还在抵挡蜂拥的蜘蛛战士。

"基地已经被他们占领了。"桥本在通信器里对我们叫道,"每层都是。他们现在聚集在雷电堡外,随时都可能攻进来。"

"快撤出来!"父亲喊道,"我们会把救生舱送回来的。"

"对不起了,长官。"桥本必须大声说话才能盖过周围的金属破裂声和炮火声,"看样子我们要在这里战斗到最后一刻了。"他又说了些什么,声音却被巨大的爆炸声淹没了。

雷电堡里所有的摄像头都瘫痪了,不过我们还能听到他们的声音。

"老朋友们,一路平安!"桥本在一片混乱中大声喊道。

父亲想要回答,却什么也说不出口。我看见他的脸因极度痛苦而扭成了一团,随后他用双手捂住了脸。

"嘿,你们能帮我个忙吗?"米洛喊道,"等我们打赢了这场战争,告诉费城的每一个人,我的遗愿就是以我的呼号来命名我念过的那所高中,行吗?我妈常到那里去,我觉得她一定会喜欢这个主意。你们能听到我说的话吗?"

我拿起父亲的Q通叫道:"我们听见了,米洛。你放心吧,交给我们了。"

"谢谢了,伙计!"他回答道,"库什大师高中,我喜欢!"他疯狂地笑了起来,我能听见他的激光炮塔还在不停开火。"等等,还有一件事!告诉他们在费城市中心给我立一座铜像!要像洛基的那个一样!要比他的还大,行吗?"

我还没来得及回答，又一次巨大的爆炸使基地再次晃动起来，通信频道也受到了干扰。这次爆炸听上去比前面的都要剧烈。

"完了，完了，完了！"我们听见桥本大叫着，"他们进来了，米洛！做好准备！"

"来吧！"奇怪的是，米洛的声音还是兴高采烈。我听得出，他正在用Q通上的激光枪拼命开火。"谁想来尝尝这个？即使追到地狱我也不会放过你①，王八蛋！我会用格布萨之锤②——"

疾风骤雨般的激光炮声过后，一连串猛烈的爆炸吞噬了米洛的声音。随着一阵可怕的咆哮，雷电堡变得死一般寂静。雷电堡被打穿了，里面的空气和其他一切都被吸了出去，飞向月球表面真空的黑暗。

---

①这句话引自美国最著名的小说之一《白鲸》。
②这是电影《惊爆银河系》中的一句台词。

第二十一章

救生舱继续在管道里飞驰,我默默地看着Q通的屏幕,上面显示着月球基地"阿尔法"的最后时刻。

在月球表面,一些散落各处的机器人步兵依旧和蜘蛛战士在鏖战着,环形山脚下一台落单的哨兵机甲和蛇怪机器人扭打在一起。一小撮天刃战机还在轰炸基地,它们没有遭到任何抵抗,不依不饶地把基地炸得片瓦不留。

我们都盯着Q通小小的屏幕,这里发生的一切仿佛是从遥远地方传来的电视直播。逃生舱再次因爆炸而颠簸,随后,前方的管道坍塌了,一束灯光从上面照了进来,就像一排突然打开的舞台照明灯。

那是一台蛇怪机器人——外形有点儿像挥舞着大镰刀的巨型金属螳螂,镰刀下面还有一对可伸缩的机械手,嘴里则装着一门双联离子炮。

一条金属胳膊伸进了管道,差一点就碰到了我们的救生舱。救生舱刚好从机械手下面溜过,它的拳头像拆房子的大铁球,把我们身后的管道打了个粉碎。

几个八条腿的蜘蛛战士钻进了管道,蹦跶着追赶我们的救生舱,更多的蜘蛛战士涌进管道跟在它们后面。救生舱持续加速,蛇怪机器人的金属巨爪从外面不断撕扯我们身后的管道,我们稍微慢一点儿就会被打中。

又一次爆炸使整根管道都摇晃起来,蛇怪机器人猛地一跃,赶上了我们。它的右臂突然伸长,爪尖击穿了救生舱的后部舷窗。救生舱里压力骤降,父亲猛踩刹车,我们的头盔开始自动供氧。格拉汉姆转过身来,用Q通的激光枪朝着蛇怪的爪子开了几枪。爪子一下子伸了过来,巨大的金属手指裹住了格拉汉姆的身体。

格拉汉姆还没来得及惊叫,爪子就合拢了。他就在我们面前活生生地被捏死。蛇怪把他的尸体从舷窗扔了出去,他像一个破布娃娃那样重重地撞上外面的管壁。

黛比发出了一声撕心裂肺的尖叫。蛇怪的爪子又朝着火迪探了过来,陈江奋不顾身地冲过去挡住它。千钧一发之际,老爸用激光枪开火了。

蛇怪用另一只爪子打穿了我背后的舷窗,向我抓了过来。幸好火迪一把把我拉开,帮我避开了致命的一击。我们五个退到了救生舱的前部,蛇怪的爪子不够长,伸不到这里。两只爪子乱抓了一通之后,蛇怪突然缩回胳膊立了起来。父亲把油门控制器向前猛推,试图让救生舱再次启动。不过,我知道已经来不及了。

蛇怪抬起一只大脚,打算把我们连人带救生舱一起踩扁。

就这样吧,已经无计可施了,我们完了。

就在大脚要落下来的时候,一台哨兵机甲从天而降,把蛇怪机器人推到了管道外的地面上。两台巨大的无人兵器在我们头顶上的大洞旁边扭打在一起。一束束激光和炮火在我们头顶上飞来飞去,随着一声爆炸和一道炫目的白光,四周突然静了下来。

等烟雾散去,月球上的尘土渐渐落定,哨兵机甲的脸从洞口探了出来。它的脸实在是太大了,遮住了头顶上一小片黑色的天空。通信频道传来熟悉的声音。

"我说过会照顾你的,莱特曼。"我听见莱克斯的声音。

"谢……谢谢你,莱克斯。"我结结巴巴地说道,"太感谢了,你救了我们的命,我欠你一个大人情。"

"那是肯定的。"她说道。她的哨兵机甲向我们伸出巨大的双手,这个动作把我吓了一跳。莱克斯轻巧地把我们的救生舱举了起来,放到前方还没有被蛇怪破坏的管道里。

把我们安放妥当之后,莱克斯用巨大的手掌向我们挥手道别。

"'蓝宝石'站的每个人都被分配在地球上作战了。"她在通信器里说道,"我留在这里看看你们还需要什么帮助。上海已经受到攻击,我得走了! 祝你们好运!"随着传动系统发出响声,她的机甲笔直地站了起来。

接着,她关闭了电源,机甲自动进入了休眠状态,像一个被傀儡师抛弃的金属人偶。

"那是谁啊?"火迪问道。

"'三十打'中的亚力克西斯·拉金上尉。"我答道,"她是我朋友。"

火迪点了点头。黛比呆呆地望着破碎的舷窗,默默地抽泣着。我顺着她的目光望去,看到父亲已经爬出救生舱,紧紧地抱着格拉汉姆的尸体。他的头盔贴在格拉汉姆那鲜血淋漓的破碎头盔上。

父亲把麦克风关了，不过我还是可以看到他的脸痛苦扭曲。他张大着嘴，发出我听不见的哀号。他抱着格拉汉姆那逐渐变冷的躯体，不停地来回摇晃。

这是我唯一一次看见父亲号啕大哭。

不知道过了多久，我只知道自己不断地鼓励父亲，告诉他我们必须离开了。他终于站了起来，摇摇晃晃地爬回到救生舱，按下顶上的一个按钮，被打碎的舷窗里升起了装甲隔板，把裂隙都封上了。舱内随即恢复了正常的气压，我们继续向前驶去。

黛比依然在座位上无声地哭泣着，火迪在一旁搂住了她的肩膀。

"'我常听说，悲伤会使人心软，使人胆怯而丧气。'"小姑娘背诵道，"'因此，我必须停止哭泣，决心报仇。'"①

黛比点了点头，深深地吸了一口气。几秒钟时间，她脸上的表情就从悲伤变成了纯粹的愤怒。

几分钟之后，救生舱终于到达了管道的尽头。对接上加压门之后，舱门打开了。我们跟随着父亲来到两扇装甲大门前，这里无疑是EDA的紧急避难所，它处在伊卡洛斯环形山中。

父亲屏住呼吸，把手按上了大门旁的扫描器。随着"哔"的一声，扫描器变成了绿色，通向伊卡洛斯地堡的大门打开了，面前是一条狭窄的通道。大家都走进去后，父亲拍了一下墙上的按钮，大门便在身后紧紧关上，封住了安全地堡。出了通道，我们发现这里是伊卡洛斯地堡的机库。柔和的灯光下，八架"拦截者"一字排开。

---

①这句话引自莎士比亚的历史剧《亨利六世》。

"我们要抓紧时间了,"父亲命令道,"每个人上一架'拦截者',快!"

我朝着最近的一架跑去,靠近了才发现这些"拦截者"和平时的不太一样。它们都有驾驶舱,飞行员必须坐在里面控制战机,不能远程操作。"这是 ADI-89,"父亲对我们叫道,"特制的载人'拦截者'原型机。"

他一面说话,一面把手伸进了机库墙上一个大型工具箱,从里面拿出一把手枪形的工具,样子类似电动的棘轮扳手。他打开第一架"拦截者"机身下的一个舱盖,里面是一大堆缆线和电路板。他一边查看线路,一边笑着说道:"敌人进攻开始以后,我们才有权进入这个地堡。这是为了防止我们擅自离开岗位。基地的自动安全保险系统刚才已经允许我们使用这些飞船了。"

父亲用那把电动工具从"拦截者"底部拆下了一个四四方方的小部件。扔在地上之后,他合上了舱盖,又跑到第二架"拦截者"下面,重复着这个步骤。

"你在干什么呢?"我问他,"我们快离开这儿吧!"

"你以为我不想快点儿离开吗?"他说,"这很重要,再给我一分钟。"

正如他所言,一分钟后,他把八架"拦截者"的小方块都拆了下来。我从地上捡起一个仔细查看,灰色的塑料壳外面印着一长串字母编号:EDA-AI89-TAC-TRNSPNDER。

做完之后,老爸跑到一处金属平台上,打开了面前的指令台。他的双手在触摸屏上飞舞,不断点击图标,打开了许多子菜单——他的动作简直就像数据指挥官①。几秒之内,他就启动了八架 AI-89。聚变引擎发出阵阵轰鸣,喷射口里闪现着橘红色的

①《星际迷航》中的一个生化人角色。

光芒。

父亲按下一个图标，打开了五架"拦截者"的驾驶舱盖。一把金属折梯从离我最近的那架"拦截者"右侧放了下来，梯脚撞在地面上，发出清脆的响声。黛比、火迪和陈江的飞船也传来了同样的声音。

我从来没有真正进入过任何飞机的驾驶舱，更别说是宇宙飞船了。不过，里面的一切都是那么熟悉，所有的控制界面都和无人机控制舱一模一样。布局和我以前在卧室里用了好几年的塑料操纵杆与油门控制器也如出一辙。

坐在打开的驾驶舱里，我们几个就和站在金属平台上的父亲差不多高了，他还在指令台后面忙碌着，我能清楚地看到他面前的那一排显示器。

"每架'拦截者'起飞之后，在它周围就会产生一个球形的抗惯性力场。"父亲说道，"因此亲自驾驶这些'拦截者'其实和远程遥控的感觉没什么两样。当然了，只有一件事除外——这次被击落之后，就不能再去操纵其他无人机了，因为你已经死了。"

说完这番话，父亲给我们展示了"拦截者"上主要的安全设备。"别担心。每架载人'拦截者'的驾驶舱实际上就是一个弹射救生舱。飞船被直接命中的时候，救生舱应该会自动弹射出去，就和汽车上的安全气囊一样。"

"什么叫'应该会'？"我问道。

"这几架'拦截者'都是原型机，并没有经过严格的测试。"父亲的双手还在触摸屏上跳动着。我可以越过他的肩头，看见显示屏上的内容。他似乎正在查看剩下的三架"拦截者"的飞行计划——就是没人驾驶的那三架。父亲从口袋掏出了一张皱皱巴巴的纸条，他好像在按照纸条上的提示，来为无人驾驶的"拦截者"安排飞行路线。接着,他又打开了一系列我从未见过的硬件设置菜单。

完成指令台上的工作之后,父亲关闭了电源,跑下金属楼梯,跳进了他自己的"拦截者"里。他像小孩滑滑梯那样滑进了皮质的飞行员座椅中。

五架"拦截者"的驾驶舱盖同时关上了,我立刻听见了引擎的咆哮,发射已经准备就绪。机库减压完毕之后,顶上的装甲防爆门就打开了,头顶是月球璀璨的星空。

我们驾机冲出环形山,接着飞出了月球的背面。脆弱不堪的地球再次出现在我们面前,高悬在无尽的太空之中。

我听见父亲在通信器中不断喘着粗气——他已经一辈子没有亲眼见过这片美景了,当然,是我的一辈子。

"那就是甜蜜的故乡。"他低声说道,"我真是太想念它了。"

我也很想念地球,尽管我离开它还不到一天。

五架"拦截者"排着整齐的队形飞向家园。与此同时,我看到三架无人操纵的"拦截者"正朝着相反的方向飞去,飞向父亲设定的目的地。

我回头看地球,随着我们的接近,它渐渐变大,直到我的整个视野都变成了蓝色。

父亲把一张战术地图发到我们的显示器上。"他们的舰队又一分为二了。"父亲在通信器里说道,"看见了吗?"

他是对的。敌人剩余的舰队分出一半,扑向了中国大陆。另一半则和月球基地的残余部队在一起,护卫着"毁灭者"朝不同方向飞去。

"指挥中心认为'毁灭者'可能会降落在南极半岛的某个地方。他们已经派出了所有的'拦截者'无人机,试图击落'毁灭者'。剩下的空中部队目前都在保卫上海。"

"上海!"陈江重复道,跟着又说了一段中文。随后,Q通播放出了翻译好的句子:"我的家人住在上海郊区,但我有个姐姐被分配到了市中心的无人机基地。我必须去帮她!"

"不行,我们要去追'毁灭者'。"父亲说道,"他们一降到地面就会启动'毁灭者',那样的话,我们就只有载人武器能用了。所有的EDA无人机都会从天上掉下来!"

"传统的空军怎么样?"黛比问道,"他们能帮上忙吗?"

"他们会尽力。"父亲答道,"不过'毁灭者'也会破坏所有的无线电通信,还会通过改变地球的磁场来使全球定位卫星失效。这样一来,我们的传统飞机就像无头苍蝇一样了。再说,让他们去打'毁灭者'就像让他们去攻击哥斯拉一样,肯定是有去无回。对付'毁灭者'还得靠我们。"

父亲的话刚说完,我们就收到了"毁灭者"已经降落的消息。这时,我们甚至还没进入大气层。

然而,木卫二人却没有启动他们的终极武器。

出于某种原因,他们依然在等待。

他们在等我们五个。

我们驾驶的"拦截者"终于来到了"毁灭者"的降落点,就在南极半岛的旁边。战斗正在激烈地进行着。巨大的黑色十二面体在天空中旋转,像一座飘浮的山峰。"毁灭者"最终还是发射了连接光束。强大的光束撕裂着下方的冰川,巨大的冰块四散飞溅到刺骨的海水里。

在南极洲清澈的天空下,"毁灭者"的周围一片硝烟。不计其数的天刃战机正在同数量更多的"拦截者"和"黄蜂"无人机殊死搏斗,所有EDA的无人兵器都在朝着"毁灭者"的透明护盾猛烈射击。从我的平视显示器看出去,护盾已经开始不停地闪烁,这意味着它很快就要瘫痪了。不过就算护盾没了,它还有天刃战机守卫着,依然能与玩家们操纵的地球无人机进行空中格斗。

连续不断的反应堆自爆进一步削弱了护盾,闪烁的速度变得越来越快。我觉得我们五个来得正是时候。

就在这紧要关头,"毁灭者"启动了。

我方所有的无人机全都僵在了半空,随后齐齐从天上掉了下去。

外星人的无人机当然不会受到任何影响——它们的操作员都安然待在木卫二上,远离"毁灭者"的有效范围。

几秒之后,EDA的紧急安全保险启动了,无人机进入了自动驾驶模式。它们尝试着摆正机身,想要安全降落到地面上——在这里只能是破碎的冰面。大多数无人机在到达地面之前就被敌人的炮火摧毁了,还有一部分则直接掉到了海里或是坠毁在冰面上。

只一眨眼的工夫,"毁灭者"就废掉了武器库里所有的无人兵器。

我知道就在这一刻,同样的事情也发生在上海、卡拉奇、墨尔本和世界的其他地方。几秒钟之前,几百万用游戏训练出来的平民正在自己的电脑和游戏机上对抗外星敌人的入侵。而现在,他们一定全都盯着屏幕上"量子通信讯断开"的出错信息,不知如何是好。

地球上的玩家大军已经全军覆灭,他们正手足无措地坐等末日降临。

我看见几架其他的载人"拦截者"和一些传统空军战斗机还

在继续攻击"毁灭者"。但是,敌人的数量实在是太多了,他们没一会儿就被屠杀了。

现在,"毁灭者"周围的天空中只剩下无所事事的天刃和天龙战机。冰面上,蜘蛛战士和蛇怪机器人像打靶子一样,逐个消灭着一动不动的机器人步兵和哨兵机甲。

我们五个人依旧朝着敌军的核心前进,另外有几架落单的载人"拦截者"想要向我父亲的战机靠拢,在转瞬之间就被敌人炸成了碎片。而我们却在敌人的猛攻下奇迹般地毫发无损。

我使出一个横滚,躲开了面前的火球,心中却在暗暗咒骂老爸。是他把怀疑的种子深深地植入了我的脑海里,如今我忽然惊醒,这里到处都是支持他推论的有力证据。父亲、我和朋友们继续在敌人的机群中穿行着,毫不费力地击落了一架又一架敌机。激光炮火和离子束在我们周围飞舞——和我们以前一起玩《无敌舰队》的时候没什么两样。

但是,如今我们面对的是现实中的外星人——一种掌握着超先进科技,并且想要把我们赶尽杀绝的智慧生物。我们应该已经死了几百次了。难道真的是人类比他们擅长战斗吗?抑或是那帮外星人始终在玩着某种游戏?

一排离子束打中了我的护盾,导致"拦截者"的能量下降了三分之二,我一下子从沉思中清醒了过来。我摇了摇头,忘掉这些胡思乱想,加速跟上了其他人。我们组成攻击队形,贴着冰川的边缘一路狂飙。冰川依旧在坍塌,裂成一块块巨大的冰块。这些冰块随即就在"毁灭者"光束的巨大热量下融化了。

"毁灭者"悬停在波浪起伏的海面上方约一百米的地方,仿佛是一盏飘浮在半空中的水晶吊灯。护卫着它的天刃和天龙战机就像一群银色的苍蝇,围绕在它的身边。

敌人的战机依然数不胜数——就连我的作战航空电脑也无法估算出它们的具体数量。"毁灭者"周围应该还有几百架,其他的都分散到了战场的外围。根据显示器上的读数,还有更多的敌机正向这里赶来。

"它们的援军是从哪里来的?"火迪问,"难道它们停止进攻上海了吗?"

"不是那样的。"父亲说道,"根据 EDA 指挥中心传来的消息,上海已经被彻底摧毁了。他们正在把更多的飞船派过来。再过几分钟,要摧毁那个大家伙就更不可能了。"

"机不可失,"黛比建议道,"说干就干。"

"我早就准备好了!"火迪叫道,"有什么计划,长官?"

就在这时,黛比的"拦截者"接二连三地被离子束击中,一个引擎着火了。

"快弹射!"我们齐声大喊。没想到,黛比的反应比我们快多了。话音还未落,她的驾驶舱就如同弹壳跳出弹仓那样,从机身里弹了出来。驾驶舱向上飞了一会儿,随后在空中划了一道弧线,朝海面落了下去。

我正准备调转机身追过去,火迪的"拦截者"不知从哪里突然冒了出来,用悬挂在机头下方的磁力回收机械臂抓住了黛比的驾驶舱。成功地把驾驶舱固定在机身下面之后,她发出了一阵欢呼——但欢呼声随即就被一串激光给打断了,激光划过火迪的机身,差点儿就打中了黛比的驾驶舱。

"我抓住你了!"火迪叫道,"我抓住她了,将军! 不过我现在可能无法战斗了。"

"离开这里,火迪!"我父亲命令道,"把黛比带到安全的地方,快!"

"遵命,长官。"火迪回复道。她即刻加大油门,她的"拦截者"一溜烟地撤出了战场。

"还剩三个,"我对着通信器咕哝道,"继续留在这里的话,我们也很快会被干掉的。"

"眼睛看着前面,别胡思乱想了。"老爸的"拦截者"紧贴着十二面体掠过,顺便还打下了两架飞龙战机,"从我的显示器上看,'毁灭者'的护盾已经所剩无几了。继续向它开火——陈江,你在干什么?"

通信频道中,陈江边哭边叫道:"七!六!五!"

我立刻就明白他想干什么了。上海被摧毁的消息让他精神崩溃了,可这并不能怪他。他不是一个战士。他——包括我们——还没有准备好接受战争的残酷。

我在显示器上寻找着陈江的飞船,发现他已经朝着"毁灭者"直冲了过去,很明显他的武器都被设置成了自动射击。被炮火直接命中之后,他的护盾失灵了,紧接着武器和引擎也停止了运转。然而,他还是靠着惯性向前猛冲,离"毁灭者"越来越近。在我的显示器上,他的飞船不断闪烁着红光,这意味着反应堆马上就要过载自爆了。

陈江在耳机里不断用中文狂叫着。这些话的英文翻译随即出现在我的屏幕上:"它们杀了我的姐姐!我要把它们全都杀光!"

我惊恐地看着陈江继续朝"毁灭者"冲去,父亲做了一个螺旋俯冲紧紧地跟在他的身后。我屏住呼吸,等着他撞上十二面体的护盾。就在快要碰到护盾的一刹那,反应堆的爆炸点亮了整个天空。

巨大的能量冲击着"毁灭者",包裹着十二面体的蓝色透明护盾闪了几下，随后消失了，"毁灭者"终于露出了真身。

不过看到这一幕的时候，再想要做什么显然已经来不及了。就算我愿意效仿陈江的自杀式攻击，引爆自己的反应堆，时间也不够。"毁灭者"的护盾只会关闭三秒半多一点。需要两个有自杀倾向的疯子精确配合才能成功。我可不是那样的人。

然而，我父亲似乎就是这么一个家伙。

因此，他正在步陈江的后尘，继续朝"毁灭者"冲去。看到陈江的疯狂举动，他也立刻就做出了决定。

"你疯了吗？"我大叫道，"你没有足够的时间！"

"时间会有的，儿子。"父亲说道，"正如我告诉你的那样。他们在看我们，他们想要我的英勇行为成功。看着吧——我要让你看看这一幕。"

"我什么也不想看，你这个混蛋！"我大声尖叫，"赶快弹射！你不能这样对我！"

我的声音都撕裂了，"不要再次离开我！"

老爸的飞船稍微晃了一下，但却没有改变航向。

"我爱你，儿子。我很抱歉，告诉你妈妈——"

时间仿佛放慢了速度，眼前的一切都像慢动作。

我终于想到开始计数——一千零一、一千零二、一千零三、一千零四。

"毁灭者"的护盾还没有恢复。是我数得太快了吗？

父亲的"拦截者"如同子弹射向靶心，冲向依然暴露着的"毁灭者"。天刃战机的炮火从四面八方向他不停射来——理所当然地都射偏了。

我忽然莫名其妙地想到了"暴风突击队综合征"——如果从天上掉下来，这些家伙连水都瞄不准吧。

就在父亲的"拦截者"自爆前的一刹那,我看见一块装甲金属板盖住了他的驾驶舱,接着他就和黛比一样被弹向了海面。"拦截者"的反应堆随即爆炸,眼前世界瞬间变成了白茫茫的一片。

不知何故,我居然还能保持镇定。我把操纵杆用力向前一推,"拦截者"一头扎进了下面的汪洋大海。头顶上巨大爆炸所引发的冲击波撞上了海面,热量使得海水都沸腾了。大量的海水变成了蒸汽,升腾到半空。

作战显示器向我报告了水面上的情况。父亲的反应堆爆炸把没有护盾保护的"毁灭者"撕成了碎片。大量的碎片散布在海面上,与先前的无人机残骸混杂在一起。不断有较大的碎片穿过水面砸在我的无人机舱盖上,听起来就像雨点落在棺材盖上。

过了一会儿,水下彻底安静了下来,我坐在密封的驾驶舱里,盯着显示器上末日般的水面废墟。这种万籁俱寂的感觉让人搞不清自己是生是死。直到我听见自己慌乱的喘息声,才意识到至少此时此刻,我还活着。

但是,我不知道父亲是不是还活着。我没有接收到他的救生舱发出的求救信号。在这个时候,飞船上的潜望镜也起不了任何作用——海里到处都是各种残骸,要从这么多的"拦截者"、天刃战机和传统飞机的碎片中找到一个救生舱,几乎是不可能的。

就算他没死在爆炸里,也会淹死在海里。

我打开了飞船上所有的灯光,甚至连驾驶舱里的灯也全部点亮了。不过在蒙眬的海水中,我依旧看不到五六英尺外的东西。我的周围什么也没有,我又朝下看去,越深的地方看起来越浑浊。

　　我无助地盯着潜望镜,心里却不由自主地做着最坏的打算。

　　命运会如此残酷吗? 在我找到父亲的这一天再次把他夺走? 我讨厌自己的潜意识做出的回答。不过,我原本就不该问这个问题。其实我早就知道答案了。

　　机身漏水的警告出现在显示器上,我应该浮上水面了,否则引擎和生命维持系统都会失灵。

　　然而我并没有浮上去。即使毫无希望,我也要继续寻找。

　　他不能再从我的生命中消失,至少现在还不能。我要告诉他我在战斗中看到的——也就是他想让我看到的东西。

　　他是对的,而我错了。事实都摆在我面前。如果他能够生还,我一定会告诉他他是对的,我还会帮他完成计划,他让干什么我就干什么。他不需要用这种方式来惩罚我——让我认识他、了解他、爱他;然后再次让我伤心欲绝。

　　我的脑海中响起了一个声音——起码他是为了自己所坚信的东西而牺牲的。不过这个念头却让我感到更加难受,因为这不是我想要的。

　　我清楚全世界当下的状况。父亲摧毁了"毁灭者"后,全球各地的EDA量子通信会立刻恢复。所有地球防卫联盟所招募的玩家现在已经重新投入战斗了。数百万台无人兵器重新开始保卫世界各地人口密集的地方。

　　多亏了我老爸,人类才再次拥有了为生存而战的机会。他为了拯救世界,献出了自己的所有。

　　但是,我才不在乎这个世界会变成什么样子。

　　只要能找回父亲,就算世界上所有人、所有东西都毁于一旦,我也在所不惜。

　　我驾驶着"拦截者"穿行在黑暗的海底,眼前一片虚无。泰克的警告声越来越大,它不停地提醒我要立刻浮上水面,否则我会死去。

我没有理睬,我已经什么都不在乎了。

第三关

如果我们不结束战争，战争将会终结我们。

——赫伯特·乔治·威尔斯

第二十二章

　　我坐在无边的黑暗中,等着生命的终结,这时我想起了莱克斯。我想知道她在哪里,是否还活着。

　　我又想起了我们俩的谈话,想起她教我破解Q通。父亲的Q通号码就在我的通讯录里。如果他把设备带在身边,又没有关机的话,我就能通过Q通找到救生舱的位置。

　　我的心中突然燃起了希望。我掏出Q通,点开没几个人的通讯录,一步步重复莱克斯教我的步骤。首先,我要像输入科乐美游戏秘技①那样,快速连按屏幕上的图标。我的手一直在发抖,警报声也不断地刺激着我的神经,我按了好几次才输入了正确的密码。

　　一个全球定位程序出现在Q通上,小绿点代表我自己的位置——而父亲的位置则是我上方一个不停闪烁的红点。我把屏幕翻过来,查看我们之间的相对深度。

　　原来父亲的救生舱就在我的正下方!

_____

　　①科乐美(Konami)是日本著名的电子游戏软件开发公司。在它的早期游戏中,经常需要通过快速按键来输入秘技。

　　我在黑暗中调整飞船螺旋下潜,照着Q通上的位置慢慢靠近。就在我拉起机头躲开两架天刃战机残骸的时候,我听到一声巨响,机身随之剧烈震了一下。父亲的救生舱在漆黑的海水中撞上了我的驾驶舱盖。这时,我瞥见了他那张毫无生气的脸,离我只有几英寸远。

　　他的脸上鲜血淋漓。

　　我止住尖叫,启动磁力机械臂吸住了父亲的救生舱。然后收回机械臂,把救生舱牢牢地固定在我的机身下面。

　　"拦截者"的电脑开始对救生舱中的乘员进行连线诊断,父亲的生命体征数据出现在显示器上。他还活着! 他只不过是昏了过去。根据电脑的计算,他的昏迷有百分之六十七的概率是由脑震荡引起的。他的头皮上还有一道很深的伤口,因此才血流满面。驾驶舱里另一个显示屏上跳出了一个对话框,列出了救生舱将对我老爸执行的一长串治疗和所需的药物。面前的显示器上跳出一个视频窗口,一个摄像头正从父亲的肩膀上方直播着他的治疗过程,不过他依旧一动不动,毫无知觉。救生舱里伸出了许多机械手,其中的一只正在为他注射一种混合止痛药。这个情景看得我眉头直皱,我打心眼里盼望救生舱里的药物都没有过期。

　　机械手在他身上不停鼓捣着。看了一阵之后,我终于想起自己的处境,于是加大油门冲出海面,飞入云端。

　　"拦截者"的电脑提醒我,我们的乘客需要紧急治疗。自动驾驶仪上出现了一条路线,指向最近的EDA医疗中心,它位于南美洲的最南端。

　　我没有理睬电脑的指示,朝着家的方向飞了过去。

我驾驶着"拦截者"飞过波特兰烟雾弥漫的天空。看到地面上的景象，我忍不住哭了出来。我终于亲眼看到敌人先头部队对我们的城市造成的破坏——跟我想象中的一样糟。整个城市仿佛成了电影《天地大冲撞》或《僵尸世界大战》中的场景。所有可以逃出波特兰的街道和高速公路上都挤满了车辆，堵得严严实实，动弹不得。市中心有五六个地方起了大火，黑色的烟柱冲天而起。天上布满了新闻直升机和小型固定翼飞机，大多都在朝着内陆飞去。

我用Q通调出了最大的一家有线新闻网，想听听有什么新消息——却听到了最不想听到的东西。

"地球防卫联盟在巴基斯坦取得了决定性的胜利，"一个男新闻主播正在播报，"除此之外，全球另外数十个城市也传来了胜利的消息。战争形势在外星人突袭上海和开罗之后，有了重大的——"

我皱了皱眉，换了一个频道，这个频道正在播放来自纽约的现场报道。"大苹果"和我在各种灾难片里看到的城市没什么两样。一眼望去，到处都是浓烟滚滚的废墟。曼哈顿的街道被洪水淹没了，这场海啸源于外星攻击时产生的地震。

"——城市上空刚刚发生了一场史诗般的战斗，然而正如你们所看到的，敌军已经从天空中消失了。"一位男主播说道，"由平民们操纵的EDA无人兵器在这里又取得了一场重大的胜利。人类成功地阻止了侵略者的第一波进攻。我们把他们给打退了，这真是难以置信！"

漂亮的女主播在他身边激动地点着头。

"在迄今为止的每场交战中，人类显然比那些操纵侵略舰队的外星人更擅长战斗。"女主播说道，"每场战斗对我们来说都是以少打多的，尽管他们在数量和科技上占有巨大优势，木卫二人似乎缺乏我们所拥有的灵活战术和掠食本能——"

我再次换频道，屏幕上却出现了万斯上将的脸。他在用Q通对我们讲话，脸上带着一贯的坚毅。这个男人一看就是个十足的英雄。

"——虽然打退了侵略者的第一波进攻，但我们也承受了巨大的损失。"万斯上将说道，"敌人没有损失一个人，只不过损失了一些装备而已。同时，另两波舰队正在向地球逼近。"他停顿了一会儿，等人们消化他的话，接着说道，"第二波将在两个多小时后到达，我需要你们全体做好战斗准备。"

话音刚落，一个新的倒数时钟就出现在了Q通的屏幕上——离第二波攻击还有两个半小时，规模则比第一波大上一倍。

我继续换频道，全都是宣传战争的节目。操着各种语言的新闻主播报道着胜利的消息，号召大家不要放弃，休息一下之后继续战斗，我们依然还有赢的希望。

我放下Q通，希望自己也能响应ETA的全球战争号召。不过我清楚地知道，我们剩下的力量根本不可能再抵挡一次这样的攻击，更别说是两次，规模也更大——第二波的规模是第一波的两倍，第三波则是三倍。

我尽力把这些新闻抛到脑后，又想起了陈江的自杀进攻和父亲的英勇牺牲。那本不应该奏效的，但还是成功了——就像父亲所预言的那样。

我不需要再说服自己了——我已经下定了决心。

"实在对不起，我曾经怀疑过你，爸爸。"我对着通信器说道，凝视着显示器里不省人事的父亲，他双眼紧闭，额头上的血迹已经凝固了，"对不起，在此之前我还没有叫过你'爸爸'。你听见了吗,爸爸?"

他的眼睛没有睁开,对我的呼唤也没有反应——尽管穿过大气层的时候,极快的速度让机身表面燃起了大火,但是"拦截者"的抗惯性力场依旧让父亲的身体保持着相对静止。

"你是对的,我错了,行了吧?"我提高了嗓音,仿佛这样他就能听到,"如果你现在醒来的话,我就能亲口告诉你了。就算是为了我,行吗?"

"求你了?"我说,"将军?泽维尔?"

他没有回答,我又叫了一声:"爸爸?"

但他还是无动于衷,人事不省。

我直接飞到了比弗顿南部妈妈工作的那家医院上空。当我盘旋着寻找着陆点时,却发现医院周围所有的道路上都挤满了废弃的车辆和惊恐的人群。把"拦截者"降落在医院附近一定会引起人群的注意,要想再起飞就几乎不可能了。

我在城市上空绕着圈,企图找到一个僻静且安全的地方。就在这时,我一眼看见了自己的学校。学生停车场里依旧稀稀拉拉的没几辆车,我的欧姆尼还在那儿。我看到了今早雷乘坐的EDA航天飞机在学校草坪上留下的烧灼痕迹——简直有种恍如隔世的感觉。

我想直接把"拦截者"停在欧姆尼旁边,可转念一想,还是决定选一个开阔的地方。很快,我就发现了一个完美的着陆点。

我调转机身飞向学校大楼,掠过体育馆上方的时候,用激光扫射体育馆的屋顶。随后绕回来又扫射了一次。体育馆的屋顶整个坍塌了下来。尘埃落定之后,我把"拦截者"停在了体育馆里,不从上往下看是发现不了飞船的。

教务主任肯定会气坏的,不过他随时都可以把账单寄给我。

我以为一定会有人看到飞船的降落,或者听到它的轰鸣声。但是,当我爬出驾驶舱,跑到体育馆外,却发现学校里空无一人。我这才想到,大家正在逃离城市、哄抢生活物资,或是坐在家里的电视或电脑前,等着进一步的消息。

我给妈妈发了一条短信,让她尽快带着急救箱到家里和我们碰头。随后,我把车开到体育馆门口,跑进体育馆,打开救生舱的舱盖,吃力地背着老爸走向汽车。

我用了全身的力气才把他塞进汽车后座,碰撞所带来的剧痛让他进入了一种半昏半醒的状态。

"'红牛仔',随时准备出发!"他含糊了一句,像喝醉了一样。接着,他眨了几下眼睛,环顾着四周,忽然瞪大了眼睛,好像想起了什么。

"嘿,我认识这辆车。这是我的老欧姆尼!这堆废铜烂铁居然还能动?"

我愣住了。看见他再次睁开眼睛,我实在是欣喜若狂。

"是的,它还能动。"我终于开口,"不过也差不多要报废了。"我轻轻脱下了他的夹克,发现有些布制徽章沾上了斑斑血迹。我把夹克卷成一团,塞在他脑袋底下当作枕头,"尽量别动,好吗?好好休息一下,我们马上就回家了。"

"真的吗?"他微微地笑了笑,"我好久都没回过家了。"

幸好我家离学校只有几英里远,大多数街道还可以勉强通行。不过,有一个十字路口被五辆连环相撞的汽车给堵住了,我不得不绕了一点儿路。回家的路上,父亲躺在后座不停地流着口水,嘴里还在叽叽咕咕地说着些什么,显然是被救生舱注射的止痛药弄得有点儿迷糊。

车子转上了我家所在的那条街，我一眼就看到了家门前空荡荡的车道。我失望地咬了咬牙——妈妈还没回来。

我正要把爸爸扶出车厢，身后传来汽车引擎的声音。我转头望去，看见妈妈的车驶上了车道。透过挡风玻璃，她瞪大了眼睛望着我。车还没停稳，妈妈就开门向我跑来，纤长的手指捂着自己的嘴。

妈妈往车厢里张望的时候，后座上的爸爸也睁开了眼睛。

他一言不发，仿佛全身麻痹了一样，只是直勾勾地盯着妈妈。我伸出一只手放在他的肩膀上。

"妈妈，"我跨出车门，说道，"我回来了，我们都回来了。"

她伸开双臂搂住我，脸紧紧地贴在我的肩膀上。许久以后，她终于松开手，转身看着还在车里的爸爸。"泽维尔？"她问道，"真的是你吗？"

不知从哪里来的力气，父亲挪出了车厢，还站了起来。

他朝前迈了一步，妈妈立刻就抱住了他。他把脸埋在妈妈的头发里，贪婪地吸着气。

看到他们在家门前的草坪上相拥，我感到喜不自胜。这一刻我才发现，自己从来没有经历过如此的喜悦。我的心脏犹如脱缰的野马，畅快地跳动着——这巨大欣喜让我有点儿承受不了。

这时，我听见一阵犬吠，"小松饼"从狗门冲了出来。这只老比格犬欢叫着从门前的台阶蹦了下来。我已经几年没看见它跑得这么快了。

"'小松饼'！"爸爸松开妈妈蹲了下来。那只老狗一下子跳上了他的膝盖。

"见到你实在是太高兴了,老伙计! 我想死你了! 你想我吗?"

"小松饼"兴高采烈地叫了几声,使劲地舔着父亲的脸,弄得他脸上全是口水。想不到"小松饼"居然记得老爸——毕竟他离开的时候,这只狗才刚出生不久。

在"小松饼"的口水攻势下,父亲哈哈大笑。不过瞥了一眼妈妈和我之后,他的脸上又出现了那种极度痛苦的表情。他转过头去,想把自己的脸埋进"小松饼"蓬松的灰色长毛中。妈妈走上前去,把他们俩都抱在了怀里,泪水从她的脸颊上奔流而下。我也已经热泪盈眶,这是和妈妈一样的喜悦的泪水。

我泪眼模糊,看到我的父母和老狗相互依偎在一起——尽管分开了那么久,我的家庭还是不可思议地团聚了。

忽然之间,我开始祈求这世界不要毁灭,我现在最想要的就是它能长久。

爸爸放下"小松饼",一只手挠着它的下巴,说道:"你老了,伙计。这没关系,我也老了。"

妈妈检查了一下爸爸前额的伤口,皱起了眉头。

"帮我把他扶进去。"她对我说,"上帝啊,你给他灌了什么?波旁威士忌吗?"

"救生舱的医疗电脑给他打了一些止痛剂。"我解释道,"他没事吧?"

父亲突然开始唱起歌来——这是一首我没听过的老歌。

"'我没时间感到痛苦!'"①他吼道。

妈妈大笑,冲我点了点头。

"他一定是脑震荡了,不过他会活下来的。"笑声变成了啜泣,"听上去有点儿搞笑,毕竟他已经死了十七年了。"妈妈的嘴

①这是美国女歌手卡莉·西蒙(Carly Simon)的经典歌曲。

唇不住颤抖着。

"他会没事的,妈妈。"我随口说道。

我们把爸爸搀进了客厅,让他躺在沙发上。然后转过身,再次用尽全身的力气抱住妈妈。

"妈,我要到迪尔家去一下。"我松开手说道,"我答应爸爸要做好这件事。"

"他没有答应过我任何事!"爸爸大声叫道——不过,他的脸朝下埋在沙发垫子里,"小松饼"还坐在他的头上,因此可能是我听错了。

"扎克利·尤利西斯·莱特曼,你哪儿也不准去!"妈妈指着我说道,"我都要担心死了! 你不能再那样对我了!"

"外面已经没事了。"我边说边朝门口走去,"第一波攻击已经结束了。所有外星无人机几乎都被我们消灭了。"

妈妈放心地笑了笑,她明显是误解了我的意思。

"不过这只是第一波,妈妈。"我说,"更多的外星人舰队就要来了。"

"还有两波。"爸爸嘟嘟囔囔地说道。他抬起头来赶走了"小松饼",随后又把脸埋进垫子里。

妈妈犹豫着看看我,又看看爸爸。我走过去,又抱了她一下。

"我会在第二波攻击到来之前回来的,我保证。"我瞥了一眼老爸,说道,"想办法让他清醒过来,行吗?"

尽管为了避开倒下的电线杆,我不时要开到人行道和草坪上,到迪尔家的这段路比我想象的还是要容易一些。路上几乎没什么车辆,就算绕路也花不了多长时间。

我来到迪尔家的房子前,见到十几个一动不动的机器人步兵站在他家的草坪上,好像是在为他站岗放哨。走近房子的时候,机器人头上的全向摄像头一起朝我转了过来,不过并没有采取任何行动。我翻过他家后院的围栏,爬上房顶,然后蹑手蹑脚地走到二楼卧室窗外,向里面张望。

我安心地看到,迪尔就在房间里,他还活着。不出我所料,他正坐在电脑面前和克鲁兹视频聊天。

迪尔靠着他的金属椅,把脚搁在电脑桌上,只用两条椅子腿保持着平衡——这是他的老习惯了。我用手指在窗玻璃上敲了两下。看见穿着EDA制服的我站在窗外,吓得他猛地靠上椅背,椅子腿一滑,他呼的一声摔在了地板上。不过他立刻就翻身起来,跑过来打开了窗户。

“扎克!”他隔着窗栏抱住了我,顺便把我拉了进去,“上帝啊!”

我们又拥抱了一下,随后我走到电脑前,朝克鲁兹挥了挥手。克鲁兹也坐着,他那间杂乱无章的卧室离这里只有几英里远。

“天啊!”我说,“见到你们俩可真高兴。”

“是啊! 我们都不知道你出了什么事!”克鲁兹说道,“EDA制服真帅!”

“谢谢。”我倒在角落里的一张懒人椅上,浑身就像是散了架一样。

“你坐着航天飞机离开之后,我们都不知道还能不能见到你!”迪尔回到电脑桌前,“对了,有件事差点儿忘了——”他凑过来,重重地在我肩上打了一拳。

“哎呀,哎呀!”我举起拳头,装出要还手的样子,“你他妈干吗？迪尔！"

"这一拳是为了你没带我一起去。"他靠在椅背上，说道，"别再那么干了。"

我揉着肩膀，叹了一口气。"我又没有选择，"我笑道，"混蛋。"

"你走之后学校就停了课，让大家回家去了。"克鲁兹补充道，"今天下午早些时候，外星人侵略的新闻就来了。我俩立刻上网，帮助EDA打退了第一波进攻。"

"从那时起，我们就没离开过游戏机。"迪尔惊魂未定地说道，"我们参加了保卫上海和卡拉奇的战斗——直到'毁灭者'切断了所有人的量子通信。如果EDA没有干掉那个大家伙，我们就只能束手待毙了。"

"敌人开始分散攻击其他地方之后，EDA的无人机分配系统就把我们派回了比弗顿。"克鲁兹继续说道，"因为我们俩是比弗顿地区排名最高的操作员，所以我们在使用本地无人兵器上有优先权。我们用机器人步兵和降落在比弗顿的敌人打仗。"

"你看见我们干掉的那个蛇怪机器人了吗？"迪尔问道，"就在你家附近的那条街上。"

"那是你们俩干的？"

他们骄傲地点了点头。

"我们可不能让那家伙踩上你的房子！"迪尔拍着我的背说道。接着，他用一条手臂勾住了我的脖子。

"谢谢了，兄弟们，我对此深表感谢。"我指着外面那排机器人步兵说道，"你是怎么做到的？"

"它们的操作系统软件根本就没有任何防护。"克鲁兹说道，"我猜是EDA不想费事安装安全防护软件——所以侵入他们的系统就是小菜一碟。世界各地的人们想出了各种办法,能让机器人步兵做出 EDA 从来没想到过的事。他们还把怎样破解机器人的方法贴到了视频分享网站上。"他指了指外面,继续说道:"我关闭了那些机器人的返回子程序,它们就不会在第一波攻击结束之后离开了。等第二波攻击到来,我就可以用他们来保护妈妈和妹妹们了。"他的眼神中充满了自豪。

我感动地点了点头,正准备问他,是不是能让这些机器人肩并肩地跳个舞,迪尔却问了一连串问题。

"说说吧,今天早晨航天飞机把你接走之后发生了什么?你这一整天都去了哪里?"

我斟酌着该怎么回答。

"我在月球背面,"我答道,"和我爸爸在一起。"

屏幕里,克鲁兹的下巴差点儿掉到了桌子上。

而我左边的迪尔又往后靠了过去,再次摔倒在地板上。

我趁着空闲给莱克斯打了个电话,不过她并没有接。过了一会儿,来了一条短信:"我没事,会尽快给你回电。"

接着,我用最快的速度,把今天的经历给迪尔和克鲁兹讲了一遍。最后,我把父亲关于木卫二人真正动机的推论也告诉了他们,还有那些他观察到的证据。我花了一点儿时间才把消灭"毁灭者"的方法说清楚,又给他们解释这如何证实了我爸的推论。

说完之后,我问出了来这里最想问的一个问题。

"你们怎么看?"

他俩沉默着看了我许久,迪尔终于率先开了口。

"我认为你爸爸有可能是对的。为什么木卫二人要派机器人和太空船来攻击我们呢?"他抓了一大把薯片塞进嘴里,若有所思地大嚼着,"如果他们的最终目的是消灭全人类,他们只要扔一个小行星过来,或者发射一堆远程核弹就行了,也可以在我们大气层里放毒,或者——"

"也许他就是造物主!"克鲁兹对着电脑屏幕大叫道,"也许数百万年前,是他们在地球上播撒了生命的种子,由于我们进化成了一个如此蹩脚的种族,还发明了真人秀和其他乱七八糟的东西,所以现在他们要来惩罚我们了。"他竖起了一根食指,"也许是他们那个万能的种族已经厌倦了长生不老的日子,就想以折磨我们来取乐? 你知道的,就像Q族①总是要出来折腾皮卡德②那样!"

"这次对话充满了智慧,你一加入就变蠢了。"迪尔说道。

我没有插嘴,让他们自由发挥。以前在高中食堂里,我们三个每天都为了流行文化中的一些琐碎问题争论不休。所以我才来这里——听听我最信任的朋友们的意见,测试一下他们对这件事的反应,看看他们得出的结论是否和我一样。大体上,他们的观点和我的差不多。对这一切,他们也像我一样困惑,像我父亲一样被其中的神秘阴谋所吸引。

我看了看时间,第二波进攻就快要开始了。我知道自己已经做出了抉择。

"感谢你们为我理清了头绪,伙计们。"我对他们说道,"现在我要打个电话。"

我抬起手腕,打开了Q通。他们的眼睛都亮了起来。

"这他妈是什么玩意儿?"迪尔问道,"万能传感器?"

①《星际迷航》系列中一个神秘而强大的种族,几乎无所不能。
②指的是《星际迷航》系列中出现的让-卢克·皮卡德舰长。

铃声响了三次,费恩·阿波加斯特才接起了电话,他的笑脸出现在Q通的高清显示屏上。从背景可以看出,他正坐在某个指挥地堡里,四周都是厚实的水泥墙,墙上挂满了巨大的显示屏,上面是布满图标的世界各地地图。

"扎克!"他说道,"很高兴看见你还活着!他们向我报告,你和你父亲干掉'毁灭者'之后就失踪了。顺便说一下,祝贺你们!我目睹了击毁'毁灭者'的全过程!"

"我父亲冒着生命危险救了我们所有人。"我说道,"我想你应该欠他一个人情,对吗?"

他局促不安地笑了笑。我等着他问父亲的情况,但他却没有开口。

"我父亲告诉过你他的推论吗?关于木卫二人的真实动机?"

他的笑容消失了,随后重重地叹了一口气。

"你说的推论是不是指这次侵略是一场骗局?"阿波加斯特说道,"木卫二人用战争来试探我们人类?是的,他告诉过我。我很抱歉,中尉。你的父亲是一个伟大的人——一个英雄。我们大家都亏欠他很多。但是,这些年的经历让他的脑子有些混乱了,他产生了幻觉。"

"不,那并不是幻觉。"我强硬地回复道,"在南极对抗'毁灭者'的时候,我亲眼看到了证据——'毁灭者'故意关闭了护盾。他们故意让我们摧毁了它!再看看当时的视频吧——你自己也能看出来。"

他没有回答,但眼神却显得闪烁不定。他看上去并不常和人接触,也许是把大多数时间都花在电脑上了。他不习惯被人这样逼问，也没有经历过如此尴尬的境地。

"现在的对话没有意义。很多年前，我就和你父亲争论过这个问题了。我可不想和你再争论一遍，孩子。我只想说，看看你的身边吧！敌人的动机是什么已经不再重要了！"他指着背后那张巨大的世界地图说道，"木卫二人刚刚杀死了超过三千万人——这还只是第一波进攻。第二波还有一个小时就要到了。恕我失陪，我要去准备战斗了——"

"长官，如果你能让我和对此感兴趣的人谈谈——"

话还没说完，他就挂断了电话。

我放下Q通，转过头来看着迪尔和克鲁兹。

"好吧，"迪尔靠过来，"交涉失败了。现在怎么办？"

我微笑着举起了Q通。费恩·阿波加斯特通讯录里所有人的号码都被我弄到手了。我向下滚动着联系人清单，找到了标着"停战委员会——电话会议"的那一条。

"他已经给了我需要的帮助。"我说。

"你黑进了他的未来手机？"迪尔说道，"怎么弄的？你平时连手机应用程序都很少用！"

"要是你一定想知道，我就告诉你。"我说，"我在水晶宫遇到了一个超级火辣的机甲操作员，这是她教我的。顺便说一下，她还吻了我。"

"真的吗？"克鲁兹笑着说道，"她是加拿大人吗？尼亚加拉瀑布区来的？"

"我想知道他们是不是在失重状态下亲热的。"迪尔说道，"交代一下吧，莱特曼。"

我没有理会他们的问题，用Q通呼叫了老爸，但始终都无人接听。我一边让铃声继续响着，一边抓起迪尔的手机拨了妈妈的号码——却发现"帕米拉·莱特曼"的号码早就保存在迪尔的通讯录里了。

"为什么你的手机里会有我妈的号码?"

"噢,你知道为什么,硬条①。"克鲁兹在显示屏里嘟嘟囔囔地说道,他的话听上去有点儿含沙射影——这腔调是从电影《她如是说》里学来的。

"我十二岁的时候手机就有你妈的电话了,神经病!"迪尔叫道,"你手机里也有我妈的电话啊。别自以为是了。"

我点点头,随即又用力摇了摇头。"对不起,"我说,"我很抱歉,兄弟。"

我把迪尔的手机放在另一边的耳朵上,妈妈的电话也没人接。一分钟过去了,他们的电话铃声还在响着。情况可能不太妙,我在想是不是爸爸的情况变坏了,妈妈把他送去了医院。

不知道铃声响了多久,我终于放弃了等待,把两个电话都挂掉了。随后我再次拉出阿波加斯特的通讯录,找到停战委员会的电话,逼着自己做出决定。

我非常想先和父亲谈谈再给他们打电话。停战委员会很可能是由世界著名科学家或是EDA的指挥官组成的,他们也许根本就不会听一个十八岁男孩的意见。不过,我父亲大概还处于昏迷,时间也不允许我再磨蹭了。我没有选择。

我鼓起勇气,在Q通上按下了停战委员会的电话。设备同时拨出了五个不同的号码,而且立刻就全部接通了。Q通马上转换成了"电话会议模式",显示屏上出现了五个独立的视频窗口。每个窗口都有一个人影,很显然这五个人都在不同的地方。

影像里是四个男人和一个女人,他们看上去都很眼熟,不过

---

①美国电影《美国派》中的一个角色,他的妈妈十分性感迷人。

一开始我只认出了其中两个——屏幕上最后两位男士。一位是尼尔·德格拉斯·泰森博士，另一位是坐在轮椅上的斯蒂芬·霍金博士。我听见克鲁兹和迪尔都倒抽了一口凉气，我自己也惊讶得合不拢嘴了。

霍金博士率先开了口。在他身后的电脑显示屏上，我看见了熟悉的机器人步兵平视显示器——显然，霍金博士在接电话之前，正在协助保护剑桥大学。

他用那闻名于世的电脑合成语音（这让我想起了陈江的翻译软件）说道："你是谁？你怎么会有这个号码？"

我张着嘴，但是不知道要说些什么。我想起了另外三位科学家的名字——我曾经在无数电视科学节目和纪录片中见过他们。那个亚裔男士是加来道雄博士[1]，而另两位都是著名的"搜寻地外文明计划"的科学家——赛斯·肖斯塔克博士[2]和吉尔·塔特博士[3]。我认出了塔特，因为她以前是卡尔·萨根的同事，还是电影《超时空接触》中朱迪·福斯特所扮演的角色的原型。

我正在和世界上最顶尖的五位科学家通话，而他们都在等着我开口。

"霍金博士问了你一个问题。"泰森博士微微地翻了个白眼，"有话快说，不要浪费我们的时间。"

我甩了甩头，强迫自己开始说话。

"我很抱歉，先生。"我清了清嗓子，说道，"我的名字叫扎克·莱特曼。月球基地'阿尔法'遭到攻击的时候，我和我父亲泽维尔·莱特曼将军就驻扎在那个基地。我将告诉你们的这件事关

①美籍日裔物理学家，著名科学畅销书作家。
②美国天文学家。
③美国天文学家。

系到整个人类文明的命运。"

他们全都盯着我,等我继续说下去。

我用最快最简明的语言,把父亲对我说的一切和我自己在消灭"毁灭者"时的亲身经历说了一遍。

没想到,居然没有谁直接挂断我的电话。因此我滔滔不绝地说了下去,直到把我所知道的都说了出来——有些事可能还不止说了一遍。我还用Q通把父亲从阿波加斯特那里弄来的资料传给了他们,其中包括原始的"使者号"任务影像,还有木卫二人发送给我们的图像视频。他们都在自己的Q通上快速浏览着。

"你刚才告诉我们的事情让我们十分不安。"泰森博士说道,"不过遗憾的是,这些资料并没有完全出乎我们的意料。这个委员会组建以来,我们经历了不少地球防卫联盟的官僚主义和信息隐藏——特别是关于木卫二人的机密信息。我们从来不能无限制地访问那些资料。"

"中尉,你能否稍等一会儿?"塔特博士问道,"我们几个人想私下里讨论一下你刚才告诉我们的事情。"

"好的,"我瞥了一眼屏幕角落里的倒数时钟,第二波攻击正在一分一秒地逼近,"你们慢慢考虑吧,世界末日还没到呢。"

他们大概没有听到我最后那句挖苦的话,因为我的话还没说完,他们的视频窗口就变成了静止图像,连颜色也没了。我还注意到,五个视频窗口之间都有小小的箭头图标,表示他们之间的视频通话还在继续。这时,克鲁兹终于有机会看我的Q通屏幕,屏幕被分割成了几个窗口,每个窗口里都有一张面孔。这个画面就像电视剧《脱线家族》的开场——于是他开始大声唱起了这部剧的主题歌,改了歌词:"这是一个关于外星人侵略的故事,木卫二上来的那些混蛋——"

迪尔啪的一下合上了笔记本电脑,切断了克鲁兹的歌声,抱歉地向我抬了抬眉毛。

"没关系,"我对他说,"委员会让我等着呢。"

迪尔松了一口气,又打开了笔记本。克鲁兹还在引吭高歌。

"他们像妈妈一样都长着触手!最小的那个还是卷曲的!"

迪尔笑了,克鲁兹笑了,我也笑了。

这就是黑色幽默。

第二十三章

我们呆坐在迪尔的房间里，等着委员会的回音。我的Q通忽然响了起来，吓得我差点儿把它扔在地上。显示屏上除了那五个窗口之外，又多了一个来电窗口——老爸。

我点击了接听键，老爸的面庞出现在另一个视频窗口中，旁边的五个窗口依旧是黑白静止的。

他的脸上绽放着笑容——这是一种肆无忌惮的畅快笑容，甚至比我们第一次相遇的时候笑得还要灿烂。他一副随时要放声高歌的样子。我的目光落在了他脑袋的伤口上，妈妈已经为他包扎妥当。我在想他那种不同寻常的愉快是不是头部受伤引起的。面对我，他尽力想装出正常的模样——但是片刻之后，他的嘴角又向上扬了起来。他耸了耸肩，仿佛在说"我实在忍不住"。

这时，我才注意到他身后的墙纸是妈妈卧室里的，我恍然大悟——随即又赶紧把这个念头赶出大脑。怪不得刚才他们没接我的电话。爸妈像两个情窦初开的年轻人，躲在卧室里亲热。

"扎克！"老爸的声音听上去有点儿兴奋过头了，"你还好吗，儿子？"

我想把手从屏幕里伸过去掐他的脖子，但我立刻就懂了。毕竟这又不是他们的第一次，对吧？世界末日来了，地球上的人多半都在干这事呢。月球上不也是吗？每个人都在享受这最后的机会。而我老爸应该是最有资格享受片刻快乐的人，他刚刚又一次拼上性命拯救了全人类。

如果我还是以前那个布鲁斯·班纳①一样的家伙，我就会化身为绿巨人把他暴揍一顿。但现在不同，我回了老爸一个微笑。

"老爸，我正在和停战委员会开五人电话会议。"我说道，"我已经尽量把一切都告诉他们了。"

他笑了，以为我是在开玩笑，然而立刻就笑不出来了。

"等等。"他说，"你不是在开玩笑吗？"

"绝对没开玩笑，"我一边回答，一边点击Q通上的菜单，"我已经把你加到电话会议里了。"

看见其他人的名字，他惊讶地瞪大了眼睛。

"但是——你是怎么联系上他们的？"

"不是只有你才会变小戏法，爸爸。"我说，"一会儿如果有时间的话，我会跟你解释的。"

爸爸的表情完全变了，似乎在努力让自己不慌。

这时我才注意迪尔正举着笔记本电脑站在我的身后，让克鲁兹也能看到。

"活见鬼了！"他低声说道，"这是你老爸吗？"

我微微地点了点头，准备把父亲介绍给我的两个好朋友。这时，停战委员会的电话会议重新开始了。委员们发现多了一

①漫画中虚构的科学家，由于受到放射线辐射，会在情绪激动的情况下，化身为绿巨人。

个人,都有些惊讶——不过远不及老爸看到他们的名字时那般震惊。

"中尉,这位先生是谁?"肖斯塔克博士问道。

"这是我父亲,莱特曼将军。"我答道,"就是我刚才向你们提到的 EDA 指挥官。"

老爸依旧张口结舌地看着 Q 通的摄像头。

"首先,"泰森博士说道,"我们要赞赏你们俩在战斗中的英勇行为,还要感谢你们有足够的勇气把这些信息提交给停战委员会。"

"嗯……不用谢。"我犹豫着说。

"就目前的情况,我们没有太多时间来讨论你们提交的证据。"塔特博士认真地说道,"不过,我们觉得你们对于木卫二人的推论很可能是对的。"

"真的吗?"父亲和我同时脱口而出,惹得塔特博士笑了起来。

"先生们,我们也得到了一些关于木卫二人的绝密资料,结合起来进一步证实了你们的推论。"肖斯塔克博士说道,"根据官方的说法,'使者号'探测器降落在木卫二上,调查其表面的'卐'字符号。它用穿冰机器人融穿了木卫二表面的冰层,并进入地下海洋,企图与地外生命取得联系。事实上,穿冰机器人的任务并不是要与木卫二人进行接触,而是消灭他们。"

"我就知道!"父亲叫道,"尼克松总统命令 NASA 在机器人身上安装核弹,对吗?"

除了霍金之外,其他人都点了点头,表情严峻。

肖斯塔克继续说道:"尼克松认为'卐'字符号一定是某种威胁。他和几个顾问决定要先发制人。"

"所以是我们先袭击了他们,"父亲说道,"然后他们才还击的。这就是一切的起因。于是,双方的冲突在四十二年里逐步升级——"

"直到几天之前,"我接着说道,"整个事情的转折点出现了,我们向他们发射了末日武器。"

塔特博士点头说道:"根据你告诉我们的那些信息,极有可能是由于我们使用了'破冰者',才让他们发动了进攻。"

我摇着头说道:"原来这都要怪我们自己,是我们一步步地把自己逼入了深渊。"

"现在已经没有回旋的任何余地了。战争已经到了最后的阶段,恐怖平衡已经形成。"父亲说道,"我们要摧毁他们,他们就会消灭我们。"

"你认为阻止末日到来的唯一方法就是召回'破冰者'并宣布停战?"泰森问道,"在他们侵略地球还杀死了数千万无辜平民之后?"

"如果这场毫无意义的战争再打下去,不管怎样,人类都会在几个小时之内灭绝的。"父亲说道,"万斯上将是错的。向木卫二再次发射'破冰者'无法阻止第二波或第三波舰队。相反,那会坚定他们消灭我们的决心!"

"他说得没错,"我说道,"我们必须要赌一把。人类已经一无所有了——我们没什么可输的了。我们可以坚持战斗,然后被彻底消灭。"

"不幸的是,要说服EDA的指挥层按照我们的推论来做,已经为时过晚了。"泰森博士说道,"万斯上将依然不肯接我们的电话。第二波攻击已经迫在眉睫了。"

"第二波攻击开始之后,'破冰者'很快就会进入发射范围。"

肖斯塔克补充道,"木卫二人也许是故意那么做的?"

"别白费力气去联络万斯上将了,"父亲说道,"他不会听的。"

"你他妈说对了,我就是不听。"万斯上将的脸浮现在显示屏上,我惊奇地眨了眨眼。很显然,万斯也会一些Q通上的小伎俩。

"你们那些背叛地球的言论我已经听够了。"他边说,边在Q通上快速点击着。停战委员会的头像一个接一个消失了,被上将从电话会议中踢了出去。最后,只剩下我、爸爸和万斯三个人。上将那张憔悴的脸占据着半个显示屏,在高清分辨率下怒视着我们。

"不用再试图联系停战委员会了。"他告诉我们,"我已经锁定了他们的Q通,所以也不用妄想他们联系你们。"

父亲没有立即开口,沉默地盯着屏幕上的老战友。

过了好一会儿,父亲终于开口:"你是什么时候知道'使者号'携带有武器的,阿奇?什么时候知道是我们挑起战争的?"

"他们让我负责EDA的时候,我就知道了。"万斯回答道,"从那个时候开始,这些问题就不再重要了,现在更是无所谓了。"他停顿了一下,"在这个节骨眼上,是不是他们引诱我们加入这场战争,已经无关紧要了。你难道还不明白吗,泽维尔?我们是在为了物种的生存而战!告知全世界是我们自己不小心引发的冲突,对目前形势已经于事无补了。"

"不小心?"我说道,"尼克松让NASA在我们的第一根橄榄枝上绑了一个原子弹,奇爱博士①!"

"你和你儿子必须放下这些胡思乱想,将军。"万斯说道,"我需要你们俩在第二波攻击开始之前,回到前线去。"

---

①电影《奇爱博士》中的主要角色,这是一部反冷战题材的黑色幽默喜剧片。

父亲摇着头说道:"不,阿奇。我们俩已经厌倦了战斗。"

"真有意思。没想到你会是一个逃兵——或者说是一个懦夫。"万斯皱着眉说道。

"木卫二人知道'破冰者'的存在,上将。"父亲说道,"他们肯定知道。他们的科技要比我们先进一点。你也注意到了,对吗?"

万斯嗤之以鼻,"如果他们已经发现了'破冰者',为什么还不把它摧毁呢?"

"因为他们想看看我们会不会真的使用它,你这个蠢蛋!"父亲大声叫道,"这就是他们分三次进攻而没有一拥而上的原因!难道你还没看出来吗? 他们在考验我们!"他放低声音,继续说道,"阿奇,听我说,老伙计。这是我们生存的唯一方法。他们给了我们一个重新考虑的机会。我们要把发生的一切好好想一遍,不能像以前那样盲目地复仇了!"

"泽维尔,我们已经争论过这个问题了。"万斯摇头说道,"争论过许多次了。你知道我是不会因为你编造的那些故事,就拿人类的生存来冒险的。你老电影看得太多了。那些东西——不管他们是什么——已经杀害了数千万无辜的人类。我是不会召回'破冰者'的,那是在我们被消灭之前,摧毁他们的唯一机会。我不在乎你用那些愚昧的童话故事说服了多少人。我已经下定决心了。"

"阿奇,"父亲竭力冷静,"我现在告诉你,如果你把那些核弹打到他们的星球上,人类的灭亡就板上钉钉了。"

万斯盯着父亲看了一会儿,随后拍了拍自己的手表。

"二十三分钟之后,我们就知道谁对谁错了。"他回复道。父亲还想说点儿什么,但万斯挂断了电话。线上只剩下我们两人,爸爸的脸撑满了整个屏幕,一副吃了败仗的样子,不过随即又露出了笑容。

"好了，"他说道，"这样的话，只能用B计划了。"

"请提醒我一下，B计划是什么东西？"

"我们自己去阻止'破冰者'。"

我还没来得及说话，屏幕上突然出现了三个新窗口。莱克斯、火迪和黛比同时加入到了对话之中。

"嗨，伙计们。"莱克斯说道，"也算我一个。"

"我也加入！"黛比跟着说道。

"加上我是三个！"火迪大声喊道。

"怎么回事？"父亲惊讶地问道，"你们三位女士是从哪里冒出来的？"

"爸爸，这是我的朋友亚力克西斯·拉金上尉。"我说道，"我们是在水晶宫里认识的。是她教我破解Q通的操作系统的。我请她设置了一下，让她们三个能旁听电话会议。她还在我们Q通里装了一个软件，可以防止EDA的远程锁定。"

父亲抬了抬眉毛，"干得太棒了，上尉。谢谢你！"

"不用客气，将军！"莱克斯答道，还对父亲敬了个礼。

父亲沉思了片刻，"你能告诉我万斯上将现在的位置吗？"

莱克斯点了点头，"他在宾夕法尼亚，一个代号叫作'乌鸦岩'的EDA基地里。"

父亲脸上露出了一丝坏笑，向莱克斯敬了个礼。莱克斯受宠若惊地又回了一个。

迪尔从我左肩探出头来，手里还托着笔记本电脑，"我们也要加入这次行动！"

父亲挨个审视着这些稚嫩的面庞。

"有什么计划，将军？"我问道。

第二十四章

我们决定在"星舰基地"集合。

我开着自己的车,载着克鲁兹和迪尔来到了"星舰基地"门口。几分钟之后妈妈也开车到了,可爸爸并没有和她在一起。

"爸爸在哪儿?"我问道,"出了什么事吗?"

"我们俩分开过来的。"她指着天空说道。我们抬头望去,很快,我的"拦截者"进入了眼帘。爸爸把飞船降落在商业街的停车场里,向我们跑来。妈妈和我飞快地拥抱了他一下,随后我向父亲介绍了克鲁兹和迪尔,他们都充满敬畏地看着他。

我打开商店大门,让大家都进去。父亲看到货架上那一排排《大地》和《无敌舰队》的高端控制器,立刻笑开了花。

"真是太完美了!"他一边说,一边把货架上的控制设备拿下来递给我们,"我要你们每个人都给自己搭建一个控制舱,越快越好。"

我刚在"星舰基地"的局域网游戏室里设置好自己的临时无人机控制舱,爸爸就把我叫到了雷那间又小又乱的办公室里。他把这个原本就乱的房间彻底翻了个底朝天。

"你在找什么呢?"我问道。

他指了指手腕上的Q通,屏幕上显示着一张这里附近的地图,"星舰基地"的位置上飘浮着一个EDA的标志。

"这家店里隐藏着EDA光纤内联网的秘密接入点,"他说道,"但是我找不到。"

我想起了坐航天飞机去水晶宫的路上,雷告诉我的一些事——我在教室窗外看到的那架天刃战机就是来监视EDA内联网的。它在比弗顿上空盘旋,很可能就是在搜索"星舰基地"里的秘密内联网接入点。

但是,如果木卫二人已经知道了EDA的备用内联网,为什么他们没在进攻之前,把这个网络破坏掉呢?

木卫二人以前的行动从来不讲任何策略,那么没有破坏EDA内联网也就不足为奇了。

父亲继续在办公室里四处搜寻着。开始的时候,他一本一本地翻着书架上的书,随后又失望地用手臂把所有的书全都撸到了地上,"网络接口应该藏在一块金属盖板里面,看上去有点儿像保险箱。有什么想法吗?"

"店里没有保险箱,"我摇着头说道,"我们根本就不需要保险箱。"

我举起自己的Q通,说道:"不过我有雷的号码。"

"说话的时候要小心点,"爸爸警告我说,"万斯可能在监听你的Q通。"

"没关系,"我告诉他,"万斯侵入了我和停战委员会的电话会议之后,莱克斯就帮我开启了Q通的隐藏安全模式——万斯也是用这个功能来防止自己的Q通被窃听的。"

"在这方面,拉金上尉很有天赋,不是吗?"

我发现老爸在审视着我的脸,想看看我对这句话的反应,不过我还是不由自主地脸红了。我点点头,随后拉出通讯录,点击了最后一个名字:雷·哈巴肖。他的面孔立即出现在屏幕上,名字、军衔和现在所处的位置则显示在屏幕的下方——他在亚利桑那州一个名叫"吉拉山"的EDA基地里。

"扎克!"他大叫道,"你在哪里? 你还好吗?"

随后他降了声音,把Q通的摄像头放到了嘴边,"我听说你和你父亲消灭毁灭者之后,就双双失踪了。我还以为你完蛋了呢。"

我摇了摇头,把Q通侧了过来,好让他看看我目前所在的地方。

"你回店里了?"他高兴地说道,但随即看见了自己办公室的惨状,立刻火冒三丈,"搞什么啊,伙计? 谁把我的办公室弄成那样的? 强盗吗?"

我又摇了摇头,把Q通的摄像头转向了老爸。雷的眼睛瞬间瞪了出来。

"莱特曼将军,"他尴尬地对着Q通敬了个礼,"见到你十分荣幸,长官。"

父亲回敬了一个军礼。

"我也很荣幸,中士。"父亲说道,"我不在的时候,感谢你一直照顾我的儿子,我欠你一份大人情。"

"不用客气。"雷的脸涨得通红。

"雷,我们没时间了。"我说道,"我们需要找到店里的EDA内联网接口。十万火急。"

雷犹豫了一下,"在你背后墙上的UFO海报后面。"

我转过身去,找到了他说的那张海报——那是电视剧《X档案》的男主角穆德①家里贴着的"我要相信"海报的复制品，被镶在一个镜框里面。一个小巧的钛金属保险箱就嵌在海报后面的砖墙里，上面有一个数字键盘。

"密码是11382112。"雷说道。

父亲笑着输入了密码，锁被打开了。门后面是一排以太网接口——就和我家路由器背后的接口差不多。

"谢谢你!"父亲说道。

他转过来问我："店里有RJ45网线吗?"

我点点头，"就在收银台对面的墙上!"

他跑了出去，我转过头来对着Q通里的雷说道："谢谢你，雷。不过我还要请你帮个忙，一个大忙。"

"你快说吧，伙计。"他说道，"第二波进攻还有几分钟就要来了。"

我把老爸的推论简短地对他讲了一遍，不过还是花了不少时间。谢天谢地，说服雷比说服莱克斯和另外那几个家伙还要容易。我一说完，他停顿了片刻之后，就点了点头。

"告诉我你需要什么。"他说道。

我们把自己临时拼凑的控制舱都连上了雷办公室里的光纤内联网之后，父亲就开始制订作战计划了。克鲁兹、迪尔、我妈和我看着父亲在黑板上讲解着战术布置，莱克斯、火迪和黛比则在Q通上仔细听着。

虽然他的计划里有些地方我并不十分赞同，不过现在已经没有时间争论或是另想办法了。

---

①在电影《X档案：我要相信》中，穆德家里贴着一张写着"我要相信"的海报。

讲完之后，父亲祝每个人好运。接着，其他人都留在店里，我和妈妈把爸爸送到了门外。

"在我到达那里之前，如果你无法拖住'破冰者'，那该怎么办？"我问道。我们已经走得够远了，店里的人不会听到他的回答。

"别担心，"他答道，"我自有办法。好吗？"

"好的。"

他猛地把我拉进了怀里。

"我爱你，儿子。"他说，"谢谢你为我做的一切。谢谢你相信我。你不知道你的信任对我有多重要。"

他在我的前额上吻了一下，然后走过去和妈妈告别。妈妈没有哭——为了我们，她戴上了最坚强的面具。

他们简短地交谈了几句，但我没有听见谈话的内容。虽然我不知道他们说了些什么，不过我看见妈妈和爸爸吻别之前还点了点头，爸爸则对她笑了笑。

接着，父亲转过身去，爬上了我那架已经受损的"拦截者"。妈妈和我看着他起飞，朝着乌鸦岩指挥中心飞去。直到飞船消失在远处的地平线，我和妈妈还朝着天空望了一阵。我们都紧张地想起了即将到来的第二波攻击，于是跑回店里，准备开始执行父亲的计划。

第二十五章

　　父亲离开之后没几分钟，第二波攻击就来了。不计其数的天刃和天龙战机从天而降，开始攻击波特兰及其周边地区。EDA的无人兵器库存已经消耗得差不多了，敌我力量比起第一波更加悬殊。不过，EDA的玩家大军依然在顽强地战斗着，城市的街道上和天空中到处都是硝烟弥漫的战场。而此时此刻，我们正躲在"星舰基地"里执行着自己的任务。

　　在老爸的战术布置中，他解释了EDA内联网的工作原理。内联网是一个地下光纤网络，把EDA所有的无人兵器控制基地都连接在了一起，由此建立了一个能够抵御毁灭者的有线通信系统。这个网络是EDA在侵略到来之前建造的，它可以在"毁灭者"启动之后，保持基地之间的通信畅通，也可以让操作员远程操纵有线控制的炮塔和无人兵器，从而支援其他地方的防御战斗。

　　如果事情的发展能如我父亲所预料，在第二波的"毁灭者"启动之后，我们就可以利用"星舰基地"里的内联网接口帮助他潜入乌鸦岩。

假如情况不顺利的话,那他就铁定完蛋了。

父亲驾驶着载人"拦截者"去偷袭万斯上将所在的乌鸦岩基地,我则坐在"星舰基地"里,操纵着父亲在月球伊卡鲁斯环形山里改装过的那三架"拦截者",朝着巨大木星身旁的木卫二飞去。与此同时,"破冰者"也正在向那里逼近。

克鲁兹和迪尔从附近的一个EDA无人兵器库里调来了四台崭新的机器人步兵,放在"星舰基地"的停车场里来防御第二波进攻。

莱克斯在"蓝宝石"站,雷在吉拉山,各自进了控制舱,连接上了EDA内联网,协助父亲的潜入计划。

克鲁兹和迪尔正用他们的机器人对抗着蜂拥而至的蜘蛛战士和蛇怪机器人,而妈妈、黛比和火迪则操纵着"黄蜂"无人直升机在空中作战。

火迪使用的是一台坐式《无敌舰队》街机,这台游戏机就在新奥尔良她叔叔富兰克林的保龄球馆里。黛比则是在德卢斯自家的客厅里作战,她的三个儿子分别用Xbox、笔记本电脑和平板电脑控制着家门外的三台机器人步兵。我们都知道,一旦"毁灭者"启动,黛比和火迪就会失去对无人机的控制,不过对此大家都无能为力。她们打算尽可能地帮助"星舰基地",越久越好。

我的朋友们全力以赴地牵制着敌人,而我的三架无人机正向着木星疾驰而去,希望能在"破冰者"攻击木卫二前摧毁它。老爸则要在我的无人机到达木卫二之前,尽力拖延"破冰者"的发射时间。

就在这时,EDA的公共频道中传来消息,第二艘"毁灭者"即将在地球降落,不过这次"毁灭者"并没有像第一次那样降落在渺无人烟的南极，它选择了一个谁也没想到的地点——美国的国家名胜，怀俄明州的恶魔塔。起初，我简直不敢相信自己的眼睛。那就是电影《第三类接触》中人类与外星来客第一次接触的地方。木卫二人传来的神秘视频中的五个音符就出自这部电影。

"噢，这可一点儿都不酷！"迪尔注视着卫星拍摄的"毁灭者"实况影像，"上帝啊！那些外星王八蛋开始公然嘲笑我们了吗？"

"毁灭者"启动之后，朋友们用来保卫"星舰基地"的无人兵器全都失灵了。和世界上其他地方一样，地上的突然一动不动，天上的直接掉下来。

然而，木卫二人的无人兵器依旧在向"星舰基地"逼近，仿佛它们知道这里的战略重要性。

量子通信被切断以后，莱克斯、雷、黛比和火迪的无人兵器都失灵了。克鲁兹和迪尔的机器人步兵也动弹不得，他俩迅速跑到门外，拔下机器人背后像Xbox游戏手柄似的控制器，又把连接控制器的碳纤维导线拉到最大长度，用有线控制器激活进入休眠的机器人。随后飞快地跑回控制舱。

我妈妈在面对危机的时候总是显得镇定自若，她举着一根铝制棒球棍站在我身后的门边，显然是想靠这个赶走进犯我们的外星机器人。我脱下了自己的Q通，绑在她的右手腕上，演示了一下如何使用上面的激光器。她马上扔掉球棍，把Q通对准地面射出一束激光——激光立刻在地毯上烧出了一个大洞，还把下面的水泥地面打出了一个坑。

"我会用了。"她满意地笑道，然后用自己的新武器瞄准了门口。

我的注意力都集中在面前的显示屏和控制器上。我爸从月球上发射的三架"拦截者"离木卫二已经不远了。

尽管我处在"毁灭者"的作用范围之内，不过那三架无人机却远在月球轨道之外，量子通信依然正常。不幸的是，EDA也可以继续操纵"破冰者"和它的护卫机，乌鸦岩里的万斯和他的手下依旧控制着它们。

通过领头那架无人机的视野，我看到"破冰者"已经接近了那颗冰封的卫星，周围环绕着二十多架护卫无人机。这些无人机都是由EDA最顶尖的飞行员操纵的，我敢肯定有"蝰蛇"和罗斯塔姆。他们的《无敌舰队》排名都比我高，因为他们真的比我强。

虽然我有三架无人机，求胜欲望也很强，但我无法一手歼灭整个护卫队。我只能依照父亲的计划，在他们的视野之外按兵不动，等着老爸帮我扳回劣势。

老爸到了目的地，在乌鸦岩上空盘旋。等到"毁灭者"启动，保护基地的无人机和机器人同时掉线，就是他行动的时候了。

同一时间，我和他的联络也中断了。不过莱克斯帮我捣鼓了一阵之后，老爸驾驶的"拦截者"又出现在了我的屏幕上。这明显是基地外部监控摄像头所拍摄的画面，是从内联网传送过来的。

乌鸦岩基地的防卫刚刚瘫痪，爸爸的"拦截者"就立刻来个大角度俯冲，看上去似乎是要对基地紧闭的大门进行自杀式攻击。

等他靠近基地，我才发现他对准的是一条无人机发射管道，就像我在水晶宫之役那样。不过这里的管道出口没有伪装成粮仓,而是隐藏在山体侧面的岩石中。

我坐在"星舰基地",看着他经过一个又一个监控摄像头。一进入乌鸦岩的机库,老爸就启动了自动飞行模式,让"拦截者"飘浮在半空中,用激光炮在天花板上切了一个大洞。他把"拦截者"升到发射洞口下方,打开驾驶舱盖跳了出来,笨手笨脚地爬到了机库的上一层。

接着,他拔出配枪,向着基地深处飞奔而去。

我期盼着基地里的走廊都是空荡荡的,或者是挤满了无法行动的机器人。不过当"毁灭者"启动之后,有线防御炮塔仍然可以用,还有一些通过内联网操纵的有线遥控机器人步兵也在基地里四处搜寻着老爸的身影。他们已经收到了不惜一切代价阻止莱特曼将军的命令。

如果不是因为莱克斯和雷,父亲根本就没有一点儿机会。幸亏莱克斯早就破解了EDA的安全防火墙,侵入了基地的保安系统,从而引导老爸尽量避开搜捕,如果机器人追来了,她还可以关闭老爸身后的防爆门。与此同时,雷正通过自己的有线网络控制老爸前进路线上的激光炮塔,帮助他扫清前方的障碍。

就在老爸快要成功的时候,他的好运走到了尽头。一群有线遥控机器人拦住了他的去路。他刚想开枪,就被一发离子束击中了前胸,倒了下去。

我无能为力,看着他挣扎着想要站起来,并最终放弃,他开始朝前爬去。

他爬过一条走廊,来到一个充电间,这里放着五台休眠状态的机器人步兵。他打开了其中四台的维修面板,依次给它们输入了一串超长的密码。四台机器人启动了。父亲用有线控制器让它们把自己受伤的身体抬了起来。随后,他把机器人的胳膊和腿交错在一起,组成了一个大蜘蛛似的合体机器人,让这辆奇形怪状的机器人坦克托着他的身体继续前行。

四台机器人步兵为他杀出了一条血路,冲向了基地的更深处。

老爸还黑进了机器人的外部扬声器,步兵开始播放起音乐来。我立刻就听出了这是《游戏奇兵》中的一首歌——Run-D.M.C.乐队的《嘻哈家庭》。

"阿奇很讨厌嘻哈音乐。"他对我们说道,"我打赌他听了这首歌站都站不稳,就像'飞翔的女武神'①一样。"

他把音量调到了震耳欲聋的程度,一面和着歌词口型,一面朝着万斯的方向猛冲,如同"终结者"一般勇往直前,不完成任务誓不罢休。

父亲驾驶着临时拼凑起来的坦克冲过最后一条走廊,终于抵达了他的目的地——标识着"乌鸦岩无人兵器行动指挥中心"的两扇装甲门前。

他接下来的动作可把我吓坏了,我看着他把四个机器人步兵的反应堆都设置成了手动过载。我慌忙让莱克斯把我的声音接过去。

"我已经接过去了,"她说,"他现在能听见你的声音。"

"爸爸,你在干吗呢?"我大声尖叫道。

这是一个反问句,我心里很清楚他要干什么。

他瞥了一眼最近的监控摄像头——我们正通过这个摄像头看着他。他笑了笑,却没有回答我的问题。接着,他用拼凑的蜘

---

①瓦格纳的歌剧《女武神》中的一段。这是一段气势恢宏的音乐,经常出现在各种影视作品中。

蛛形坦克撞穿装甲门,冲进了指挥中心。几个无人兵器操作员已经从控制舱里爬了出来。他们站在房间中央等着老爸——我认出了其中的一个,达尔上尉,也就是罗斯塔姆,问我要过签名的那个年轻军官。他满怀崇敬地看着我父亲。

万斯上将就站在他们中间。

老爸跌跌撞撞地冲了进去,上将随即命令大家向他开火,不过没几个人真正听从了他的指挥。大多数人——包括罗斯塔姆——连武器都没有举起来,他们无法向泽维尔·莱特曼将军射击。

万斯开枪了,用的还是那把九毫米口径的贝雷塔手枪。他首先打坏了所有的扬声器,刺耳的音乐停了下来。

随后,他把枪口对准老爸。我看见罗斯塔姆把脸背了过去。

"你是个该死的白痴。"说完,万斯就开枪了。他手下的几个人也跟着开了火。大多数子弹都被围绕着他的机器人给弹开了,不过不是全部,一颗子弹击中了他的左腿。

就算这样,他还是没有停止前进。

他依旧操纵着机器人蹒跚靠近万斯,激光炮和子弹不断击中他和他的机器人。在离万斯上将只有几码远的地方,他终于倒了下去,倒在扭作一团的四个机器人步兵中间。这时,万斯发现了正在倒数的过载反应堆,时钟上只剩下了十秒钟。

"你们赶快离开这儿吧。"父亲说道。

罗斯塔姆和其他人拼命朝门口跑去,只有万斯纹丝不动。

"你也走吧,阿奇。"父亲说,"只有六秒了,五……"

万斯用力摇着头转过身去,刚跑了几步,又回过头来,说道:"你的行动没有意义!你知道这样阻止不了'破冰者'的发射。"

说完,他跑出门外,沉重的防爆门在他身后合了起来。

　　"我知道，"我听见父亲在喃喃自语，"我只不过是来拖延时间的，我儿子会阻止你们的。"他笑了起来。

　　四个反应堆同时被引爆了，屏幕上变得一片漆黑。

　　我不知道自己尖叫了多久。

　　当我最终恢复神智，我查看了三架无人机传来的影像。"破冰者"中止了朝着木卫二的降落程序，EDA无人机队的队形也被打乱了，它们在"破冰者"的周围无序地飘浮着。

　　看到这个情形，我知道万斯上将和其他操纵护卫机队的飞行员都已经从乌鸦岩里撤了出去。不过，我也知道，他们很快就会被送到另一个安全地点，重新控制"破冰者"和护卫机队。在他们重新上线之前，我可能只有不到一分钟的时间。

　　我把两架无人机留在木卫二的轨道上，操纵第三架朝着毫无防备的护卫机群冲去。

　　我摧毁了半数无人机之后才忽然警醒过来，调转枪口把火力集中到了"破冰者"身上。

　　当我还在消磨"破冰者"的护盾的时候，万斯他们已经在其他地方再次取得了无人机的控制权——可能是用他们的Q通。

　　忽然之间，我发现自己被包围了，六架"拦截者"把我困在了中间。但我还是迎头冲了上去，耳边响起了《游戏奇兵》里的歌曲——皇后乐队的《一个信念》。听到这首歌，我终于进入了战斗状态。

　　没一会儿，我就干掉了四架无人机，剩下的两架是罗斯塔姆和"蝰蛇"操纵的。

　　我先盯上了罗斯塔姆，不顾一切地用我的"拦截者"向他的无人机撞了过去。巨大的冲击力把它撞进了"破冰者"自动防御炮的射程范围，他的无人机瞬间化成了一团火球。

现在就剩下我和万斯上将了。

我们在"破冰者"的周围展开了激烈的对决。就算隔着耳机，我也能听到"星舰基地"外嘈杂的枪炮声——这声音越来越近。蜘蛛战士已经包围了游戏机店，还有一台蛇怪机器人向着"星舰基地"一步步逼了过来。克鲁兹、迪尔和妈妈正在竭力阻挡他们。

就在这紧要关头，火迪驾驶着她的载人"拦截者"从天而降。自从"毁灭者"启动以后，她就失去了对无人机的控制，因此她决定亲自驾驶那架"拦截者"原型机，从新奥尔良飞过来继续帮助我们。她第一次俯冲就精准地击中了蛇怪机器人，接着她又回身扫射附近的蜘蛛战士。有了她，我又能让注意力回到半个太阳系之外，与万斯战斗了。

我知道万斯在月球基地"阿尔法"的时候，曾经担任过我父亲的僚机——不过他比我预料中的还要厉害。

在我回过神来之前，万斯已经转到我的身后，把我的"拦截者"轰成了碎片。

接着，他调转机身，继续保护着"破冰者"向目标飞去。然而，万斯并不知道我还有两架备用的"拦截者"，正在附近保持着待机状态。

我操纵另一架"拦截者"，又追了上去。我试图用离子束扫射他，不过仅仅击中了他的护盾，他的无人机依旧完好无损。

他转过头来，又把我的干掉了。他真厉害，几乎和我老爸一样出类拔萃，不过始终还差了那么一点儿。

我操纵着最后一架飞船，再次拦住了万斯和"破冰者"的去路——木卫二就要进入"破冰者"的射程了。这是最后一次机会了。

　　我努力把悲痛和愤怒抛诸脑后,把全部精力都放在眼前,这是我这辈子最想完成的一件事——我要让父亲为我骄傲,不让他的牺牲白白浪费。

　　万斯依然在保护着"破冰者",我加大油门,牢牢地把万斯的无人机锁定在瞄准镜之中。

　　如今,他的能量已经所剩无几,而我的无人机却护盾能量全满。

　　我已经没时间再迂回穿插了。我启动了全部武器向他直冲了过去,他也向我扑了过来。我们俩玩起了太空版的"胆小鬼游戏"①,向对方倾泻着所有的火力。

　　片刻之后,我们的无人机相撞了,他的护盾随即失效——而我的护盾则撑住了。一发离子束命中了他的机身要害,无人机顿时化作了一个大火球,而我则从火球之中穿了过去。

　　我没有停下来庆祝,而是朝着"破冰者"猛扑了过去——就在它即将对木卫二表面发射核弹的时候。

　　"小子,别那么干!"万斯在通信频道中狂叫道,他已经对我无能为力了,"你会成为灭绝全人类的罪人的。"

　　我还是做了。

　　我射出最后一梭离子束,"破冰者"在一团炫目的白光中化为乌有。

　　① 指的是两辆车加足马力朝对方开去,直到有一方在最后关头选择避开。

第二十六章

这就是所发生的一切。

在"破冰者"爆炸的那一刻，我就签下了停战协定。消息传遍了 EDA 所有的通信频道。所有敌机瞬间停下了战斗，任由我们清扫消灭。

我坐在那里，听着战争已经结束的新闻，试着让自己相信这一切是真的。我正要脱下头盔，断开"拦截者"，却看见木卫二的冰层在我下方像蛋壳一样裂开了，一个巨大的金属球体从冰层下的海洋中升了起来。它在冰层上撞出一个大洞之后，迅速上升进入木卫二的轨道，悬停在我的无人机面前。近距离观察，我发现它其实是一个由二十个同样大小的等边三角形组成的二十面体。

漂浮的二十面体开口说话了。

"我是'特使号'，"它说道，"我的制造者是'星际会社'，一个由爱好和平的文明所组成的星际团体。"

"特使号"简短地向我解释，其实木卫二上根本就没有外星人。在它的地下海洋里只有一些微生物，从没有任何智慧物种

——不管是土生土长的还是外来的——在木卫二上居住过。

"那么是谁建造了攻击地球的舰队?"我问道,感觉自己就像是别人梦中的一个角色,"这么多年以来,我们到底在和谁打仗呢?"

"我建造了这支舰队,"它回答道,"这么多年以来,你们一直在和自己打仗。

"自从你们开始发送广播和电视信号,星际会社就一直在监视着你们。不过,直到1945年,我们才对人类产生了特别的兴趣,当时你们制造了第一颗原子弹,随后就把它用在了人类自身身上。从那时起,我们就搜集各种资料,创立了人类的详细档案,研究你们进化过程中的优势和不足。在1969年,人类的科技已经先进到可以把自己送上另一个星球,于是你们登上了自己的卫星。这样你们就对星际会社的其他成员构成了潜在的威胁,因此我就被送到了这里,来对你们进行测试。"

"这只不过是一次测试?"我问道,"测试什么呢?"

"我们想知道,你们这个物种能不能与星际会社中的其他成员和平共处。""特使号"说道,"当你们的探测器发现木卫二表面的'卐'字符号时,测试就开始了。我们选取了你们的文化中关于战争和死亡最具代表性的符号。随后把这个符号的庞大复制品放在了太阳系中离你们最近,并且最有可能孕育出智慧生物的天体上。

"我们知道你们发现了那个符号之后,一定会送另一个探测器到冰层下面去调查它的来历。""特使号"继续说道,"你们的探测器一降落到木卫二上,测试的第二阶段就开始了。我为你们模拟了两个文明第一次接触的标准场景——由文化差异导致的一场战争。"

智能机器的话和我得知的情况略微有点差异，不过我可没精力和它辩论。

"你独自建造了那么多无人兵器？"我问，"还在战斗中操纵着它们？"

"是这样的。"

"长久以来，我们就是在和你打交道？"我说，"一个人造智能超级电脑伪装成敌对的外星种族，就是为了测试人类的性格？"

"简而言之，是的，你说得很对。"智能机器停顿了一下，"星际会社觉得有必要查明，人类是否能处理好与邻近文明的第一次接触。正如我所说的，这是一场测试，一场至关重要的测试。"

"你的测试杀死了成千上万无辜的地球人。"我紧咬着牙关说道，"包括我的几个朋友，还有我的父亲。"

"我们对你们的损失深表遗憾。""特使号"说道，"不过你要知道，许多其他物种没有发生冲突，也没有损失生命就通过了测试。"

我快要哭出来了，"你想让我们怎么做？我们应该怎么做？"

"在这项测试中没有对错之分。""特使号"说，"用人类心理学的术语来说，这是一次投射测试[①]，而不是客观测试[②]。是在不同的环境下，衡量你们的同情和利他的能力，以及作为一个物种的集体行动和集体交涉的能力。通过这种测试，星际会社就能知道你们会如何处理与另一个喜怒无常的物种的第一次接触。"

"就没有什么更加简单的办法吗？"我问，"一个不用杀那么多人，也不用毁坏我们星球的办法？"

[①]指采用某种方法绕过受访者的心理防御，在他们不防备的情况下探测其真实想法。

[②]指的是尽量排除主观因素的测试。

"这项测试所揭示出来的东西是其他方法无法代替的——这就是你们地球科学家所说的'涌现性'①。"

我不知道该如何去回应它的说法。我已经沮丧得无法思考或言语了。

"对于测试的结果，你也不用感到过于苦恼。""特使号"说道，"我们曾经也遇到过这种情况，你们人类与生俱来的好战天性使这场冲突变得不可避免。不管怎样，你们应该为结果感到庆幸。你们通过测试了。"

"我们通过了？"

"是的。有一阵子，我们还有点儿犹豫不决，但是你在最终阶段里表现得很好。许多物种缺乏抗拒自身本能的能力，使得他们的理智总是处于下风。那样的物种通常会被判定为不适合生存，更不用说加入星际会社了。"

"你是说，如果我没有摧毁'破冰者'，你真的会灭绝全人类？"

"理解正确。"智能机器说道，"不过幸好你做出了正确的选择，成功地脱离了与假想的敌人同归于尽的结果。这就是我会在这里和你谈话的原因。一旦通过了测试，'特使号'就会和物种的负责人联系，发出加入星际会社的邀请。"

"除了我们，这个团体还有几个文明呢？"

"目前有八个成员。"它回答道，"如果你接受邀请的话，就将成为第九个。"

"我要怎么做呢？"

"你现在就可以代表你们的物种接受邀请。""特使号"告诉

---

① 通常是指多个要素组成系统后，出现了系统组成前单个要素所不具有的性质。

我,"你已经赢得了代表人类的权力。"

"假如——假如我们拒绝加入呢?"

"从来没有一个物种拒绝过邀请。""特使号"对我说,"成为成员有很多好处。特别是你们可以获得知识、药物和技术方面的共享。你们物种的寿命和生活质量将会得到突飞猛进的发展。"

我并没有考虑太久,就点头同意了。

"恭喜你。"

"就这样吗?"

"是的,这样就行了。"

"现在该怎么办?"

"我们将逐步把人类吸收进星际会社。"它说,"第一步,我们会把一些有用的技术传授给你们,帮助你们重建家园。地球人很快就会从疾病和饥饿中解放出来。然而,这仅仅是开始。当人类准备好再进一步的时候,社团会和你们联络的。"

"那会是什么时候?"

"那就要看地球人怎么利用你们所得到的技术了。"

我还想提出问题,但是"特使号"消失了,一眨眼之间就跳出了太阳系。我以后再也没有见过它。

我把"拦截者"留在木卫二的轨道上,断开了连接。我也许永远也用不着它了。我转过头去,看见妈妈、克鲁兹和迪尔都站在我的身后。他们三个看到了全过程,克鲁兹和迪尔还用手机把我和"特使号"的对话录了下来。

我让迪尔把我们的对话贴到网上,然而他告诉我不用那么做——外星人已经通过所有的电视频道和联网设备,把这个消息传遍了全世界。"特使号"的真相和星际会社的存在已经人尽皆知。

几个小时以后，第三波外星舰队到达了地球。它们并没有展开攻击，而是开始帮助我们重建文明，重建地球上本已脆弱的生态环境。外星机器人还到处分发不可思议的长寿药物以及用之不竭的清洁能源。看上去他们已经给了人类想要的一切。

当全世界都在庆祝胜利的时候，我和妈妈回到家里，悼念我们所失去的一切。

尾 声

在华盛顿特区新建的白宫草坪上,总统给我和朋友们颁发了荣誉勋章。

他们决定用我的名字来重新命名被我毁掉的高中体育馆。妈妈觉得这事简直太可笑了。

像之前说好的那样,我和莱克斯的第一次约会是她约我出去的。不过约会的大部分时间,我们都处于一种创伤怀疑的状态中,不停地谈论着发生在我们身上的每一件事。直到第四次还是第五次约会,我们才开始关注一些外星侵略以外的事情。我们尽了最大努力才把这场战争抛到脑后。

在雷的支持下,我决定接管'星舰基地'的生意。莱克斯和她的奶奶一起搬到了比弗顿,我们三人一起经营着这家店。这里很快就变成了全世界最受欢迎的二手游戏店兼战场遗迹。

父亲去世一周年的那天,比弗顿的中心广场上竖起了他的纪念雕像。我们都参加了揭幕仪式。在此期间,父亲还被几十个国家追授了各种荣誉和勋章。

万斯上将在仪式上致了闭幕词,讲话中他滔滔不绝地说起父亲的英勇行为和他们之间长久的友谊。他真诚地说,自己险些犯下了军事生涯中最可怕的错误,是我父亲阻止了他。尽管他只是犯下同样错误的众多领导人之一,但他的悔恨和羞愧有目共睹。

老爸说得对,万斯上将确实是个好人。

正在我们瞻仰父亲雕像的时候,发生了一件奇怪的事。一个年轻人拦住了我的去路,向我索要签名。这本身其实没什么奇怪,和星际会社的对话已经让我名扬天下;奇怪的是那个年轻人居然是道格拉斯·诺切,我的高中宿敌。

他穿着EDA制服,军衔是中士。他的双腿和右臂都被换成了假肢,战争结束后,很多伤员都装上了人造四肢。我一时没有认出他来,他脸上那种自鸣得意的傻笑不见了。

他把《学校年鉴》和一支笔伸到我的面前。年鉴被翻到了有我照片的那一页。由于那场战争,我们班甚至都没有举行过正式的毕业典礼。学校把文凭和年鉴草草地寄给了我们。

我拿起年鉴,在自己的照片下面潦草地签上了名字。我盯着照片里那张傻傻的笑脸看了一会儿。

这张脸我也几乎认不出来了。

我把年鉴递还给诺切。他把年鉴夹在了仅存的左臂下面。

"听说你父亲去世了,我很抱歉。"我对他说。

他看着自己的脚,点了点头。

"真希望我也能这么想。"他低声说道,"对我来说,他死了世界才更加美好。"

他凄惨地对我笑了笑,然后指着我父亲那高耸的雕像,说道:
"你一定为他感到骄傲吧。"

我点点头,"是的。"

"如果他还活着,我肯定他也会为你骄傲的。"他说道。

我张了张嘴,但却不知道该说些什么。诺切明显成熟了许多
——也许他比我经历的磨难还要多。我不知道他是否听说了凯
西的事,就是那个一直被他欺负的高中同学。凯西和他的家人在
第一波进攻中就死了,就像千千万万无辜的人一样。

我决定不提凯西,相信他一定知道。

我们注视着父亲的雕像,默默地站了一会儿。诺切离开之
前,向我伸出了他的左手——还在的那只手。

我也伸出左手紧紧地和他握在一起,随后,他再也没有说话,
转身走进了人群。

从那以后,我再也没有见过他。

仪式结束之后,莱克斯、妈妈和我,还有我那三个月大的小弟
弟一起去为父亲扫墓。我的弟弟名叫泽维尔·尤利西斯·莱特曼
二世,冲着这个名字,他这辈子走到哪里都不用担心没人请他喝
酒了。

父亲的墓地我们已经去过许多次了。墓碑下那空荡荡的棺
材在埋下去几个月之后,又被我们挖出来过一次。我们几个重新
为他举行了一次葬礼,在他的棺材里摆满了纪念品。我把他留下
的集锦磁带全都放了进去。原本我想把那件游戏夹克也放进去
的,不过后来还是决定把它留给我的弟弟。泽维尔二世一定也感
觉到了这件夹克的特别之处,因为每当我像今天一样穿起这身夹
克时,他就会牢牢抓住上面的布制徽章,久久不肯撒手。

　　"别这样，JR！"我对他叫道（他似乎比较喜欢别人用"二世"的缩写来叫他），"那是我的！等你长大了以后，我会给你的，小家伙。"听到这句话，他咯咯地冲着我乐个不停。

　　墓园像往常一样，堆满了世界各地的人们送来的鲜花和礼物。妈妈把她亲自摘下的花束放进了鲜花丛中，随后我们在墓碑前静静地站了一会儿，在夕阳下向父亲致敬。

　　离开之前，我看了一眼自己参与撰写的墓志铭：

> 泽维尔·尤利西斯·莱特曼之墓
> 1980–2018
> 挚爱的丈夫、父亲和儿子
> 他从灭绝边缘拯救了全人类
> "不用谢"

　　我静静地站在那里，凝视着他的墓碑，想着过去的一年中发生的每一件事。战争结束不久之后，EDA就邀请我担任星际会社的地球大使，但是我委婉地拒绝了。我对双方全无好感——无论是设计可恶的测试、害死我父亲的外星混蛋，还是欺骗全人类几十年，差点儿把我们引向灭绝的人类当权者——我不想帮任何一边。

　　就像"特使号"所承诺的那样，星际会社的先进科技和药物正在让地球变得越来越好。妈妈不得不重新找一份护士工作了，因为我们已经能够治愈所有类型的癌症，并且短短几个星期就能彻底根除。大多数其他的疾病也是如此。星际会社还给我们提供了一种既清洁又便宜的聚变能源技术。人类进入了一个充满惊奇和奇迹的新时代。

或许是受到了父亲的影响,尽管他们表现得如此慷慨,我还是不能完全信任他们。事后看来,他们所谓的"测试"其实更像是个陷阱——为了引人类上钩。这种邪恶阴谋背后的智慧生物真的会如此乐善好施?

诚然,他们和人类分享了先进的科技,但却依然没有向我们透露任何关于他们自己的细节。我们也不知道星际会社其他成员的任何情况。他们总是用"人类还没有准备好"和"超出了人类的理解能力"这样的借口来敷衍我们。

每当我在新闻里看到这些说辞的时候,脑海中总会想起爸爸的话:"当人类遭到愚弄的时候,我们总会有所察觉的。"

我无法把这样的怀疑抛诸脑后。他们曾经愚弄过我们,很明显,他们想一直把我们蒙在鼓里。

他们的慷慨还会持续多久?施舍结束了之后会怎么样?

我看了看身边的家人,莱克斯、妈妈,还有小泽维尔二世。我不知道他将会在怎样的世界中长大,也不知道星际会社想把地球变成怎样的世界。

这时,我忽然意识到自己不能再在"星舰基地"里待下去了。我再也无法回到以往的生活中了,因为对每一个人来说,以前的生活乃至以前的世界都已经灰飞烟灭了。

我不能再置身事外、冷眼旁观了——尤其是在这场战争之后,也许还有更多的危险在等着人类。

当天晚上回家之后,我拿出自己的Q通,拨通了肖斯塔克博士的电话。他现在已经是我的好友了。我告诉他,我还是决定出任星际会社的地球大使。希望有一天,我的新职位能够让我弄清那些外星大善人的真实动机。

目前,我要听从尤达大师那永不过时的忠告——活在当下。我要竭尽全力地保护自己所珍爱的一切。这并不像我想象中的那么难。在经历了这一切之后，我再也不会呆望窗外，做着冒险奇遇的白日梦了。